जंजीरें

और

दीवारें

जंजीरें
और
दीवारें

श्रीरामवृक्ष बेनीपुरी

प्र
प्रभात
प्रकाशन

प्रकाशक • **प्रभात प्रकाशन प्रा. लि.**
4/19 आसफ अली रोड,
नई दिल्ली–110002
सर्वाधिकार • सुरक्षित
संस्करण • 2024
मूल्य • पाँच सौ रुपए
मुद्रक • प्रिंट मीडिया, नई दिल्ली

ZANJEEREN AUR DEEWAREN
by Shriramvriksha Benipuri ₹ 500.00
Published by Prabhat Prakashan Pvt. Ltd., 4/19 Asaf Ali Road, New Delhi-2
e-mail: prabhatbooks@gmail.com ISBN 978-81-7315-223-3

अनुक्रमणिका

प्रवेश

जंजीरें फौलाद की होती हैं, दीवारें पत्थर की!

जंजीरें खनकती हैं, बोलती हैं; स्वयं तुलकर लोगों को तौलती हैं—लोगों को, उनकी घात को! कितने भारी-भरकम इस तुला पर चढ़कर कितने हलके-फुलके साबित हुए!

दीवारें गुमसुम! अभिशापों की तरह, काली। काली? हाँ-हाँ, रक्त पीकर भी काली। कठोर—अलंघ्य। चीखते रहो, कराहते रहो। तुम्हारे लिए दिशाओं के द्वार बंद हो गए!

गुलाम देश का बच्चा—बचपन से ही जंजीरों का अनुभव कर रहा था। जैसे अंग-अंग कसे हों—कितना भी कसमस करो, आजादी से हिल-डुल भी नहीं सकते!

कई बार ये जंजीरें बोली हैं—झंकार कर उठी हैं, चीत्कार कर उठी हैं! बचपन के कान भी उनका अनुभव कर सके थे।

मैं अपनी फूआजी के गाँव जा रहा था। घोड़े पर था। बच्चा मैं; साईस बगल-बगल चल रहा था। इतने में कानों में तड़ाक्-तड़ाक् की आवाज। फिर भाग-दौड़ का कोलाहल। साईस ने घोड़े की लगाम थामी और उसे सड़क से घसीटकर खेतों की ओर ले भागा। घोड़ा थोड़ा अड़ियल। रह-रहकर रुक जाता; साईस की पेशानी पर पसीना-पसीना। इतने में आवाज तीव्रतर हुई और सामने, ओ, वह ऊँचा काला घोड़ा! और उसपर गोरा साहब!! साहब का घोड़ा बेतहाशा, सरपट भागा आ रहा! साहब का चेहरा—लाल-भभूका। उसके एक हाथ में लगाम, दूसरे में कोड़ा। तड़ाक्-तड़ाक्, तड़ाक्। घोड़ा निकटतर आ रहा था। मेरे साईस का, जैसे होश गायब। वह पूरा बल लगाकर, मेरे घोड़े को घसीटकर खेत में ला सका। साहब का घोड़ा सड़क से निकल गया। साईस ने इत्मीनान की साँस ली। सड़क किनारे

की झुरमुटों से निकलकर दूसरे पथिकों ने भी भय-त्रस्त दृष्टि से उस धूल को देखा, जो साहब के घोड़े के पीछे सड़क पर अब भी उड़ रही थी।

हाँ, उस दिन जंजीरें बोली थीं, चीत्कार कर उठी थीं। हमारा यह देश—सात समंदर पार के ये फिरंगी। यह सड़क उनकी, यह जमीन उनकी! साहब आ रहा है—सड़क छोड़ो, भागो, नहीं तो यह कोड़ा—तुम्हारी पीठ पर।

और, कोड़े पीठ पर क्या चीज हैं, फूआजी के गाँव के उस आदमी ने बताया। वह कुछ कम सुनता था। यों ही सड़क से जा रहा था, साहब का घोड़ा आ गया। जब तक वह सँभले, भागे, कोड़े की चटाख उसकी पीठ पर। दस साल के बाद भी पीठ पर, उसकी रेखा काले साँप-सी फुफकार कर रही थी!

संयोग, मैं बच गया उस दिन साहब के उस कोड़े से। किंतु कोड़े की यह काली रेखा तब से ही मेरी पीठ पर चीख उठा करती!

काला घोड़ा, उसपर गोरा साहब। एक हाथ में लगाम, एक में कोड़ा। जंजीरें अब से मेरे सामने एक प्रतीक रूप में आ गईं।

घोड़े के टापों की तड़ाक्-तड़ाक् मेरे भावुक हृदय में सदा धूल उड़ाती रहती। कोड़े की चटाख-चटाख मेरी पीठ पर हमेशा रिसती होती।

शायद यही कारण है कि जब १९२१ आया और गांधीजी ने इन जंजीरों के खिलाफ आवाज बुलंद की, तब मैं अपने स्कूल का असहयोगी नं. एक था। हेडमास्टर साहब ने आँखों में आँसू लाकर मुझे समझाया था कि तुम गरीब के लड़के हो, पढ़ना मत छोड़ो, तुम्हें स्कॉलरशिप जरूर मिलेगी; ये चोंचले चार दिनों में खत्म हो जाएँगे, फिर तुम्हें पछताना पड़ेगा। किंतु, मैंने उनकी एक न सुनी। और सचमुच, वह महान् आंदोलन जब एक तूफान की तरह आया और निकल गया और मेरे संगी-साथी फिर स्कूल-कॉलेजों में जाने लगे, तो भी मैं वहाँ न जा सका, जिसे गुलामखाना कहकर छोड़ चुका था।

जंजीरें खनकती हैं, बोलती हैं; स्वयं तुलकर लोगों को तौलती हैं। अरे, जिन्हें मैं भारी-भरकम समझे था; इनपर तुलकर वे कितने हलके-पोपले साबित हुए!

बाद के दस वर्षों का इतिहास—वकील साहबों ने अगर गांधी टोपी नहीं छोड़ी तो कंधे पर काला चोगा जरूर डाला! नेताओं के कर्तृत्व का सबसे बड़ा सबूत धारा-सभाओं में उनकी दहाड़ थी। हिंदू-मुसलमान अपने उस क्षणिक स्वर्गिक मिलन को भूलकर एक-दूसरे का गला काटने लगे! बेचारा गांधी—कभी उपवास कर रहा, कभी चरखा कात रहा। हाँ, कुछ नौजवान आज़ादी की जोत को जगाए हुए

हैं—कभी

पिस्तौलें गरज उठती हैं, कभी बम विस्फोट कर उठते हैं! जंजीरों के कसमस के प्रमाण जब-तब मिल जाया करते हैं! दम गनीमत!

कि अचानक, यह १९३०! गांधी का सोया जादू दस वर्षों के बाद फिर जागा। जंजीरें फुफकार रहीं, चिंघाड़ रहीं! एक चुटकी नमक—दुनिया का कोई एटम बम भी क्या खाकर इसका मुकाबला करता! अठारह लाख वर्ग मील जमीन थर-थर काँप रही थी। छत्तीस करोड़ हृदय तरंगित थे, उद्वेलित थे। हवा में बिजली! नसों में बिजली! इधर-उधर, यहाँ-वहाँ—बिजली, बिजली, बिजली! अणु-अणु में विद्युत् कण चमक रहे थे! चमक रहे थे, आँखों में चकाचौंध पैदा कर रहे थे।

आह, वे दिन! और उन्हीं दिनों की स्मृतियों में अभिभूत, आज भी मैं अपने को दीवारों के नीचे खड़ा पा रहा हूँ।

पटना जेल की ये दीवारें! गुमसुम दीवारें, काली दीवारें, कठोर दीवारें, अलंघ्य दीवारें!

इन दीवारों की कितने दिनों से प्रतीक्षा थी!

१९२१ में, बिहार में सबसे पहले जब मेरे श्रद्धेय ससुरजी जेल गए और उनकी गिरफ्तारी का समाचार जब उस समय के, पं. मोतीलाल नेहरू के, सैयद हसन के, 'इंडिपेंडेंट' में मोटे-मोटे अक्षरों में छपा और बाद में मेरे कितने साथी प्रांत के भिन्न-भिन्न भागों के जेलों को भरने लगे, तो मुझे अपने दुर्भाग्य पर कितना अफसोस हुआ था!

और तब से हिंदी, अंग्रेजी, बँगला या उर्दू में जेल-जीवन संबंधी कोई ऐसी पुस्तक रह गई थी, जिसे मैं पढ़ न गया होऊँ?

किंतु, कल्पना की दीवारों और यथार्थ दीवारों में कितना अंतर होता है! नहीं-नहीं, आँखों से देखी गई चीजों में भी परिस्थिति के कारण कितना महान् अंतर हो जाता है!

इन दीवारों को कितने दिनों से देख रहा था! स्टेशन से उतरकर आप बिहार की इस राजधानी में घुसे नहीं कि आपकी आँखें इन दीवारों से टकराईं! हाँ, बिहार की राजधानी से निकलते या उसमें घुसते समय आप इन दीवारों की दृष्टि से बच नहीं सकते। और, मैं तो दस वर्षों से मुख्यतः इसी शहर में रहा। इधर-उधर आते-जाते, न-जाने कितनी बार इन दीवारों की छाया से गुजरा हूँ और कितनी बार गरम साँसें भर चुका हूँ।

किंतु, क्या ये दीवारें पहले कभी इतनी ऊँची दिखाई पड़ी थीं?

सब जेलों की ऊँचाई एक होती है। जब अपने ससुरजी से मिलने सीतामढ़ी-जेल में जाया-आया करता था, तब भी ये दीवारें इतनी ऊँची नहीं दिखी थीं!

इनमें यह ऊँचाई कहाँ से आ गई?

इतनी ऊँची, इतनी काली? हाँ, हाँ, पहले इतनी काली भी तो नहीं दीखती थीं! और, इनकी वाणी को अवरुद्ध करनेवाली मूकता और हृदय को जड़ीभूत करनेवाली कठोरता का अनुभव तो आज पहली ही बार कर रहा हूँ!

ये काली दीवारें—ये नंगी दीवारें!

नंगी!

हाँ, हाँ, इनकी नग्नता तो अभी-अभी दिमाग में कौंधी है।

नंगी सब बुरी, बीभत्स। किंतु उन दीवारों से भगवान् रक्षा करें, जो नंगी हैं। जिनपर छज्जे या छत हैं, वे दीवारें आपका घर बन जाती हैं—आपको आराम देती हैं, आपको प्रकृति और मनुष्य की कुदृष्टियों, कुवृत्तियों से बचाती हैं! लेकिन बेछज्जे या बेछत की दीवारें—घेरा! हाँ, घेरा—मनुष्य के लिए और पशु के लिए भी। बेछज्जे या बेछत की दीवारें···सृष्टि की सबसे कुरूप, घृण्य रचना!

और, वे ही आज, आहनी फाटक का मुँह खोले, मुझे निगलने को खड़ी हैं! उफ, किस तरह घूर रही हैं वे मुझे!

राक्षसी, क्यों घूर रही है? किसे डरा रही है? आ रहा हूँ, राक्षसी! आ गया हूँ, राक्षसी! जानबूझकर, सोच-समझकर तुम्हारी छाया में आज आ खड़ा हूँ, राक्षसी!

खुल, ओ लोहे का फाटक! वार्डर साहब, खोलिए फाटक! ये दीवारें मुझे बुला रही हैं! मेरी परीक्षा लेने को बुला रही हैं, मेरी घात की परीक्षा लेने को बुला रही हैं ये दीवारें! आपको हैरत हो रही है! मैं क्या बक रहा हूँ? कब तक हैरत? कितनी बार हैरत? आज अप्रैल १९३० को जिस यात्रा का प्रारंभ हो रहा है, वह पंद्रह सालों तक—जुलाई १९४५—जारी रहेगी और लगभग इतनी ही बार आपको या प्रांत के आपके किसी साथी को इसी तरह पत्थर की दीवारों के आहनी फाटक खोलने पड़ेंगे!

□

स्वागत

झन-झन-झन्—और एक गहरी चीख के साथ लोहे का फाटक खुला!

लोहे की किस्में होती हैं—कोई झनझनाती हैं, कोई चीखती हैं, चिल्लाती हैं!

लोहे के बड़े-बड़े तालों की लंबी-लंबी तालियाँ झनझनाईं और लंबे-मोटे छड़ों के बोझ से फाटक की कीलियाँ चीख उठीं!

भीतर!—लेकिन अभी तो मैं जेल के दरवाजे पर ही हूँ। इस फाटक के बाद एक और फाटक है। दोनों फाटकों के बीच में एक चौड़ी-सी जगह, जिसके दोनों ओर दो कमरे। एक कमरे में जेलर साहब टेबुल पर सिर झुकाए हुए कुछ लिख रहे हैं और दूसरे कमरे में उनके सहकारी अफसर हैं। दोनों फाटकों के बीच जमादार साहब हैं, जो भीतर से तालों को खोलते और कैदियों की आमदरफ्त का पूरा, पक्का हिसाब लिखते जाते हैं।

दीवार पर ये क्या टँगी हैं? लाल कपड़े की पृष्ठभूमि पर ये क्या काली-काली चीजें टँगी हैं? जंजीरें! जंजीरें! अभी जंजीरें सुनते ही थे, कल्पना ही करते थे, अब देखो इन्हें यहाँ। अच्छी तरह देख सको, समझ सको, इसीलिए यह लाल पृष्ठभूमि!

अरे, कितने प्रकार हैं इनके! हथकड़ी—बेड़ी! हथकड़ी, खड़ी हथकड़ी; बेड़ी, डंडा बेड़ी, सीकड़ बेड़ी। कोई पतली, कोई मोटी; कोई छोटी, कोई मझोली, कोई बड़ी। जैसे देवता वैसी पूजा!

हमें गिरफ्तार करके लानेवाले इंस्पेक्टर साहब जेलर से कुछ बातें कर रहे हैं, कुछ कागज दिखा रहे हैं; कुछ लिखा-पढ़ी हो रही है। दूसरे कमरे में कुछ कलम घिस-घिस चल रही है, टाइप राइटर खट-खट कर रहे हैं!

सब लोग रह-रहकर हमारी ओर उत्सुकता से देख रहे हैं। शायद सोच रहे

हैं, ये लोग कैसे खब्त हैं? यह कौन-सी हवा बही है? इसका हश्र क्या होगा? बड़े अकड़खाँ बने थे ये; अब इन्हें मालूम होगा, देशभक्ति क्या चीज है? आजादी क्या चीज है? आजादी की कीमत कैसी होती है?

लेकिन मेरे मस्तिष्क में पिछले तीन-चार घंटों के दृश्य नाच रहे हैं।

आज अंबिका नमक बनाने जाने वाला था। मुझे हुक्म हुआ था, तुम्हें 'युवक' को निकालते रहना है, इसलिए बाहर ही रहो। किंतु, अंबिका की बिदाई में शामिल होने से कैसे रुक सकता था? अंबिका—मस्त-मौला अंबिका, दोस्तपरस्त अंबिका! मेरी दोस्ती के चलते क्या नहीं छोड़ना पड़ा उसे! 'सर्चलाइट' की मैनेजरी, नेताओं की कृपादृष्टि! किंतु जरा भी परवाह हुई उसे? टाउन कांग्रेस कमेटी का वह प्रेसीडेंट!—किंतु शहर के नेता नहीं चाहते थे कि यहाँ कुछ ऊधम हो! बड़ी मुश्किल से, मुजफ्फरपुर जाकर, कल राजेंद्र बाबू से मैं आज्ञा ला सका कि पटना में भी नमक सत्याग्रह हो। आज ही यह कूच! कम-से-कम अंबिका के बिदाई समारोह में शामिल होने से मैं कैसे रुकता?

लोगों की भीड़, बिदाई के भाषण, रोली-चंदन, जय-जयकार। अंबिका की बंगालिन पुजारिनों ने उलू-ध्वनि भी की!

"अरे, आप! यहाँ?" "चुप,"—मेरा हाथ जोरों से दबा दिया गया—जैसे इस्पात के शिकंजे कस गए हों! "उह भैया!" "चुप साला!" भैया का यह प्रेमशब्द! नहीं-नहीं, भैया! यहाँ पुलिसवालों का जमघट है—आप क्यों आए? कब से इस शहर में? भैया मेरे हाथ को पकड़कर अपने कोट की जेब में ले गए—कुछ स्पर्श! भैया मुसकरा पड़े! अरे, जब तक मैं जगा हूँ और जेब में यह है, कौन गिरफ्तार कर सकेगा मुझे? देख, वह जुलूस चला; जा।

उस स्पर्श का अनुभव अब भी हाथों में झिनझिनी ला रहा है। भैया कहाँ गए? कहीं वह भी गिरफ्तार न हो जाएँ! उनकी गिरफ्तारी! क्या सिवा फाँसी के कोई चारा है उनका?

भैया का गोरा चेहरा, लटुरिया बाल आँखों के सामने नाच रहे हैं!

जुलूस बढ़ता जा रहा है। अभी सड़कें सूनी हैं—बहुत सवेरा है न! जुलूस के जयनाद और जिंदाबाद सुनकर छज्जों पर स्त्रियाँ निकल आती हैं। नुक्कड़ों पर कुछ लोग जमा हो रहे हैं।

यह पटना कॉलेज! ये पुलिसवाले भी क्या बेअक्ल होते हैं कि उन्होंने जुलूस को रोकने के लिए यह जगह तजवीज की!

बेरिकेड—हाँ, पुलिस का पूरा दस्ता सड़क को रोके खड़ा है। आपस में

लाठियाँ इस तरह पकड़ रखी हैं कि कोई निकल न सके।

जयनाद—जिंदाबाद! कॉलेज के होस्टल से विद्यार्थियों का झुंड निकल आया। थोड़ी देर में ही भीड़ कितनी बढ़ गई है!

अभी उस दिन मैंने कृपलानी दादा से पूछा था—नमक बनाकर सत्याग्रह! गांधीजी ने यह क्या सोचा? सत्याग्रह ही करना था तो कोई अच्छा-सा, भारी-भरकम आइटम सोचे होते। दादा ने मुसकराकर कहा था—बात तो मेरी समझ में भी नहीं आती; किंतु वह जादूगर है न! देखना, कोई करामात निकल ही आएगी!

और, वह करामात देख रहा हूँ।

पुलिस बेरिकेड लगाकर खड़ी है—रास्ता को रोके। अंबिका का जत्था खड़ा है, जयनाद करते। समुद्र की तरंगें हिलोरें ले रही हैं; कोई मूर्ख राजा उसकी तरंगों को रोकने के लिए बालू की दीवार खड़ी करा रहा है!

बैठ जाइए, हम यहीं धरना दे दें।

पुलिस सुपरिंटेंडेंट मुसकरा रहा है। और, दूर पर, वह भैया मुसकरा रहे हैं—कहो, तुम्हारी अहिंसा की नाव ज्यादा-से-ज्यादा इसी घाट लगने वाली है न?

लेकिन अंबिका इस उठ-बैठ के तरीके को कब पसंद करनेवाला। वह पुलिस सुपरिंटेंडेंट की ओर बढ़ा; कुछ बातें, जो जय-जयकार और जिंदाबाद के नारों में फुसफुसाहट मात्र बनकर रह गईं। फिर वह बढ़ा। पुलिस की लाठियों के नीचे से निकलना चाहा। एक गोरे सारजेंट ने उछलकर उसकी बाँह पकड़ ली। अंबिका ने आगे बढ़ने को जोर लगाया। उसकी बाँहें मरोड़कर सारजेंट ने पीठ पर कर दीं और ऊपर से बैटन का एक धौल जमाया! फिर...फिर...

कोलाहल, धक्कमधक्का, उछलकूद, जयनाद, इनकलाब जिंदाबाद!

हाँ, अब इनकलाब शुरू हो गया! कब अंबिका को पकड़ा गया, कब उसे पुलिस-वान में बिठाकर जेल ले जाया गया; फिर कैसे, कब मैं कूद पड़ा—भावना-विभोर, आत्मविभोर! शरीर पर एक गंजी मात्र; ऊपर से जो चादर थी, वह न जाने कब, कहाँ खिसक गई! नया जत्था तैयार कर मैं सिटी कोर्ट तक पहुँचा था कि पुलिस-वान आगे घेरकर खड़ा हो गया और अभी-अभी वह भव्य-दिव्य सवारी मुझे इन दीवारों के नीचे पटककर चली गई है!

वे दीवारें, ये जंजीरें! जंजीरें खनकती हैं, बोलती हैं! लाल कपड़े की पृष्ठभूमि में टँगी जंजीरें मुझे देखकर मुसकरा रही हैं! वे कब बोल उठेंगी? मुखर हो उठेंगी?

"अब भीतर चलिए!"

इंस्पेक्टर वापस जा रहा है—क्या उसकी आँखों में पानी है? जमादार साहब भीतरी गेट खोल रहे हैं—क्या उनकी अँगुलियाँ थरथरा रही हैं?

(अब हम जेल के अंदर हैं!

इन दीवारों ने अब पूरे तौर से हमें घेर लिया! घेर लिया?—कितने दिनों के लिए?

मैं काँप गया! इन पत्थर-सी दीवारों के घेरे ने जिस हृदय को थोड़ी देर पहले पत्थर का बना लिया था, उसे मोम-सा पिघला दिया। मैं काँप गया। आज पचीस वर्षों के बाद जब उन स्मृतियों को कलमबंद करने चला हूँ, तो मैं उसकी कँपकँपी अनुभव कर रहा हूँ।)

यह कँपकँपी क्यों!—यह क्लीवता क्यों? अभी कुछ क्षण पहले अपने को पत्थर महसूस कर रहा था; यह मोम कहाँ से पिघल आया? कुछ क्षण पहले अर्जुन सशस्त्र होकर चला था। महाभारत मचाने—फिर यह थरथरी कैसी? 'क्लैव्यंमास्मगमः पार्थ!' याद आ रही हैं, कृष्ण, तुम्हारी वे पंक्तियाँ! तुम उपदेशक ठहरे, कह लो! किंतु, हर युग में, हर महाभारत के अर्जुनों को यह 'क्लैव्यं' यह 'हृदय दौर्बल्यं' व्यथित, पीड़ित और शिथिल बनाते रहे हैं, बनाते रहेंगे!

मालूम होता था, इन दीवारों का—इन काली, ऊँची, अलंघ्य, पत्थर की दीवारों का सारा बोझ हृदय पर पड़ गया है। धुकधुकी बंद हो रही है, साँस रुँध रही है, रुक रही है।

उफ, अब सारा संसार मुझसे अलग हो चुका! अठारह फीट ऊँची इन दीवारों ने करोड़ों मील लंबी-चौड़ी इस पृथ्वी को मुझसे अलग कर दिया। अब वे पेड़-पौधे न मिलेंगे, जिन्हें अतृप्त आँखों से देखा करता था; वे स्वजन-परिजन न मिलेंगे, जिनसे दिन-रात की चुहलें थीं।

स्वजन, परिजन! तरह-तरह के लोग, तरह-तरह के चेहरे! तरह-तरह के चेहरे और तरह-तरह की आँखें! और उन सैकड़ों-हजारों आँखों में ये दो किसकी आँखें चमक उठी हैं? अनेक जोड़े आँखों के बीच ये एक जोड़ा आँखें! ये दो आँखें। ये चिर-परिचित आँखें, ये सजल-प्रेमल आँखें! ये कातर-विह्वल आँखें! ये आँखें, ये आँखें!

रानी, रानी! मेरी कुटिया की रानी! मेरे हृदय की रानी! तुम्हारी ये आँखें रानी! सँभालो इन आँखों को रानी! सँभालो इन आँखों के इस पानी को, रानी! जानता हूँ रानी, तुम्हारी क्या दशा होगी! अपने एकमात्र अवलंब से अलग होकर तुम्हारी क्या दशा होगी? तुम्हारी क्या दशा होगी और क्या दशा होगी तुम्हारे एकमात्र

शिशु की, जिसे बारह वर्षों की तपस्या के बाद तुमने पाया है! किंतु, यह तो होना ही था—यह तो सहना ही है। इसलिए सँभालो! हाँ-हाँ—सँभालो, सँभालो। देखती नहीं हो, विद्रोही की, प्रचंड की, उद्दंड की ये आँखें भी आज पानी-पानी होने पर हैं! बगल में साथी खड़े हैं—जंजीरों के प्रतीक ये जेल अफसर खड़े हैं! वे क्या कहेंगे! बड़े बने थे शेर! जेल की पहली झलक ने ही—पहली झलक ने ही''

नहीं, नहीं, रानी, सँभालो! हृदय सँभालो! यह शोभनीय नहीं, वांछनीय नहीं—'नैतत्वय्युपपद्यते'। 'उत्तिष्ठ परंतप'! अर्जुन, उठो। विद्रोही, सँभलो!

''इसी वार्ड में आप लोगों को रहना है।''

जैसे नींद टूट गई। हाँ-हाँ, इस नींद का टूटना ही अच्छा! सामने यह खटाल। ऊँची, अलंघ्य, कठोर, गुमसुम दीवारों के अंदर यह खटाल! नमस्ते, ओ, मेरे नए जीवन का नवीन आवास-स्थान! नमस्ते! तुम क्यों नहीं बोलते--स्वागत!

□

सत्कार

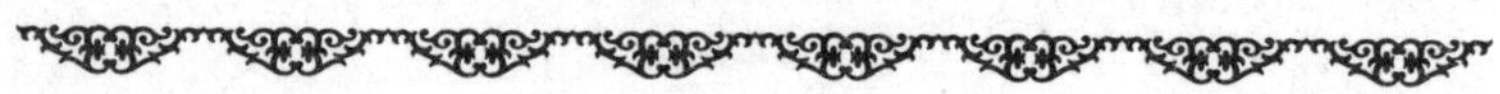

जंजीरें फौलाद की होती हैं, दीवारें पत्थर की।

किंतु इन्हें क्या कहें जो दो पात्र मेरे सामने डाल दिए गए हैं! ये किस धातु के हैं! इन्हें किस शुभ नाम से संबोधित किया जाए!

शायद ये भी लोहे के हैं; ऊपर जंग-जंग और धब्बे-धब्बे तो यही बताते हैं। आकार में तसले-से। किंतु इनका नाम?

याद आई। योगी अरविंद ने अपने जेल के अनुभव में इन्हें आई.सी.एस. की उपाधि दी है। आई.सी.एस.! इनसे जो भी काम ले लीजिए। शासन में, शिक्षा में, अर्थ-विभाग में, न्याय-विभाग में—इन्हें जहाँ रख दीजिए, हर जगह फिट। ये तसले भी सब काम करते हैं। इनमें खाइए, इनमें पानी पीजिए, इन्हें लेकर शौच जाइए और यदि कभी मन बिगड़ जाए तो इन्हींको लेकर किसीका सिर तोड़ दीजिए।

बस, बस, आई.सी.एस.।

लेकिन, अंबिका कह रहे हैं, इनमें छोटा-सा जो है, उन्हें डिप्टी क्यों न कहा जाए? आई.सी.एस. का छोटा भाई—पूरा-का-पूरा भारतीय!

और नामकरण का सिलसिला बढ़ा, तो वह बड़ा-सा लोहे का कुप्पा, जिसमें पानी रखा जाता था, रायबहादुर बन गया। कान जरा मल दीजिए, टोंटी को जरा घुमा दीजिए, फिर जितना चाहिए, पानी ले लीजिए। तो, पात्रों के तो ये नाम। किंतु, उस चीज को क्या कहा जाए, जो खाने के लिए इस आई.सी.एस. के खोखले, खुरदरे पेट में अभी-अभी रखी गई है!

इसे कहा तो गया है भात, किंतु क्या यह भात है? भूसा, कण, चावल और कंकड़—इन चारों को समान भाग में—जैसे काँटे पर तौलकर—यह विचित्र चीज बनाई गई है! अजीब शक्ल, अजीब रंग, अजीब स्वाद, अजीब गंध!

और जो भात पर रखी गई है, वह क्या तरकारी है? किस चीज की तरकारी? भंटे की डंठल, कद्दू के छिलक, सेम के रेशे और साग का पूरा झाड़—सबको काट-कूटकर लोहे के कड़ाह में रखकर उबाल दिया, नमक रख दिया और जब वे सब एक रूप में आ गए तो उतार लिया। क्या तरकारी इसीको कहते हैं? और अभी यह मत पूछिए कि डंठल, रेशे, छिलके और झाड़ तो यहाँ रखे गए हैं, इनका असली भोज्य पदार्थ क्या हुआ? जेल में पहले दिन में ही इतनी सारी बातों का पता नहीं लगाया जा सकता, न लगाना चाहिए।

और, डिप्टी साहब के पेट में जो काला-काला पानी, दाल के नाम पर डाला गया है, उसके बारे में वह तमाशा देखिए। एक मसखरे साथी कुरता उतार रहे हैं। क्यों भाई? क्या बात है? जरा डुबकी लगाकर देखना चाहता हूँ—दाल का एकाध चक्का भी मिलता या नहीं!

दुपहरिया हो गई है। पेट में भूख खाँव-खाँव कर रही है। किंतु क्या खाया जाए, कैसे खाया जाए? तथाकथित भात का नेवाला मुँह में रखा गया कि एक बार ही सारे दाँत किटकिटा उठे। एक-एक दाँत के नीचे कितने-कितने कंकड़। सभी थूक रहे हैं; रसोई परोसनेवाला मुसकरा रहा है। बाबू, एक काम कीजिए। दाल फेंक दीजिए, उस बरतन में पानी रख दीजिए। फिर भात उसमें डाल दीजिए। भूसा ऊपर दहला उठेगा; कंकड़ नीचे बैठ जाएँगे, भात बीच में तैरता रहेगा। भूसे को ऊपर-ऊपर से छानकर फेंक दीजिए, फिर भात खाइए।

वही हो रहा है। लेकिन बार-बार याद आ रही है उस मुसलमान इंस्पेक्टर की, जिसने जेल के रास्ते में बार-बार आग्रह किया था कि कुछ खा लीजिए। किंतु तैश में आकर नाहीं कर दी थी—सोचा था, ये कमबख्त एक तरफ हमें गिरफ्तार करते हैं, दूसरी तरफ दया की धौंस जमाना चाहते हैं।

"भाई, शाम को क्या खाना देते हो?"

रोटी! किस चीज की? गेहूँ की बाबू! किंतु रसोइया के मुँह पर, यह कहते समय, कुछ विचित्र रेखा खिंच आई थी। उस रेखा का अर्थ संध्या समय खुला।

यह गेहूँ की रोटी—काली-काली—मँड़ुवे की रोटी की शक्ल ऐसी। वैसी ही काली, वैसी ही मोटी। वैसी ही अधपकी! और, स्वाद? गंध? आटे के साथ सारे घुन ही नहीं पीस दिए गए हैं, काफी मिट्टी भी मिला दी गई है। क्या किया जाय? जेल-अफसरों के घर पर जो आटा भेजना होता है और भुक्खड़ पिसनहार भी तो कुछ गेहूँ फाँक जाया करते हैं, बाबू! अंट-संट मिलाकर आटा तौल दिया गया—बताइए, पकानेवाले का क्या कसूर?

जेल यही है ! इसीमें, इसी तरह, कितने दिन काटने हैं। कितने दिन ? अभी सजा तो मिली ही नहीं है।

दोपहर तक पैदल दौड़ते फिर रहे थे; शरीर चूर-चूर था। दोपहर से तरह-तरह की चिंताएँ दिमाग को थका चुकी थीं। सोया जाए; सवेरे सोचा जाएगा। शाम को, सूर्यास्त के पहले ही, खटाल में ठूँस दिया गया था। बिस्तर के लिए जमादार साहब तीन-तीन कंबल दे गए थे।

कंबलों से अजीब बदबू आ रही है। अभी हम हाजती कैदी हैं—अपने कपड़े मिल सकते हैं। किंतु, अभी हमारे कपड़ों की 'सर्च' नहीं होने पाई है। इसलिए रात इन कंबलों पर ही। मेरे पास तो सिर्फ धोती और गंजी। यह पटना है, अप्रैल के मध्य में भी काफी गरमी। नीचे से कंबल के रोएँ काट रहे हैं और ऊपर से पटना के प्रसिद्ध मच्छरों का धावा शुरू हो गया है। नींद क्या खाकर आएगी!

खटाल की छत से लटकता हुआ फूटे शीशे का लालटेन टिमटिमा रहा है और नीचे एक ही सिरहाने लगभग आधे दर्जन हम लोग करवटें बदल रहे हैं ! शाम की थोड़ी प्रार्थना हुई थी; कुछ बातें हुई थीं, लेकिन इस समय तो सभी गुमसुम हैं। शायद किसीका दिमाग यहाँ नहीं है।

यह क्या ? शब्दों का एक अजीब ताँता लग गया। सारा जेल गूँज उठा। एक तरफ से आवाज आई—'एक-दो-तीन-चार-पाँच-छः-सात-आठ…'। अरे, ये तो बढ़ते ही जा रहे हैं। पहला उनचास पर जाकर रुका और बोला—"उनचास कैदी ठीक हैं, जँगला-बत्ती ठीक है, गिनती करो छह नंबर।" अब छह नंबर के खटाल की तरफ से आवाज उठी! वही—एक-दो-तीन-चार—कहाँ तक उनका साथ दीजिएगा ? और सबका ताला टूटता है—इतने कैदी ठीक हैं, जँगला-बत्ती ठीक है, गिनती करो अमुक नंबर! आवाजों में विभिन्नता, चढ़ाव-उतार में विभिन्नता। कोई चिल्ला रहा है, कोई चीख रहा है; कोई जैसे गा रहा है, कोई जैसे रो रहा है! किसीका ठहराव तीसरे नंबरों पर होता है, किसीका चौथे पर, किसीका पाँचवें पर, तो कोई एक ही साँस में सात सुरों को लाँघ जाता है!

पहले कुतूहल हुआ; थोड़ा आनंद भी आया। गाँव में एक सियार के बोलते ही जो सैकड़ों सियार बोल उठते हैं, उसका स्मरण हो आया। किंतु कुछ देर के बाद तो ऐसा लगा कि कोई हथौड़े की चोट लगातार दिमाग पर दे रहा है—ठाँय, ठाँय, ठाँय! और वह जेल के गेट पर ठाँय-ठाँय-ठाँय करके घड़ियाल ने बारह बजने की सूचना भी दे दी।

कैसी आत्मवंचना ? हम सबके सब जगे हैं, किंतु कोई किसीको यह जानने

देना नहीं चाहता कि उसे नींद नहीं आ रही है। हमारे साथी क्या समझेंगे कि हम घरेलू या बाहर की चिंता में चूर हैं! वे मुझे कितना छोटा समझेंगे। हुँ—जैसे हम आदमी नहीं हैं—जैसे हममें हृदय नहीं है! अजी, जेल में पहली रात भी गाढ़ी नींद में सो सके, वह या तो होगा योगी या पत्थर—हृदयहीन, भावना-विहीन!

कान में ठाँय-ठाँय, पेट में खाँव-खाँव और दिमाग में हा-हा-हू-हू। ऊपर से हथौड़े की चोट और यह नीचे से यह बरछी की-सी चुभन! यह टुस्-टुस्! ये क्या सिर्फ कंबल के रोएँ हैं? कंबल पर आधी धोती बिछा रखी थी। धुँधली रोशनी में देखा, असंख्य खटमल उसपर टहल रहे हैं।

और, यह देखिए, दीवारों पर खटमलों का ताँता। अब तो सभी साथी उठ-उठकर कपड़े झाड़ रहे हैं। किंतु कहाँ तक कपड़े झाड़िएगा? "अरे, ऊपर से भी खटमल बरस रहे हैं!" हाँ-हाँ, हमने देखा कि खटाल की छत पर से खटमल बरस रहे हैं। ये छोटे जानवर भी कितने होशियार होते हैं! कौन दीवारों की दूरी रेंगकर पार करे? ऊपर से अपने को छोड़ दिया और हमारे सिर पर, पैर पर, गच पर ही सही, कहीं-न-कहीं आ ही जाएँगे! फिर तो ताजा खून की बहार!

पी लो दुष्टो, पी लो! इस देश में खून पीनेवालों की संख्या क्या कम है? तुम्हींको दोष क्यों दें?

पानी से ही जो पेट भर रखा था, बार-बार पेशाब करने के लिए उठना पड़ता है। पेशाब के लिए यह कैसा बरतन रख दिया गया है—बड़ा-सा हंडा! खड़े-खड़े पेशाब कीजिए—गर-गर गरगर—उफ्, यह अजीब शब्द! ज्यों ही आँखें झिपती हैं, यह शब्द! सभी साथियों की एक ही हालत है। कोई किसीसे अपनी मर्मव्यथा नहीं कहना चाहता—सब अपनी बेचैनी को छिपाते हैं! किंतु क्या वे इसमें समर्थ हो पाते हैं—प्रकृति की पुकारें उनका भंडाफोड़ कर देती हैं।

"बाबूजी, नींद नहीं आ रही है?"

यह सिपाही बोला—जो हमारे खटाल के पहरे पर रखा गया है। जैसे आत्मसम्मान को धक्का लगा। आँखें मूँद लीं—अंत:चेतन ने मदद की। और पिछले पहर की चैत की रात की पुरवैया ने भी!

चैत की पुरवैया, रात के पिछले पहर की! जिसके साथ भीनी-भीनी गंध! यह गंध—स्वर्गिक गंध। नाक कह रही है—यह गंध मोतिए की है। पटना का मोतिया नामी है न! हाँ-हाँ, आते समय, खटाल के आँगन में, मोतिए के कुछ पौधे देखे थे। झुलसे-मुरझाए। इन्हें कौन पानी दे यहाँ? किंतु परिस्थिति प्रतिकूल होने पर भी प्रकृति अपनी एक झलक दिखा ही जाती है। मालूम होता है, उस रूखे-सूखे

पौधे में भी एकाध कली लग आई थी; इस पुरवैया को पाकर वह सकुची-सहमी कली खिल उठी है। कली खिली—सुगंध फैली! पुरवैया के झोंके ने उसे हमारे नाकों तक पहुँचा दिया है—सोओ, ओ बावरे! इन काली, कठोर, घृण्य दीवारों के भीतर भी, खाद-पानी, लाड़-प्यार के अभाव में भी कलियाँ खिलती ही हैं—अपनी सुगंध पसारती ही हैं; तो फिर तुम क्यों चिंतित हो रहे हो, क्यों अपनी प्रकृति और प्रवृत्ति भूल रहे हो। सोओ-सोओ!

कब आँखें झिपीं? कब नींद आई?

किंतु, गंध के साथ मेरे मस्तिष्क में स्वप्न का अजीब गठबंधन है। जब-जब भीनी सुगंध का तेल लगाकर या सिरहाने गजरा या गुलदस्ता रखकर सोया हूँ, रात-भर सपना देखता रहा हूँ! वह रात भी सपने में बीती। किंतु कैसे सपने? सुख के? दुःख के? मिलन के? विरह के? किस मुसकराहट ने मेरी बाँहों को पंख बना दिया? किस काकली ने मेरे पैरों में चक्के बाँध दिए? मैं उड़ रहा हूँ—फुर्र, फुर्र, फुर्र, फुर्र। मैं दौड़ रहा हूँ—सर्र, सर्र, सर्र, सर्र! मैं कहाँ हूँ? किस लोक में हूँ?

उठता हूँ तो धूप उग आई है—एक सुनहली चादर सब चीजों पर पड़ी है; सुनहली, जो इस बीभत्स वातावरण की सारी भयानकता को ढक रही है, ढँप रही है!

□

साथी

साथी हों तो आदमी नरक भी काट ले। सवेरे से जो झुलस का संदेश लाई है, पटना की उस चैती धूप की चिलचिलाहट में अपने साथियों को देख रहा हूँ।

यह हैं स्वामीजी—स्वामी सहजानंद सरस्वती। कैसा तेजस्वी व्यक्तित्व! जिस ओर मुड़े, तूफान की तरह बढ़े। अपनी जाति का अपमान देखा, उसे आसमान तक चढ़ा दिया। किसानों का दुःख-दर्द देखा तो उसी जाति के जमींदार से खम ठोंककर भिड़ गए। राष्ट्रीयता की ओर मुड़े तो यह गेरुआ वस्त्र लिये इस जेल में आ पहुँचे हैं। प्रचंड विद्वान्…लोकमान्य तिलक की 'गीता' की व्याख्या के विरोध में एक पोथा ही लिख डाला है—अकाट्य तर्कों से युक्त! भगवान् इनके क्रोध से दुश्मनों को बचाएँ। किंतु यह क्या—एक ही रात में इनका एक नया रूप सामने आ रहा है! अरे, नारियल से कठोर, रूखे-सूखे व्यक्तित्व के भीतर कैसा तरल, कोमल, सरस, स्निग्ध हृदय! दर्शन के प्रकांड पंडित के होंठों से मीर और गालिब के शेर अजस्र फूट रहे हैं!

यह हैं जगत बाबू—१९२१ के असहयोग आंदोलन में वकालत छोड़कर स्वतंत्रता-संग्राम में कूदे! जेलों में इतने कष्ट सहे कि अर्ध-विक्षिप्त होकर लौटे थे—कहते थे, मैंने भगवान् को प्रत्यक्ष देखा है। कविता भी रचने लगे। किंतु, जब प्रतिक्रिया का दौरदौरा हुआ, हिंदूसभा के प्रवाह में बह गए। भटका हुआ कबूतर फिर अपने दड़बे में आ गया है। अभी-अभी दूसरी शादी की थी—और आज जेल में हैं! सोच रहा हूँ, उस दिन स्टेशन पर उनके पीछे जिस लजाती, सकुचाती, राग-भरी, सुहाग-भरी किशोरी को देखा था, वह बेचारी कैसे होगी? कहाँ होगी?

अपने प्यारे सखा अंबिका के बारे में क्या लिखूँ? मस्त-मौला—विचारों में क्रांति, आचार में क्रांति, व्यवहार में क्रांति। उस दिन मेरी चुटिया काट डाली, अब जनेऊ तोड़ने पर तुला है—भेदभाव के ये कुत्सित चिह्न, आत्मा को जकड़नेवाले ये

बंधन—तोड़ो इन्हें, छोड़ो इन्हें' शोख—कभी स्वामीजी को छेड़ देता है, कभी जगत बाबू से चुहलें करता है!

यह जस्सूलालजी हैं—सिटी में फलों की दुकान थी। जब हम लोग उस ओर जाते, प्रेमपूर्वक पवाते। आर्यसमाजी—उदार विचार, राष्ट्रीयता के हामी। हम लोग हँसी-हँसी में इन्हें अपना 'गार्डियन' कहते—अब जबकि इनके 'वार्ड' यहाँ आए तो 'गार्डियन' उन्हें इस पर-पुरी में, पाषाण-पुरी में अकेले कैसे छोड़ते?

यह हैं कीर्ति बाबू—चेहरे से कैसी सरलता और सौम्यता टपक रही है! देहात से आए हैं, एक राष्ट्रीय स्कूल में अध्यापक थे।

और यह रामनाथ—एक विद्यार्थी। हमारे युवक संघ का उत्साही कार्यकर्ता! जब पुलिस मुझे पकड़कर 'बस' में बिठला रही थी, कूदकर भीतर चला आया—मैं भी जेल चलूँगा।

क्या हम सात इस छोटे से दायरे में देश का सच्चा प्रतिनिधित्व नहीं कर रहे हैं! कभी-कभी मन-ही-मन सोच रहा हूँ, धन्य हो गांधी बाबा, कैसे-कैसे जानवरों को एक ही नाँद में भुस्सा खिला रहे हो तुम!

हाँ, हाँ, देखिए, वह नाँद में भुस्सा आ रहा है—और जो कुछ हो, तीनों बेला, ठीक समय पर, चारा-पानी पहुँचाने में जेल जरा भी कोताही नहीं करता।

यह नाश्ता है—खिचड़ी। पानी-पानी, जिसपर भुने हुए लाल मिर्चें तैर रहे हैं! बस, मिर्चें जीभ पर रखिए और खिचड़ी सुड़क जाइए; बड़ा मजा आएगा—यह कह रहे हैं हमारे भीमाकार रसोइया जोधीसिंह। दियारे के रहनेवाले हैं, जमीन की हदबंदी लेकर झगड़ा हुआ, युद्ध ठना, कई खून हुए। जोधीसिंह को दस साल की सजा है—जैसा शरीर वैसा ही काम मिला है। पूरी देगची किस आसानी से उठा लेते हैं!

खिचड़ी सुड़ककर बाहर देख रहा हूँ। यह सामने विशाल पीपल का पेड़। बेचारे को क्या-क्या न देखना पड़ा है, क्या-क्या न देखना पड़ेगा!

मानव, तुम भी विचित्र हो! जिस देव-वृक्ष के नीचे बैठकर भगवान् बुद्ध ने विश्व कल्याणकारी ज्ञान प्राप्त किया था, उसीको यंत्रणाओं का आगार बना दिया गया है! देखिए, उसके मोटे तने और डालों में वे लोहे की कीलें ठुकी हुई हैं। वे क्या हैं? कहीं-कहीं देहात में ऐसी कीलें देखी हैं जिनका अर्थ होता है, प्रेतों को इन कीलों के द्वारा कैद कर दिया गया है। किंतु इन कीलों का क्या अर्थ? बताया जा रहा है, बदमाश कैदियों को जब खड़ी हथकड़ी देनी होती हैं, इन्हीं कीलों में हाथ की कड़ियाँ बाँध दी जाती हैं। बस लटकते रहिए, जंजीर हिलाते रहिए, इस पीपल

के देवता को गुहराते रहिए!

हाँ, दीवारें पत्थर की होती हैं, जंजीरें फौलाद की। जंजीरें चीखती हैं, चिल्लाती हैं और दीवारें गुमसुम!

किंतु, इस पीपल के निकट जो छोटी-छोटी दीवारें हैं, वे तो चीखती हैं, चिल्लाती हैं। उनकी चिल्लाहट से रात कई बार नींद उचटी है!

बड़ी दीवारों के अंदर छोटी दीवारें—जेल के अंदर सेल।

जेल दबोचता है, सेल पीस डालता है!

कौन बेचारा पिस रहा है इसमें?

बेचारा नहीं, बेचारे। एक नहीं, दो-दो।

एक पागल है, एक बच्चा।

कुछ दिनों के बाद, उस पागल की जो गत हुई, पचीस वर्षों के बाद भी उसकी याद कँपा डालती है।

दिन-भर वह चिल्लाया करता; रात-भर चीखता या कराहता होता।

जेलवालों का शक था, मुकदमे से बचने के लिए उसने यह स्वाँग भर रखा है—उसपर कोई संगीन मुकदमा था।

एक दिन वह चिल्ला रहा था कि जमादार ने उसे डाँटा। जमादार की डाँट, पागल की झड़प। जमादार ने गाली दी, पागल ने थूक फेंकी। थूक जमादार की पगड़ी पर आकर चस्पाँ हो गई; वह बलगमी थूक, जो झाड़े न झड़े, धोए न धुले! जमादार क्रोध से लाल हो उठा।

चाबियों का झब्बा झनझना उठा; सेल का फाटक खुला और फिर थप्पड़, घूँसे, डंडे। वह छोटे से सेल में इधर भागता, उधर भागता। फिर न जाने उस पागल में कहाँ से इतना बल आ गया। जमादार साहब को उसने उठाकर दे मारा—जमादार चारों खाने चित और उसकी छाती पर वह पागल बैठा है!

उसी समय जमादार की सीटी गूँज उठी। चारों ओर से सिपाही दौड़े और…

और न पूछिए। थोड़ी देर में वह बेचारा लोथ-सा पड़ा है और उसपर लाठी-डंडे, लात-घूँसे के प्रहार-पर-प्रहार हो रहे हैं।

पहले वह औंधा पड़ा था। पीड़ा से व्याकुल उसने करवट बदली, चित हो गया। जमादार उछलकर उसकी छाती पर चढ़ गया और अपने बूटों से इतने जोर से हुमच दिया कि उसके मुँह से खून के लोंदे इस तरह निकलने लगे जिस तरह बचपन में हम जोंक के मुँह पर चूना लगा देते थे तो वह खून उगलने लगता था।

खून की धारा देखकर एक सिपाही ने जमादार को खींच लिया। तब तक

डॉक्टर साहब पहुँच चुके थे। डॉक्टर ने क्या किया—आप कुछ कल्पना कर सकते हैं?

उनकी आज्ञा से पागल के मृतप्राय शरीर को पानी के हौज में डाल दिया गया। फिर उसे नंग-धड़ंग सेल में बंद कर दिया गया और चलते-चलाते उन्होंने सख्त हिदायत की—साले को पानी भी नहीं देना!

वह दिन-भर कराहता रहा, रात-भर पानी-पानी चिल्लाता रहा।

मुझे उस रात नींद नहीं आई। चिल्लाहट धीरे-धीरे क्षीण होती जाती। ज्यों-ज्यों क्षीण होती, त्यों-त्यों अधिक करुण होती जाती। चीख कराह में बदलती, फिर बंद''। मुझे धक-सा लगता कि बेचारा शायद मर गया। किंतु क्या मरण इतना सरल, सुलभ है। फिर कराह, चीख, चिल्लाहट—पानी, पानी, पा''नी, पा''नी, पा''पा''

और यह बच्चा।

अभी दस साल का लगता है। धूल-गर्द से धूमिल चेहरा—तो भी कितना सुंदर लगता है। हाफ कमीज, हाफ पैंट। पैंट काला, कमीज लाल। ज्यों ही सेल का दरवाजा खुला, पीपल के पेड़ के नीचे बैठ गया! हम लोगों को देख रहा, उसकी आँखें बता रहीं, हमारे निकट आने को ललच रहा; किंतु जमादार बता रहा, बचिएगा बाबू, पुराना गिरहकट है! चंट है चंट, कई बार आ चुका है, चेहरे के भोलेपन पर नहीं भूलिएगा!

पुराना गिरहकट—चंट है चंट—भोलेपन पर नहीं भूलिएगा—कई बार आ चुका है, इससे बचिएगा!

किंतु प्रश्न है—इस भोले बच्चे को चंट किसने बनाया? जिसे चूमने की इच्छा हो, उससे बचने की तंबीह की क्यों जरूरत पड़ी? इन प्रश्नों का उत्तर कौन दे? किससे पूछा जाए?

और पीपल के पेड़ के सामने कुछ दूर पर वह फाँसी-चबूतरा है। और फाँसी-चबूतरे के निकट ही वह फाँसी-सेल। क्या उस सेल में भी कोई है, जो जीवन और मृत्यु के झूले पर झूल रहा होगा।

है—चौबेजी हैं, मालिक, यह मेरा सफैया कलुआ बता रहा है।

चौबेजी!

याद आया—उस दिन पटना की निचली सड़क पर एक धड़ाका हुआ था। कोई क्रांतिकारी नौजवान आ रहा था, उसे फँसाने के लिए पुलिस ने फंदे डाल रखे थे। वह साइकिल पर दनादन आ रहा था कि अचानक साइकिल में धक्का लगा,

वह गिर पड़ा। फिर साइकिल छोड़कर वह एक गली में भागा। गली में भी फंदा डाला गया था। अपने को घिरा देख उसने बम फेंका। बम फूटा, धड़ाका हुआ। किंतु वह अपने को गिरफ्तार होने से बचा नहीं सका।

फिर एक षड्यंत्र केस—एक हत्या भी जोड़ दी गई—चौबे को फाँसी की सजा हुई। कलुआ कह रहा है, चौबेजी कैसे अच्छे गबरू जवान हैं, बाबू। हाय, उनको फाँसी होगी!

और तू किस दफा में आया है रे, कलुआ?

कलुआ—मगहिया डोम—बिहार की बदनाम जरायम-पेशा कौम। काला आबनूसी रंग—पुट्ठे-पुट्ठे कसे हुए। कड़ी-कड़ी मूँछें—छोटी-छोटी आँखें अधजले कोयले की तरह रह-रहकर बल उठतीं। मेरे प्रश्न पर मुसकराता है। चोरी करो, शराब पीओ, पकड़े जाओ, यहाँ आओ, फिर छूटकर यही क्रम जिंदगी-भर दुहराते रहो—यही है इस कौम का नसीब, भाग्यरेख!

तुम्हारी बीबी भी है, कल्लू?

हाँ, सब हैं बाबू, बीवी, बाल-बच्चे, सब हैं।

उन्हें कौन देखता होगा तेरी गैरहाजिरी में?

कुनबा उन्हें देखेगा, बाबू। यही होता है। जो यहाँ आ गए उनके परिवार की देखरेख जो बाहर रह गए, वे करते हैं। चोरी के माल में सबका साझा, सुख-दुःख में सबका साझा। अगर ऐसा नहीं हो तो यह पेशा ही नहीं चले, बाबू। कलुआ अपनी मूँछों पर ताव देते हुए मुझ अज्ञानी को समझाने की कोशिश कर रहा है।

ये ही हमारे साथी हैं—ऐसे ही लोग हमारे साथी होंगे, जब तक हम जेल में रहेंगे! हमारा सप्तर्षि मंडल और उसके इर्द-गिर्द वह पागल, वह बच्चा, जोधीसिंह, जमादार, सिपाही, यह पीपल का पेड़, वह फाँसी का चबूतरा, चौबेजी और सबसे बढ़कर वह डॉक्टर!

न जाने क्यों, उस डॉक्टर पर बार-बार सोचने को मजबूर होना पड़ता। हमारे साथ कैसा अच्छा व्यवहार—वह बाहर की खबरें सुना जाता, कभी-कभी अखबार भी चुराकर ला देता। अंबिका से उसने दोस्ती भी गाँठ ली थी! किंतु उस दिन कैसी राक्षसी वृत्ति दिखलाई उसने! एक व्यक्ति—दो व्यक्तित्व!

इस बात का अनुभव तो पीछे हुआ कि जेल-जीवन सचमुच व्यक्तित्व को टुकड़े-टुकड़े कर डालता है। बड़े-से-बड़े के व्यक्तित्व को भी!

□

सजा

जंजीरें खनक रही हैं, बोल रही हैं, स्वयं तुलकर हमें तौल रही हैं।

हम यहाँ इन ऊँची, अलंघ्य, गुमसुम दीवारों के अंदर बंद हैं; किंतु बाहर आँधियाँ चल रही हैं, कोलाहल मच रहा है। एक ओर से जुलूस निकल रहे हैं, नारे लग रहे हैं, दूसरी ओर से लाठियाँ चल रही हैं, कोड़े फटकारे जा रहे हैं।

हमने जिसका श्रीगणेश किया था, उसकी इति यों ही नहीं हो सकती थी। इसे शुरू किया था कुछ नौजवानों ने, अब बुजुर्ग कंधे उस भार को शानदार ढंग से ढो रहे हैं!

अंबिका की गिरफ्तारी के बाद जब मैं जुलूस बनाकर आगे बढ़ा, रास्ते में एक टमटम पर बदहवास-सा आकर बारी साहब ने मुझे गले लगाया।

सदाकत आश्रम में किसीने खबर की थी। बारी साहब वहाँ से दौड़े। उन दिनों कांग्रेस के पास मोटरें कहाँ थीं, एक टमटम करके भागे-भागे पहुँचे थे।

आज बारी साहब हममें नहीं हैं, किंतु क्या बिहार अपने इस सपूत को कभी भूल सकेगा? प्रोफेसर अब्दुल बारी वैसे मुसलमान थे, जिनका राष्ट्रप्रेम उनके धर्म के भी ऊपर होता है। पठानी खून था उनमें—पाँच हाथ के लंबे तगड़े—जहाँ खड़े होते, सबसे ऊँचा उनका सिर होता। शाहाबाद के रहनेवाले—शेरशाह और कुँअरसिंह की बहादुरी के प्रतीक। कांग्रेस के कट्टर समर्थक, साथ ही बिहार में समाजवादी विचारों के जन्मदाता। उनके ऐसा मजदूर नेता भी बिहार ने पैदा नहीं किया। प्रांतीय कांग्रेस के अध्यक्ष की हैसियत से जमींदारी उठाने का प्रस्ताव उन्होंने ही प्रथम बार रखा था।

बारी साहब ने मुझे गले लगाया, साथ ही आश्वासन दिया, जाओ, हम इस आग को जलाए रखेंगे!

हाँ, आग जल रही है, धू-धू जल रही है! राजेंद्र बाबू भी दौरे से लौट पड़े

हैं, दादा कृपलानी तो यहीं थे ही। प्रतिदिन जुलूस निकल रहे हैं, गिरफ्तारियाँ हो रही हैं। इस जेल की आबादी भी बढ़ती जा रही है।

पटना लौटकर राजेंद्र बाबू हम लोगों से मिलने जेल-गेट पर पधारे, उनके साथ आचार्य कृपलानी भी थे। हम लोगों ने अपने को धन्य समझा। दादा के चेहरे पर एक व्यंग्य था—कहो, एक चुटकी नमक क्या कमाल कर रही है!

अभी उस दिन एक विचित्र दृश्य हो गया। स्टेशन से जुलूस निकला। लेजिस्लेटिव एसेंबली के अध्यक्ष श्री विट्ठल भाई पटेल पधारे थे। लोगों के उत्साह का क्या कहना! वे जेल से सटी सड़क के किनारे के पेड़ों पर चढ़ गए और वहाँ से नारे देने लगे। उनके नारों की ध्वनि में जेल के राजबंदियों ने ध्वनि मिलाई। थोड़ी देर तक लगा, बेस्टाइल की घटना दुहरकर रहेगी!

किंतु कहाँ फ्रांस की खूनी क्रांति, कहाँ हमारी अहिंसक क्रांति!

लेकिन हमारा अहिंसक खून भी उस दिन खौल उठा, जिस दिन हमने सुना, एक अंग्रेज पुलिस अफसर ने बारी साहब पर कोड़ों का प्रहार किया है।

उसका नाम था चरचर! बड़ा ही शैतान अफसर। एक दिन जब स्वयंसेवकों के जत्थे निकल रहे थे, वह अपना घोड़ा फँदाता बारी साहब के निकट आया और तड़ातड़ कोड़ा चलाने लगा—यह कोड़ा गवर्नर के नाम पर, यह कोड़ा कलक्टर के नाम पर और लो, यह कोड़ा मेरे हिस्से का! लोग हाहाकार कर उठे! बारी साहब में इतनी ताकत थी कि उसे घोड़े पर से खींचकर दो घूँसे में ही जमीन पर सुला देते। किंतु वह मुसकराते खड़े रहे।

इस घटना ने तो आग में घी का काम किया। जो हसन इमाम साहब १९२१ के आंदोलन में अलग रहे, वह भी इसमें आ कूदे; यद्यपि उनका स्वास्थ्य बहुत खराब था और अधिक वह कर नहीं सकते थे। हाँ, उनकी पत्नी और बेटी ने इस आंदोलन की बड़ी सहायता की।

अब प्रतिदिन कुछ लोग संध्या को सड़क के किनारे के पेड़ों पर चढ़ते और नारे लगाते, जवाब में जेल भी नारों से गूँजता। नारों का यह आदान-प्रदान अधिकारी बरदाश्त नहीं कर सकते थे। सड़क पर पुलिस का पहरा पड़ने लगा, भीतर जल्द-जल्द हमें हटाने की कोशिश हुई।

जेल में ही अदालत बैठी। अदालत क्या, मखौल—सामने मजिस्ट्रेट बैठे। एक बगल हम खड़े किए गए। कोर्ट-इंस्पेक्टर ने मुकदमा रखा, पुलिस को लोगों ने गवाहियाँ दीं, हमने अपराध स्वीकार किया, मजिस्ट्रेट ने सजा सुनाई। उन्हें धन्यवाद देकर हम अपने बैरक में लौटे।

हमें छह-छह महीने की सजा हुई—सख्त कैद की!

किंतु दो-तीन दिनों से एक आशंका जो मन में उठ रही थी, वह सत्य सिद्ध हुई। मेरे साथ जो नौजवान विद्यार्थी आया था, उसके बहुत से मुलाकाती इधर आ रहे थे और वह प्रायः जेल-गेट पर बुलाया जाता। जब-जब गेट से आता, वह उदास दीखता। पूछने पर अनमना उत्तर देता। आज जब वह अपने मुकदमों के सिलसिले में गेट पर गया (हमारे मुकदमे अलग-अलग हुए थे) तो लौटा नहीं। पता चला, वह माफी माँगकर छूट गया है!

अचरज हुआ, यह बहादुर नौजवान इतना जल्द कैसे टूट गया? किंतु अधिक आश्चर्य की कौन-सी बात है। कुछ दिनों में ही देख रहा हूँ, हम लोगों की कई कमजोरियाँ उभड़कर ऊपर आ रही हैं।

जेल एक अजीब भट्ठी है, इसमें तपकर सोना कुंदन बन जाता है, टलहा इसकी आँच से ही पिघलने लगता है और थोड़ी देर में ही फदक-फदककर राख बन जाता है!

जंजीरें खनकती हैं, बोलती हैं, स्वयं तुलकर लोगों को तौलती हैं। अब हमारी तौल हो रही है। उस नौजवान का खोखलापन तो सिद्ध हो चुका, क्या हमारा वजन वही है जिसका दावा हम कर रहे थे? किंतु हम इस पहलू पर नहीं सोचें, इसी में कल्याण है।

अभी तक हम लोग अपने कपड़े पहन रहे थे, सजा के बाद हमें जेल के कपड़े मिले। काली धारी के मोटिये का कुरता—पूरी बाँह का; क्योंकि हम 'बी' डिवीजन में रखे गए थे। 'सी' क्लास की अपेक्षा यह काली धारी पतली, एक जाँघिया, एक सुथना—उसी काली धारी के मोटिये के। सुथना पहनने के हम आदी नहीं थे, इसलिए जाँघिया ही पहने रहते। जब हम लोगों ने यह सरकारी पोशाक पहनी, एक-दूसरे की सूरत देखकर हँसते-हँसते लोटपोट हो गए।

सबसे बुरी गत स्वामीजी की हुई। बेचारे किशोरावस्था से ही संन्यासी; कभी ऐसी पोशाक पहनी नहीं। उन्होंने बड़े शौक से पहन लिया; किंतु हमें बहुत बुरा लगा। कम-से-कम संन्यासी के लिए तो रियायत करनी ही चाहिए—खासकर स्वामीजी ऐसे पद-प्रतिष्ठा के संन्यासी के लिए। किंतु अंधी नौकरशाही के लिए तो सब धान बाइस पसेरी। हममें से कुछ ने विरोध प्रकट करना चाहा, तो स्वामीजी ने रोक दिया।

हममें से सिर्फ अंबिका को 'ए' डिवीजन मिला था। बाकी सबको 'बी' डिवीजन। 'बी' डिवीजन मिलने पर खाने में थोड़ा सुधार हुआ—अच्छा चावल,

अच्छी दाल, कहने को हलवा और दूध भी। किंतु सबपर जेल की मुहर! अच्छा चावल आया तो भात गीला हो गया। हलवा कच्चा। गनीमत दूध—सो एक पाव में क्या हो!

जब से जेल में आया, हजामत नहीं बनाई थी। कहा गया, जेल में छुरे का प्रवेश निषेध है। कहीं कोई अपना गला ही काट ले तो? बस कैंची से जहाँ तक संभव हो, बाल मुँड़वा लीजिए। मैंने सोचा, चलो एक झंझट ही दूर हुई—बाल बढ़ने दो। १९२१ में जब देशबंधु चित्तरंजनदास जेल से निकले थे, उनकी शानदार दाढ़ीवाली तसवीर निकली थी। मेरी तसवीर भी कहीं निकल ही जाएगी, नहीं तो पास में तो रहेगी।

यह खैरियत की बात है कि आदमी अपनी सूरत नहीं देख पाता। मैं इसे विधाता का वरदान मानता हूँ। क्योंकि यदि आदमी अपनी सूरत हर समय देख पाए, तो कभी-कभी ऐसी स्थिति आती है कि अपनी सूरत देखकर उसकी छाती फट जाए।

जेल में आईना रखने की भी मुमानियत थी। शीशे को चूरकर कच्चे धागे के सहारे लोहे के छड़ को काट दिया जा सकता है और निकल भागा जा सकता है। इसलिए हम अपना चेहरा देखने से भी वंचित कर दिए गए थे। कभी-कभी जेल की दीवारों पर अपनी छाया-भर देख ली, बस।

किंतु यह क्या! एक दिन शौच के लिए पाखाने में गया तो पेशाब के भरे बरतन में अचानक अपने चेहरे का प्रतिबिंब देखकर चौंक उठा! प्रतिबिंब बिलकुल साफ था—भद्दे बाल, भद्दी दाढ़ी, भद्दी मूँछें। अरे, यही मैं हूँ। मैं अपनी हँसी नहीं रोक सका, हँसता-दौड़ता खटाल में आया और अंबिका से अपने आविष्कार की चर्चा की। जिंदादिल वह, मेरे आविष्कार से लाभ उठाने वह पाखाने की ओर दौड़ा!

जब उन दिनों की छोटी-छोटी बातें याद आती हैं, आज भी हँसी नहीं रुकती। कैसे थे वे दिन और कैसी मस्ती भरी थी हमारी तबियत में!

'बी' डिवीजन मिलने पर सेफ्टी रेजर मिला। किंतु सोचा, अब यह रहे।

और इसी पोशाक और इसी चेहरे में हमें एक दिन हजारीबाग जेल के लिए रवाना कर दिया गया।

संध्या हो चुकी थी। हम लोग खा-पीकर कुछ इधर-उधर की बातें कर रहे थे। कुछ विचारात्मक, कुछ संस्मरणात्मक। जेल में पुरानी बातें बार-बार सामने आती हैं। जो विचार कभी बिजली की तरह कौंधकर दिमाग में लीन हो गए, वे नया

विस्तार लेकर उपस्थित होते हैं। जो घटनाएँ कभी तुच्छ लगी थीं, वे विशाल रूप में नए अर्थ लेकर पधारती हैं। ये बातें ही वहाँ आदमी को जिंदा रखती हैं; हाँ, इनके चलते उलझनें भी कम नहीं पैदा होतीं।

आदमी मुख्यत: सोचने-विचारनेवाला प्राणी है, इस कथन की सार्थकता जेल में ही मालूम पड़ती है।

हम लोग बातों में मशगूल थे कि एक नायब जेलर ने आकर कहा, आप लोग गेट पर चलिए। गेट पर क्या है? चलिए भी तो! और गेट पर देखा, एक दारोगा कुछ सिपाहियों के साथ खड़ा है। हम लोगों का ट्रांसफर हो रहा है, जेलर ने मुसकराकर कहा। इस मुसकराहट में उसकी हार्दिक प्रसन्नता छिपी थी; क्योंकि हमारे ऐसे राजबंदी जेलरों के लिए सदा सिरदर्द सिद्ध होते हैं!

किंतु यह बेचारा क्या जानता था कि मुँड़े सिर पर ओले गिरने ही वाले हैं। हमारे ट्रांसफर के बाद ही इस जेल से एक राजबंदी भाग गए और बेचारे को जिंदगी-भर नायबी की चक्की चलानी पड़ी।

वह राजबंदी थे बसावन, जो उन दिनों क्रांतिकारी पार्टी में थे। फरार थे कि इस हो-हल्ले में पकड़कर जेल में रख दिए गए और इसी हो-हल्ले में एक दिन दो साथियों की पीठ के सहारे दीवार फाँद गए। दीवार के उस पार धम्म से गिरे तो पहरे के सिपाही ने समझा, ताड़ के पेड़ से फल चुआ है।

किंतु हमारे सामने भागने का प्रश्न कहाँ था! हम तो सत्याग्रही थे; किंतु पुलिस के निकट तो हम सभी भगोड़े ही समझे जाते रहे हैं। दारोगा सजग—सिपाही मुस्तैद! गनीमत कि हमारे हाथों में कड़ियाँ नहीं डाली गईं। किंतु एक बंद गाड़ी में हमें ले जाया गया और स्टेशन न ले जाकर गुमटी पर रेल के एक सुरक्षित डब्बे में बिठलाया गया। पर पुलिस की यह सावधानी भी व्यर्थ गई। गाड़ी खुलने के समय जब उस डब्बे को स्टेशन ले जाया गया तो देखा, गंगाशरण वहाँ मुसकराते हुए खड़े हैं। गया तक वह हम लोगों को पहुँचा आए।

और, गया स्टेशन पर भी कुछ लोग हम लोगों के स्वागत-सत्कार को तैयार खड़े थे।

यह सब कैसे हो जाता था? कौन हमें इन बातों की खबर कर देता था, कौन हमारा संदेश दूर-दूर तक पलक लगाते पहुँचा देता था? भारत की आत्मा आजादी के लिए छटपटा रही थी—हम सत्याग्रहियों की संख्या थोड़ी थी, किंतु सारा देश हमारे साथ था—प्राय: वे लोग भी, जो सरकारी वरदी में थे!

□

हजारीबाग

मुँहअँधेरे रेल के डब्बे से निकलकर जब 'बस' पर चढ़े, ठंडक के मारे ठुड्डी हिलने लगी।

जून की शुरुआत। पटना में आग बरसती है। हजारीबाग में यह गुलाबी जाड़ा। पहले मजा अनुभव किया। किंतु जब बस चली, सारा बदन हिलने-डुलने लगा। तो भी कुछ ओढ़ने की इच्छा नहीं होती थी। मरुभूमि में जल का सोता मिला है, पीते चलो, पीते चलो।

और, ओढ़ें भी तो क्या? सारे कपड़े तो बिस्तर में ही बँधे हैं, जो जमादार साहब के कब्जे में हैं। जेल से जिस पोशाक में रवाना किए गए, बदन पर वही आधी बाँह का धारीदार कुरता, आधी जाँघ का जाँघिया और वह अँगोछा, जो मुश्किल से बदन को ढक सके।

धीरे-धीरे उजाला बढ़ रहा है। कुछ जंगली पेड़, फिर जंगल और अब वह पहाड़। किसी पहाड़ के रास्ते से गुजरने का पहला मौका—उत्तरी बिहार में पहाड़ कहाँ, बस दूर से हिमालय की झाँकी-भर! पतली-सी सड़क से बस भागी जा रही, एक ओर चट्टानों का पुंज, दूसरी ओर खड्ड-ही-खड्ड। जब-जब मोड़ आती, रोएँ खड़े हो जाते। जरा भी गफलत या गड़बड़ हुई तो इस खड्ड में कहीं हमारी हड्डियाँ ढूँढ़े भी मिल सकेंगी?

किंतु भय क्षणिक था, आनंद स्थायी! यह ठंडी हवा, यह खुशनुमा दृश्य! हाँ-हाँ, जिंदगी हो या जमीन—ऊबड़-खाबड़ ही अच्छी!

बस भागी जा रही है, हमारी आँखें पल-पल बदलनेवाले दृश्य में लीन हैं और मस्तिष्क में तरह-तरह के विचार आ-जा रहे हैं, हृदय में तरह-तरह की भावनाएँ उठ रही हैं, मिट रही हैं। कभी दुर्बलताएँ घेरती हैं, घर का क्या होगा? कौन उन्हें देखेगा—जब मैं चला जा रहा हूँ, भोर-भोर हो सकता है, रानी आँसू बहा रही हो!

नहीं-नहीं—अरे, हम कितना बड़ा काम करने जा रहे हैं। देश की आजादी के लिए लड़ना—जीवन की सार्थकता इससे बड़ी क्या होगी! यदि देश के लिए बलि भी चढ़ जाऊँ, तो क्या यह कम सौभाग्य की बात होगी?

इन हार्दिक उथल-पुथलों में, मस्तिष्क के ऊहापोहों में जब-तब आँखें झिप जातीं।

कि एक धचके के साथ गाड़ी रुकी और लीजिए, यह सामने हजारीबाग सेंट्रल जेल खड़ा है।

जंजीरें फौलाद की होती हैं, दीवारें पत्थर की। किंतु पटना जेल में जो दीवारें देखी थीं, उनकी दीवारें भले ही पत्थर-सी लगी हों, थीं ईंट की ही।

पत्थर की दीवारें तो सामने हैं—चट्टानों के ढोंकों से बनी ये दीवारें। ऊपर-नीचे, अगल-बगल, जहाँ देखिए, पत्थर-ही-पत्थर। पत्थर—काले पत्थर, कठोर पत्थर, भयानक पत्थर, बदसूरत पत्थर।

किंतु अच्छा हुआ कि भोर की सुनहली धूप में हजारीबाग सेंट्रल जेल की इन दीवारों का दर्शन किया। इन काली, कठोर, अलंघ्य, गुमसुम दीवारों की विभीषिका को सूर्य की रंगीन किरणों ने कुछ कम कर दिया था। संतरियों की किरचें भी सुनहली हो रही थीं। हाँ, अच्छा हुआ, क्योंकि बाद के पंद्रह वर्षों में न जाने कितनी बार इन दीवारों के नीचे खड़ा होना पड़ेगा।

किसीने कहा है, सब औरतें एक-सी। यह सच हो या झूठ, किंतु मैं कह चुका हूँ, सब जेल एक-से होते हैं। सबकी दीवारें एक-सी होती हैं, सबके फाटक एक-से दुहरे होते हैं, सब में एक ही ढंग के बड़े-चौड़े ताले लटकते होते हैं, सबकी चाबियों के गुच्छे भी एक-से झनझनाते हैं और सबके वार्डर, जमादार, जेलर, सुपरिंटेंडेंट जैसे एक ही साँचे के ढले होते हैं—मनहूस, मुहर्रमी। जैसे सबने हँसने से कसम खा ली हो।

किंतु हजारीबाग का जेल अपनी कुछ विशेषता भी रखता है। सब जेल बनाए जाते हैं अपराधियों को ध्यान में रखकर, हजारीबाग सेंट्रल जेल की रचना ही हुई थी देशभक्तों पर नजर रखकर।

१९१४-१८ का विश्वयुद्ध। पंजाब और बंगाल की क्रांतिकारी पार्टियों ने इस अवसर से लाभ उठाकर गदर करने की चेष्टा की। लाहौर से कलकत्ता तक उन्होंने जाल बिछाया था। बहुत से क्रांतिकारी अस्त्र-शस्त्र के लिए बाहर भेजे गए थे, बहुत से विदेशों से इसी काम के लिए लौटे थे। किंतु, भंडा फूट गया, धरपकड़ का दौर चला, गोलियाँ चलीं, बम फूटे। कितने मारे गए। जो पकड़े गए, उनपर

विद्रोह के मुकदमे चले। कितनों को फाँसी हुई। जिन्हें सजाएँ हुईं, उन्हें कहाँ रखा जाए, यह प्रश्न उठा। कालापानी खतरे से खाली न था—'एडमन' नामक पनडुब्बी जहाज ने बंगोपसागर को चंचल कर रखा था।

सुरक्षित स्थान यह हजारीबाग समझा गया। छोटा नागपुर की पहाड़ी पर घनघोर जंगल में बसा यह स्थान। किसी भी रेलवे स्टेशन से पचास-साठ मील की दूरी पर। फिर आदिवासियों की आबादी में अपना रूप कोई छिपा सकेगा कैसे! बस उन्हें ला-लाकर यहाँ रखा गया।

जेल के फाटक पर जेल-प्रवेश की रस्में पूरी की गईं। सामानों की सर्च, व्यक्तिगत सर्च। खैरियत समझिए कि हमें नंगा नहीं किया गया, क्योंकि हम अपर डिवीजन के कैदी थे न!

भीतर बहुत बड़ा घेरा—एक ओर अस्पताल, एक ओर छोकरा-किता, जिसकी बगल में ही रंडी-किता। रंडी-किता—इस नाम से हँसिए मत, घबराइए मत। हर औरत जो किसी जुर्म में जेल भेजी गई, जेलवालों की नजरों में रंडी है। छोकरा-किता और अस्पताल के बीच में राजबंदियों के लिए सेल—हाँ, सेल ही सेल। सेलों की दो किस्में—बाबू सेल और पंजाबी सेल। पंजाबी सेल बहुत ही बुरे, बंगाली बाबुओं के लिए कुछ आराम पर ध्यान दिया गया था।

बाबू सेल में छह वार्ड हैं। हर वार्ड में अट्ठाईस सेल हैं, छब्बीस साधारण सेल, दो चक्की सेल। छब्बीस साधारण सेलों के सामने लंबा बरामदा है। जो भलेमानस का व्यवहार करें, यानी जेल के सारे नियमों को चूँ-चरा किए बगैर मानें, वे सेल में सोएँ, बरामदे पर चंडाल-चौकड़ी इकट्ठी करें, सामने के आँगन में घूमें-फिरें। किंतु जिनका दिमाग फिरा है, जो हर जगह लड़ाई-झगड़े ही पसंद करते हैं, वे इन चक्की सेलों में रख दिए गए। वहीं मौज से चक्की चलाया करें—उसीमें खाना, उसीमें सोना, उसीमें चक्की चलाना। फैक्टरी और क्वार्टर साथ-साथ।

और बदमाशी की मात्रा अधिक बढ़ी, तो फिर पंजाबी सेल में। पंजाबी सेल के तीन वार्ड हैं—उनका हर सेल बाबू वार्ड के चक्की सेल की तरह का बाहर से बिलकुल बंद। 'भूत-पिशाच निकट नहीं आवै, जब पंजाबी सेल पठावै।' यह बर्क-बतीसा की एक चौपाई है, जिसकी चर्चा अभी आने वाली है।

इन्हीं सेलों में पंजाबी कैदियों को रखा गया था, जो मुख्यतः गदर पार्टी के लोग थे।

एक दिन अचानक एक मोटा पोथा हाथ लग गया था, एक कैदी ने लाकर दिया—कुछ बीड़ियों के लोभ में। वह गदर पार्टी के सदस्यों पर चलाए गए

मुकदमों की मिसिल थी। पढ़कर रोंगटे खड़े हो गए—चार आदमियों को फाँसी हुई थी, कितनों को कालापानी, लंबी सजावालों की लंबी सूची। यह पोथा इस कैदी को कैसे मिला? पूछताछ से पता चला, इस प्रकार सबको बंद रखे और सुरक्षा के प्रबंध किए जाने पर भी पंजाबी कैदियों ने इस जेल से निकल भागने की चेष्टा की थी। कुछ भाग गए, कुछ गोलियों के शिकार हुए, कुछ लड़ते-लड़ते मरे! पलायन की उनकी यह चेष्टा कितनी रोमांचकारी थी, इसका पूरा पता १९४० में चला, जब इस पलायन के फरार बाबा सुच्चासिंह से इसी जेल में भेंट हुई! वह कथा अभी स्थगित ही रहे।

हम भलेमानस थे, अत: हमें बाबू वार्ड में ही रखा गया। वार्ड नं. २ में मुझे रखा गया।

यहाँ आने पर पता चला, अपर डिवीजन के कैदी के क्या मानी? बेचारे जतीनदास ने तिरसठ दिनों का उपवास करके अपने प्राण दे दिए; वह तो स्वर्ग सिधारे, किंतु हमारे लिए इस पृथ्वी पर ही, जेल में ही, स्वर्ग-सुख का दरवाजा खोल दिया। खाट है, गद्दा है, तकिया है, चादरें हैं, गुलगुल कंबल हैं। किताबों के लिए सेल्फ हैं। सुगंधित तेल, गोदरेज नं. १ के साबुन, टेक का ब्रश, बंगाल केमिकल का खुशबूदार मंजन। फिर यह भोजन—भोर में गरमागरम हलुआ और गरम-गरम दूध या टोस्ट, मक्खन, अंडे। दिन में बासमती का चावल, मूँग की दाल, सब्जियाँ, पापड़, तिलौड़ी, अचार, शाम में घी से चुपड़ी चपातियाँ, गोश्त!

किंतु वह जमादार उस दिन कहने लगा, बाबू, ये सब मौज क्या हैं! इन्हीं वार्डों में जब बंगाली बाबू लोग रहते थे, पानी की नाली में घी बहता था। न जाने कैसे खब्ती थे वे लोग, नाली में घी बहाकर वे क्या पाते थे?

जब तक हम लोग हजारीबाग पहुँचे, अन्य जिले से राजबंदियों का आना शुरू हो गया था। पता चला, बिहार और उड़ीसा के अपर डिवीजन के राजबंदी यहीं रखे जाएँगे—उन दिनों उड़ीसा भी बिहार में ही था। सर्वश्री गोपबंधु चौधरी, नीलकंठ दास, नवकृष्ण चौधरी, हरेकृष्ण महताब आदि से हमारा सामीप्य यहीं स्थापित हुआ था।

वार्ड नं. २ में रहने से एक सहूलियत अनायास मिल गई। इसी वार्ड में फैक्टरी थी, जहाँ बुनाई आदि के काम होते। जिन्हें सख्त सजा मिली थी, वे इस फैक्टरी में काम करने आते। सादी कैदवाले राजबंदियों ने भी काम करने में नाम लिखा लिया था। काम तो नाम का होता। सब लोगों से मिलने की सुविधा मिल जाती थी। मुफ्त में हर महीने चार दिनों की छुट्टी भी।

गांधीजी के जादू ने कैसे-कैसे लोगों को अभिभूत किया है, इसका पता यहीं आने पर लगा। प्रांत के जो माने-जाने नेता थे, वे तो आए ही हैं, ऐसे लोगों की—वकील, डॉक्टर, प्रोफेसर, विद्यार्थी—भरमार है, जो राजनीति से अपने को अछूते रखते थे। तरह-तरह के चेहरे, तरह-तरह के स्वभाव। किसीको किसीकी धुन, किसीको किसीकी लगन। 'नाना बाहन नाना बेषा, बिहसे सिव समाज निज देखा'। क्या गांधीजी यहाँ होते, अपने समाज को देखकर ठट्ठा मारकर नहीं हँस पड़ते!

लेकिन गांधीजी तो अभी तक अपनी डांडी यात्रा पर ही हैं। हमें अखबार के नाम पर 'स्टेट्समैन' का सिर्फ 'ओवरसीज एडीशन' दिया जाता है; किंतु क्या एक भी खबर हम तक पहुँचने से रहती है? साबरमती आश्रम से चलते समय उन्होंने जो घोषणा की—'या तो मैं स्वराज्य लेकर यहाँ लौटूँगा या मेरी लाश समुद्र में तैरती नजर आएगी'—हम लोगों के कानों में वह दिन-रात गूँजा करती है। और गूँजा करती है गोलियों की आवाजें भी, जो देश के कोने-कोने से आया करती हैं। बिहार में ही आधे दर्जन स्थानों पर गोलियाँ चल चुकी हैं। लाठी-चार्ज और गिरफ्तारियों की क्या बात! धीरे-धीरे छह बाबू वार्ड और पूरा छोकरा-किता हम लोगों से भर चुका है। अब हम लोगों में से कुछ को पंजाबी सेलों में भी रखा जाने लगा है, हाँ, उन्हें घूमने-फिरने की पूरी स्वतंत्रता दी गई है!

यों तो अब यहाँ सत्याग्रही राज़बंदियों की ही भरमार है, किंतु मेरे वार्ड में तीन राजबंदी मौलनिया डकैती केस के हैं। तीनों नौजवान हैं। इनके नेता जोगेंद्र शुक्ल थे, जो अब तक फरार हैं। वार्ड नं. १ में देवघर षड्यंत्र केस के राजबंदी हैं। एक दिन खुफिया पुलिस ने वैद्यनाथ धाम के एक घर पर छापा मारा। वहाँ एक कॉपी मिली, जिसमें संख्या-ही-संख्या लिखी थी। उन संख्याओं से क्रांतिकारियों के नाम और पते निकाले गए और लाहौर से चटगाँव तक गिरफ्तारियाँ हुईं। फिर मुकदमा चला, लगभग एक दर्जन नौजवानों को सजा मिली। वे सब यहीं रखे गए हैं।

बड़ा आनंद आ रहा है—नए-नए लोगों से परिचय, दिन-भर हा-हा-हू-हू। जो लोग आते हैं, बाहर से सनसनी-भरे समाचार लाते हैं। हाँ, हाँ, हमारा देश आजाद होगा—होकर रहेगा!

हमारे अट्टहास में जंजीरों की बोली गुम हो गई है और दीवारें उनकी प्रतिध्वनि से गूँजने लगी हैं!

□

बर्क

किंतु डेनमार्क के राज्य में सबकुछ सपाट ढंग से नहीं जा रहा है, यह दिन-दिन प्रगट होने लगा!

यह जो गांधीजी के नाम पर शिव का समाज जुटा था, क्या उसे देखकर गांधीजी को आनंद ही आता—क्या उनकी हँसी कुछ ही दिनों में रुदन में नहीं बदल जाती?

समाज जुटाना एक बात है, किंतु समाज को बाँधकर रखना दूसरी बात। फिर समाज में पवित्रता-ही-पवित्रता बनाए रखना तो तीसरी ही अनोखी बात है।

साबरमती आश्रम की कितनी ही दुःखद कहानियाँ कानों में पड़ी थीं—कई बार गांधीजी को उपवास तक करना पड़ा था!

जिन कमजोरियों के बीज पटना जेल में देखे, पाया, वे अब यहाँ अंकुर ले रहे। आज की राजनीति में जो अवांछनीय चीजें दिखाई पड़ती हैं, उनकी नींव जेलों में ही पड़ी थी। जेल के सुगम रास्ते से हमने आजादी तो ले ली है, किंतु वहाँ जो बीमारियाँ फूटीं, उनकी छूत से हम अपनी संतानों को भी नहीं बचा सके। कुछ शारीरिक बीमारियाँ संतानों में पैतृक देन के रूप में नहीं मिलतीं। शारीरिक बीमारियाँ तो खून तक ही सीमित रहती हैं, किंतु मानसिक बीमारियाँ तो मज्जा तक जा पहुँचती हैं।

कुछ ही दिन तो आए हुए, किंतु अजीब बातें दीख पड़ने लगी हैं। पाक दामन स्वामीजी ने अपने सेल में ही अपने को समेट लिया है, कछुए की तरह। गीता पढ़ते हैं, चरखा चलाते हैं। अपना भोजन भी आप बना लेते हैं। अंबिका पद्मपत्रमिवाम्भसा बना हुआ खाता है, खेलता है, ठट्ठा मारकर हँसता है। मेरी विचित्र स्थिति है—बाहर हँसना, भीतर रोना।

यहाँ की इस स्थिति को और भी उलझनपूर्ण बना दिया है यहाँ के जेल-

सुपरिंटेंडेंट ने। कहीं आदमी इतना कुरूप होता है—इस अंग्रेज गोरे को देखकर पहली बार ही मेरे मन में यह प्रश्न उठा।

उसके शरीर का वह विचित्र ढाँचा। लगता, किसी बदमाश लड़के ने कसम खाकर मोम की एक ऐसी मूर्ति बनाई हो कि कहीं, किसी अंग से भी सौंदर्य की झलक नहीं दिखाई पड़े। लँगड़ा; झुककर, गुरिल्ले की तरह उचक-उचककर चलता। चेहरे पर मानो किसी दूसरे बदमाश बच्चे ने लाल रोशनाई की दवात फेंककर फोड़ डाली हो! छोटी-छोटी गोलमोल आँखें, जिनकी नीली पुतलियों से शैतान झाँकता! बाएँ हाथ पर गोदने से साँप की तसवीर बनवा रखी थी उसने, यह तसवीर क्या उसकी मानसिक वृत्ति को सूचित नहीं करती?

हेल्थ पास कराने को जब मैं उसके सामने गया, मेरे ही साथ उसने अजब व्यवहार किया। कैदियों की 'हिस्ट्री-टिकट' पर एक खाना होता है कि यह पहली बार जेल आया है या पुराना मुजरिम है। उस खाने को भरने के पहले मुझसे कुछ पूछा, जो उसके अटपटे उच्चारण के कारण मैं समझ नहीं सका। जेलर ने जवाब दिया, उसने वह खाना भर दिया। पीछे पता चला, वह मुझसे पूछ रहा था, कितनी बार चोरी की है?

किंतु उसके लिए यह कोई बड़ी बात नहीं थी। अभी कुछ दिन पहले उसने एक राजबंदी के साथ जो व्यवहार किया था, वह किस्सा लोगों ने कह सुनाया।

दानापुर से कुछ राजबंदी आए थे। उनमें से एक नौजवान ने अपना नाम मजिस्ट्रेट के सामने 'कामरेड' बताया था। उन दिनों ऐसा होता था, विनोदी लड़के अपना नाम 'बंदर' बताने से भी नहीं चूकते थे। मजिस्ट्रेट इन बातों पर ध्यान नहीं देते थे, जो कहा, लिख दिया और सजा दे दी। कामरेड के साथ यही हुआ। किंतु दानापुर के वह कामरेड जब हजारीबाग के इस किंरूप किमाकार गोरे के सामने पेश किए गए तो एक कांड ही मच गया। बर्क कहता, यह नाम नहीं हो सकता, बताओ असली नाम। कामरेड कहते, जो है, सो बता दिया। बर्क गरजा, कामरेड तन गए। बर्क ने जमादार से कहा—जवान को सीधा करो।

इसके बाद बर्क की वह प्रक्रिया शुरू हुई, जिसकी कल्पना से ही कैदी काँप उठते। दो सिपाहियों ने कामरेड के हाथ पकड़ लिये और दो ने पीछे से पैर पकड़े। बर्क चार डग पीछे हटता, फिर बड़े वेग से बढ़कर अपनी बँधी हुई वज्र-मुष्टिका से कामरेड के होंठ पर, जबड़े पर, छाती पर, पेट पर प्रहार करता। हाँ, प्रहार के लिए इन्हीं मर्मस्थानों को वह चुनता था। थोड़ी देर में ही कामरेड का चेहरा लहूलुहान—मुँह से लोंदे-के-लोंदे खून भी गिरने लगा। जब कामरेड बिलकुल

बेहोश हो गए, तभी बर्क ने छोड़ा।

यह भी सुना, बर्क ने अपने बेटे की जीभ काट डाली थी; क्योंकि वह बच्चा तुतलाता था और यह उसकी जीभ का आपरेशन कर उसकी तुतलाहट दूर करना चाहता था। तुतलाहट कहाँ तक दूर होती, वह बच्चा अपने इस क्रूर बाप को सदा के लिए सलाम करके चल बसा।

ज्यों-ज्यों राजबंदियों की संख्या बढ़ने लगी, बर्क की झंझटें भी बढ़ती गईं। एक दिन उसकी छोटा नागपुर के शेर बाबू रामनारायण सिंह से ठन गई।

बाबू वार्ड की जगहें भर गई थीं, अतः रामनारायण सिंहजी को पंजाबी सेल में जगह दी गई थी। सेल के आगे के पेड़ के चबूतरे पर बैठकर वह कुछ लिख-पढ़ रहे थे कि बर्क वहाँ जा पहुँचा।

वह पढ़ने-लिखने में तल्लीन थे कि आवाज हुई—उठो, पैर मिलाओ, हाथ उठाओ। इसी रूप में साधारण कैदी अफसरों के सामने खड़े किए जाते थे। शिष्टतावश रामनारायण बाबू उठते ही, किंतु इस हुक्म में उन्होंने अपमान देखा। फिर क्या था, सिपाहियों द्वारा वह उन्हें खड़ा करवाने और हाथ उठवाने लगा और जब उन्होंने विरोध प्रकट किया तो उनके सारे कपड़े उतार, बोरियों के जाँघिए और कुरते पहनाकर, हाथों में खड़ी हथकड़ी डालकर उन्हें सेल में टँगवा दिया और हुक्म दे गया, इसे 'पेनल डायट' दो—यानी वह लपसी, जो जबान से नीचे नहीं उतरे और उतरे तो पेट में जाकर कुहराम मचाए।

हाँ, जंजीरें यहाँ भी बोल रही हैं और स्वयं तुलकर हमें तौल रही हैं।

जब यह खबर फैली, हममें से अधिकांश का खून खौलने लगा; किंतु आश्चर्य, हममें से ऐसे लोग भी निकल आए, जो उसका समर्थन करने लगे। और समर्थन करने लगे गांधीजी के नाम पर—हमें जेल के सारे नियम मानने चाहिए। कैसा तमाशा, जेल के अधिकारियों ने गांधीजी द्वारा बताए जेल के नियम-पालन के आदेशों को लिखवाकर जगह-जगह टँगवा दिया।

हम लोग गद्दे पर सोएँ, हलवा खाएँ और हमारे एक बुजुर्ग नेता हथकड़ियों में लटके रहें, लपसी चाटते रहें! किंतु गांधीजी का आदेश है, हमें चुप ही रहना चाहिए!

एक और विशेष बात हुई। मजिस्ट्रेटों ने तो जिन्हें उचित समझा, अपर डिवीजन में रख दिया। किंतु, सरकार छानबीन कराने लगी और बहुत से लोगों को फिर अपर डिवीजन से 'सी' क्लास में रखने लगी। 'क्षीणे पुण्ये मृत्युलोके विशन्ति' का सिलसिला शुरू हुआ। अजब दृश्य—एक ओर नए-नए लोग आ रहे हैं, दूसरी

ओर यहाँ से झुंड-के-झुंड लोग दूसरे जेलों में भेजे जा रहे हैं। जब वे जाने लगते, हृदय में अजीब तूफान उठता—

'क्या जतीनदास ने अपने को इसीलिए बलिदान किया था? क्या लाहौर के बंदियों की माँग का यही अर्थ था? सरकार द्वारा जिन शर्तों को स्वीकार किए जाने पर भगतसिंह आदि ने अनशन तोड़ा, क्या उसकी मंशा यही थी? कुछ पुलिस के अफसर मनमानी जाँच कर मजिस्ट्रेट द्वारा किए गए डिवीजन को तोड़वा दें; प्रांत के हजारों राजबंदी 'सी' क्लास की तकलीफें झेलें और हम कुछ लोग हलवा-माँड़ा उड़ाते रहें! फिर, राजबंदियों में डिवीजन का यह विभेद डालकर क्या सरकार हममें फूट नहीं डाल रही है?'

किंतु इन बातों को सुननेवाला कौन था?

कि, एक भाई ने यहाँ भी अनशन कर दिया। वह भागलपुर से आए थे। उनके साथ जो लोग आए थे, उनमें से कुछ नौजवानों का डिवीजन तोड़ दिया गया था। उनके अनशन से उन नौजवानों का तबादला तो रुक गया, किंतु डिवीजन तो टूटा ही। हाँ, हम अपने भोजन से खिलाते-पिलाते। उनमें से एक सज्जन आज कांग्रेस के बड़े पदाधिकारी हैं और उस बेचारे अनशन करनेवाले का कोई पुरसांहाल नहीं है।

जेलर होशियार हैं; कान से कम सुनते हैं, किंतु बिना सुने ही सारी बातें समझ जाते हैं। सरकार ने सबकुछ दे रखा है, किंतु जिनकी आवश्यकताएँ इनसे पूरी नहीं होतीं, उनके सारे अभावों को पूरा कर देते हैं। बिना पास किए हुए खत पढ़ा दिया करते हैं, अपने कमरे में मुलाकात करा देते हैं, जिन्हें टाट का गद्दा गड़ता है, उनके लिए रूई का गद्दा बनवा देते हैं, कुछ लोगों के लिए खास घी-दूध का भी प्रबंध कर दिया गया है। बड़े लोग उनसे खुश हैं, इतना खुश कि यदि स्वराज्य तुरंत मिल गया होता तो बेचारों को आई.जी. बनने में क्या देर लगती!

यह भेदभाव भी लोगों में असंतोष फैला रहा है। बर्क के खिलाफ तो जबरदस्त मोरचा बन रहा है—यदि नेता लोग नहीं सुनेंगे, तो कुछ हम करेंगे। मैंने उसी समय एक 'बर्क-बतीसा' बनाई—तुलसीदासजी की 'हनुमान चालीसा' की तर्ज पर। उसकी वंदना है—

'गुरुपद 'लोटस'-'डस्ट' से मन 'मियर' हि सुधारि,
बरनौं बर्क हि बिमल जस जो दायक फल चारि।
घानी, चक्की, सेल पुनि, ऊपर से कुछ मार,
ये चारों फल देत हैं चोरन के सरदार॥'

उसीकी एक चौपाई थी—'भूत-पिशाच निकट चलि आवै, जब पंजाबी सेल पठावै।' कितना आश्चर्य, इसके दस वर्षों के बाद भी १९४० में एक पुराने जमादार ने बर्क-बतीसा सारा कंठस्थ सुनाया। हजारीबाग जेल में यह बर्क-बतीसा कितना लोकप्रिय हुआ, इसीसे कल्पना कीजिए!

लगता है, हमारा असंतोष अनसुना नहीं गया। बर्क की बदली हो गई। वहाँ से वह गया सेंट्रल जेल भेजा गया। गया में तो उत्पात की अति कर दी। किंतु अचानक एक दिन वह अपने बंगले में मरा हुआ पाया गया। जनश्रुति थी, किसी क्रांतिकारी ने उसके जुल्मों की कथा सुनकर उसकी हत्या कर दी। यों कहा गया, उसने आत्महत्या कर ली है!

बर्क के साथ एक और अंग्रेज अफसर की चर्चा होनी ही चाहिए। वह था मैकरे, जो बिहार के जेलों का आई.जी. था। वह एक बार भागलपुर गया। भागलपुर जेल में एक विद्यार्थी था, नाम था रामजी प्रसाद वर्मा। वह हिंदू विश्वविद्यालय में इंजीनियरिंग पढ़ता था। बहुत ही मेधावी विद्यार्थी। उसके आइरिश प्रिंसिपल उसे बहुत मानते। वह जब गिरफ्तार हुआ, उससे भेंट करने प्रिंसिपल साहब भागलपुर जेल तक पहुँचे।

जेलवालों से रामजी के साथ सद्व्यवहार रखने की उन्होंने सिफारिश की। रामजी का अक्षर बहुत सुंदर था, उसे दफ्तर की लिखा-पढ़ी का काम दिया गया। उसके लिए अन्य सुविधाएँ भी दी गईं।

किंतु, यही उसके लिए अभिशाप सिद्ध हुआ! जब मैकरे जेलों का निरीक्षण करते भागलपुर पहुँचा, रामजी से उसकी मुठभेड़ हो गई। रामजी मेधावी ही नहीं, तेजस्वी भी था। मैकरे ने दस बेंत की सजा उसे दी और कहा—बेंत मेरे सामने ही लगाए जाएँ। उसने शायद सोचा, राजबंदियों को सबक भी सिखा दिया जाए।

झट रामजी को तिकटी पर चढ़ा दिया गया। तिकटी लकड़ी का वह ढाँचा होता है, जिसपर कैदी को औंधे मुँह बाँधकर उसकी चूतड़ पर बेंत लगाए जाते हैं। सभी राजबंदियों को कतार में बिठला दिया गया यह दृश्य देखने को। मैकरे भी सदलबल वहाँ खड़ा हुआ। नंगे चूतड़ पर बेंत बरसने लगे। बरसों तेल में पोसे हुए वे बेंत। तड़ाक्-तड़ाक् जहाँ पड़ते, खाल उधड़ आती। किंतु वाह रे रामजी! हर बेंत पर महात्मा गांधी की जय, भारतमाता की जय आदि नारे लगाता ही रहा। जब दस बेंत पूरे हुए, मैकरे उसके निकट गया। रामजी ने कहा—बस इतना ही! वह गुस्से में लाल हो उठा। हुक्म दिया—दस बेंत और! अब तो चूतड़ से मांस कटने लगा; किंतु वे ही नारे और अंत में फिर वही—बस इतना ही! मैकरे अब होश में नहीं था,

दस बेंत और! फिर बेंत—तड़ाक्-तड़ाक्। तिकटी के नीचे मांस के टुकड़े कटकर गिर रहे हैं, रक्त की बूँदें टपक रही हैं। रामजी का समूचा शरीर थरथर काँप रहा है, किंतु मुँह से क्षीण स्वर में नारे जारी हैं। कहते हैं, इस दृश्य से मैकरे इतना प्रभावित हुआ कि दो बेंत और रह गए थे, तभी बेंत लगाना बंद करवा दिया और उसके निकट जाकर करुण स्वर में बोला—मैंने ईसा की कहानी सुनी थी, आज प्रत्यक्ष देख लिया। यही नहीं, वहाँ से लौटकर वह अपने पद से इस्तीफा देकर इंग्लैंड वापस चला गया!

वही रामजी एक दिन बिहार इंजीनियरिंग कॉलेज का प्रिंसिपल हुआ, अब हीराकुंड बाँध योजना का कार्यकारी अभियंता है!

□

जिंदगी

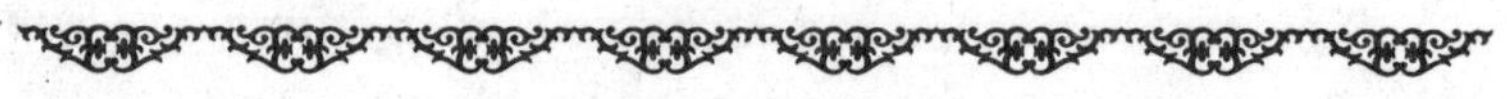

धीरे-धीरे बिहार-उड़ीसा के सभी नेता आ गए हैं। और जिन नेताओं का जो रूप हमने वहाँ देखा, वही आज तक निखरता आया है। सबसे अंत में राजेंद्र बाबू आए और जब वह आए, सब पर छा गए—इसमें संदेह नहीं।

एक प्रश्न हमें सबसे अंतर्जलन दे रहा था—राजबंदियों में यह जो वर्ग विभाजन चल रहा था! हम सब समता के नारे देते थे, एक-दूसरे को भाई समझते थे। अब हममें से किसीको 'ए' डिवीजन, किसीको 'बी' डिवीजन और किसीको साधारण कैदी में शुमार कर क्या सरकार हमारे उस साम्यभाव और बंधुत्व पर प्रहार नहीं कर रही है? और उसे स्वीकार कर क्या हम अपने को आदर्श से नीचे नहीं उतार रहे हैं?

हमने यह प्रश्न राजेंद्र बाबू के सम्मुख रखा। किंतु, उन्होंने भी कुछ करने से असमर्थता प्रगट की—वह अपने लोगों की दुर्बलता को अच्छी तरह समझते थे, खुलकर कहा भी। तब हमने निश्चय किया, कम-से-कम हम लोग तो अपने को इससे मुक्त ही कर लें। हमने तय किया, हम अपर डिवीजनों की सहूलियत नहीं लेंगे।

हमने पलंग, गद्दे हटा दिए; 'सी' क्लास का खाना ही खाते। जेलवाले हमें 'सी' क्लास का भोजन देने को तैयार नहीं थे; फलतः हम अपना भोजन उन भाइयों को दे देते, जिन्हें अपर डिवीजन से नीचे कर दिया गया था और उनका साधारण कैदी का भोजन ग्रहण करते।

इससे मन में थोड़ी शांति आई। अब निश्चित कार्यक्रम बनाकर जेल-जीवन का प्रारंभ किया।

ज्यों ही सेल का फाटक खुलता, मुँहअँधेरे ही मैं उठ जाता। शौच आदि से निवृत्त हो स्वयं पानी लाकर अपना सेल धो लेता। जमीन पर ही सोना था, अतः

स्वच्छ बनाकर रखना आवश्यक था। फिर स्नान करता; साबुन नहीं लेता था, अतः अच्छी तरह देह मल-मलकर नहाता। फिर थोड़ी कसरत करता—उन दिनों सूर्य नमस्कार और शीर्षासन आदि नियमित रूप से चलते। थोड़ा सुस्ता कर चना-गुड़ खा लेता और एक गिलास पानी चढ़ा लेता। तब पढ़ना-लिखना शुरू करता। बाजाप्ता शिक्षा तो अच्छी पाई नहीं थी; जेल में तरह-तरह की किताबें लोगों के पास थीं, उनसे लेकर पढ़ता। लिखना तो मेरा पेशा ही ठहरा—अपनी पत्रकारिता जारी रखने के लिए 'कैदी' नामक एक हस्तलिखित पत्रिका निकालने लगा। वहाँ लेखकों और कवियों की कमी नहीं थी, पत्रिका बड़े ठाठ की निकलती थी। मेरा सौभाग्य, पहले अंक के लिए राजेंद्र बाबू ने भी एक लेख लिख दिया। 'प्रजा का धन' उसका शीर्षक था। राजेंद्र बाबू का कहना था, हम जेल में प्रजा का ही तो धन खा रहे हैं, अतः उसकी भरपाई के लिए हमें कुछ काम यहाँ जरूर करना चाहिए।

पढ़ने-लिखने के बाद भोजन—बस वही मोटा चावल, पतली दाल, उबली तरकारी! किंतु आदर्श रक्षा की भावना ने उनमें कितना स्वाद भर दिया था! खा-पीकर यारों से गपशप होती, हा-हा-हू-हू मचता। हँसना-हँसाना मेरा काम रहा है—जेलों में तो मैं हंगामा ही मचा डालता। एक बार इतना शोर मचा कि जेलवालों ने समझा, कहीं कोई बलवा तो नहीं हो गया; सभी हमारे वार्ड की ओर दौड़े!

संध्या में खेल-कूद या सेवादल का परेड। मशहरी के डंडों को हम लाठी की तरह इस परेड में प्रयोग करते। कबड्डी हमारा प्यारा खेल था। उड़ीसा के वर्तमान मुख्यमंत्री भाई नवकृष्ण चौधरी बड़े चाव से इसमें भाग लेते और अच्छे खिलाड़ी समझे जाते! महताब साहब को खेल में अच्छा अनुराग था!

इस जेलयात्रा के पहले मैं अखिल भारतीय हिंदी साहित्य सम्मेलन का प्रचार मंत्री बनाया गया था। अतः उड़ीसा के भाइयों को हिंदी पढ़ाने का काम भी मैं करता। मानभूम के बंगाली भाई भी बड़े प्रेम से सीखते! उन दिनों बँगला-हिंदी के झगड़े का नाम-निशान नहीं था।

संध्या को प्रायः कवि-सम्मेलन या मुशायरा जुटता। मैं ही इसका स्वनिर्वाचित संयोजक था। मैं उन दिनों कविता भी किया करता था। गद्य में जिस तरह मैं चिनगारियाँ उगलता, पद्य में उसी प्रकार हास्य की पुट भरता। लोग खूब हँसते। अब भी उन दिनों की अपनी कविताएँ अपने मित्रों के मुँह से सुना करता हूँ। अपनी कविताओं का संग्रह मैंने कभी नहीं रखा। किंतु कभी सोचता हूँ, काश, उनकी कॉपी मेरे पास होती। उनका साहित्यिक मूल्य नहीं हो, जीवन के इतिहास में तो उनका कुछ स्थान है ही। सबसे बड़ी दिक्कत रात को होती। लालटेन भी हटा दिया

था; यद्यपि राजेंद्र बाबू तक ने उसे रखने के लिए आग्रह किया था। साँप, बिच्छू का भय दिखाया गया था। किंतु आखिर 'सी' क्लासवालों की रक्षा जो भगवान् करता है, वह क्या हमारे ही लिए सो जाएगा?

कुछ देर तक गुनगुनाता रहता—कबीर, विद्यापति, तुलसी, सूर के कितने पद, जो कभी याद थे, लेकिन अब भूल गए थे, फिर स्मरण आने लगे। कबीर ने तो जैसे मोह ही लिया। बलवेडियर प्रेस से कबीर की पूरी रचनाएँ मँगाईं। कबीर के पद तुरंत याद आ जाते और गाने में एक अद्‌भुत तन्मयता मैं अनुभव करता। कभी-कभी कबीर के पदों में दूसरे कवियों की कुछ पंक्तियाँ भरकर मैं उन्हें और भी मजेदार बना लेता। 'कैसे दिन कटिहैं जतन बताई जइओ'—में विद्यापति, बिहारी आदि की विरहसूचक पंक्तियाँ जोड़कर मैंने एक लंबी लड़ी बना ली थी।

इस लड़ी ने ही मुझसे मेरा पहला उपन्यास लिखवा लिया।

एक दिन मैं गुनगुना रहा था कि एक कैदी ने उसमें एक देहाती कड़ी जोड़ दी। मैं चकित—पीछे पता चला कि वह रेप केस का कैदी है। उसकी प्रेम-कथा ही 'पतितों के देश में' परिणत हुई। मैं चाहता था, इस सिरीज में कुछ और उपन्यास लिखूँ—डकैतों पर, हत्यारों पर, गिरहकट्टों पर! ऐसे कैदियों से रब्त-जब्त बढ़ाई। जेल में आदमी थोड़ा फक्कड़ हो जाता है—अपनी पाप-कथा कहने में झिझक कम रह जाती है। और यदि बीड़ी-सुर्ती की लालच मिल जाए तो लीजिए न, पूरा जीवन-पुराण सुन लीजिए।

रात के एकांत में एक और काम करता। कहाँ तक गुनगुनाता या गाता; अपने जीवन की पिछली घटनाओं को सिलसिलेवार याद करना शुरू किया। जब मैं बच्चा था, मेरी माताजी मर गई थीं। वह कैसी थीं, उनका चेहरा-मोहरा, उनकी पोशाक, उनकी चाल, उनका व्यवहार आदि कैसे थे। यों ही एक-एक व्यक्ति और घटना की बारीक-से-बारीक यादगारी एकत्रित करने लगा—मेरी शादी कैसे हुई—कहाँ-कहाँ के अगुआ आए, क्या-क्या बातें कीं, अपनी भावी पत्नी की मेरी कल्पना क्या थी, किस तरह सगुन पड़ा, तिलक चढ़ा, बरात चली, परिछावन हुआ और जब लावा छितराने के समय एक अपरिचित लड़की मेरे अँकवार में आई, तो मैं किन भावनाओं में डूबा। इसी प्रकार अपने ननिहाल, ससुराल, स्कूल, गुरु आदि के संबंध में एक-एक बात को ब्योरेवार याद करता। लगा, कहानियों का, चित्रों का एक बड़ा पोथा ही मिल गया—उस छोटे से सेल का अँधेरा एकांत, रोमांस और रंगीनियों से जगमग कर उठा!

किंतु जिस दिन बाहर चाँदनी खिली होती, मैं अधीर हो उठता। चाँदनी में

सोना, टहलना, चाँद को देखना, चाँदनी में नहलाना—मुझे सदा भाया किया है। किंतु कितनी लाचारी—मुझसे चार गज दूर पर चाँदनी खड़ी मुसकरा रही है और मैं लोहे की छड़ों के भीतर छटपटा रहा हूँ। एक दिन जब बहुत सवेरे नींद टूटी, देखा, पूर्णिमा की चाँदनी मेरे पैताने में आ गई है! आह, किस तरह हड़बड़ाकर उठा! इच्छा हुई, उसे गोद में समेट लूँ कि वार्डर के बूटों का चरमर सुनाई पड़ा—हाय, कमबख्त को किस वक्त खुदा याद आया!

नेताओं के निकट जाने से मैं सदा घबराता रहा हूँ; कोई आत्माभिमान के सिंहासन पर शान से बैठा हो और मैं उसके चरणों के निकट बैठकर उसका मुँह जोहूँ, उसकी हाँ-में-हाँ मिलाऊँ, जी-हजूरी करूँ—यह मुझे कभी नहीं पसंद हुआ। किंतु यहाँ उत्सुकता जगी, देखूँ तो, इनमें से कौन कैसा है? प्रायः दूर से ही देखता, दो-चार क्षणों के लिए बैठ भी जाता तो चारों ओर दृष्टि डालकर उनके आसपास की एक-एक चीज देखता—बात तो सिर्फ दो-चार, शिष्टाचार की।

समूचे हजारीबाग जेल पर राजेंद्र बाबू का व्यक्तित्व छाया हुआ था। 'ए' डिवीजन में रहकर भी बहुत ही सीधा-सादा जीवन व्यतीत करते—सीधा-सादा और नियमित। चरखा चलाना और पढ़ना उनका मुख्य काम। चरखा चलाते हुए ही लोगों से बातें भी करते जाते। फैक्टरी में आकर प्रतिदिन कुछ घंटे नियमित काम करते—नेबार बुनने का काम उन्होंने वहाँ सीखा था। जेल में प्रतिदिन उठनेवाली समस्याओं के हल करने में भी उनका समय लगता। प्रांत-भर के लोगों से निकटतम संपर्क स्थापित करने की उनकी चेष्टा होती। अचानक एक दिन मेरे सेल में आ गए, बातें कीं, घर का हालचाल पूछा—हर बात से आत्मीयता टपकती। बातें करते हुए उनका ध्यान मेरी पुस्तकों पर गया। उन दिनों मैं सेक्स-समस्या पर अध्ययन कर रहा था; कई पुस्तकें इस संबंध की मँगा भी ली थीं। मैं झेंप गया। किंतु साहस बटोरकर कहा—बाबू, बरट्रंड रसेल की यह पुस्तक आपने पढ़ी है? 'मैरेज एंड मौरल्स' नाम की पुस्तक मैंने उनके हाथ में रख दी। बरट्रंड रसेल ऐसे लोग सेक्स पर लिखते हैं, यह जानकर उन्हें आश्चर्य हुआ। वह पुस्तक ले गए और फिर तो इस विषय की एक-एक पुस्तक पढ़ डाली।

जेल-भर में शाहाना ढंग था बाबू दीपनारायण सिंह का। उन दिनों वही बिहार-केशरी कहलाते। शेर की तरह का शानदार चेहरा-मोहरा। ऊँची गरदन, कटी-छँटी कड़ी-कड़ी मूँछें, सजधजकर रहते, रोब से बातें करते! एक दरबार जुटा रहता उनके आसपास—कालीन बिछे हैं, पान है, सिगरेट है, चाय के दौर चल रहे हैं; जब जाइए, नाश्ता हाजिर। उनके लिए प्रतिदिन बाहर से भोजन बनकर आता।

उनकी श्रीमतीजी ने हजारीबाग में ही डेरा डाल दिया था—वह बंगाल के सुप्रसिद्ध विद्वान् और धनपति सर तारकदास पालित की पुत्री थीं। दीप बाबू को जेल में जरा भी कष्ट न हो, इसके लिए वह पानी की तरह रुपया बहातीं।

सबसे विचित्र शख्सियत थी उड़ीसा के नीलकंठ दास की। वह दिन-भर सोते, रात में उठकर पढ़ते। हर विषय का अपने को अधिकारी विद्वान् समझते। चेलों का एक दल उन्हें घेरे रहता। उन्हें इस बात की ईर्ष्या थी कि उनका ऐसा व्यक्तित्व अपने बीच में पाकर भी लोग राजेंद्र बाबू को नेता मानते हैं, जो उनसे कहीं छोटे हैं! दुनिया को वह मूर्ख समझते!

उड़ीसा के गोपबंधु चौधरी को देखकर ही सम्मान में सिर झुक जाता। उनका पूरा परिवार जेल में था—उनकी पत्नी, उनके भाई, उनका पुत्र। गोप बाबू भी नियमित चरखा कातते और फैक्टरी में आकर काम करते—कालीन बुनने में उन्होंने अच्छी व्युत्पन्नता प्राप्त की थी। उनके भाई श्री नवकृष्ण चौधरी तो हममें बिलकुल ही घुलमिल गए थे। उनका पुत्र मनमोहन हम सबका प्रिय पात्र था।

एक दूसरे विचित्र व्यक्ति थे—स्वामी भवानी दयाल संन्यासी। स्वामीजी बिहार के रहनेवाले थे, किंतु उनका पूरा जीवन बीता था दक्षिण अफ्रीका में। दक्षिण अफ्रीका के सत्याग्रह में उन्होंने सपत्नीक भाग लिया था। किंतु उनकी धारणा थी, गांधीजी ने वहाँ गलती की, उनके समझौते से भारतीयों का अहित हुआ। संन्यासी की पोशाक थी, किंतु भोजन-पान में पूरे अपटुडेट। सदा वायसराय तथा ऊँचे अंग्रेज अधिकारियों से ही लिखा-पढ़ी करते। मैंने 'कैदी' निकाला, तो उन्होंने 'कारागार' निकाल दिया। सदा अपने को बड़ा दिखाते, कुछ लोग उनकी मखौल भी उड़ाते।

मानभूम के निवारण बाबू को सबकी प्रतिष्ठा प्राप्त थी। वह संत माने जाते। उनका सारा परिवार जेल में था। राजेंद्र बाबू नौजवानों को उनके पास शिक्षा-ग्रहण के लिए प्रेरित करते थे। एक बार मुझ नास्तिक को उन्होंने ईश्वर के अस्तित्व पर विश्वास करने का उपदेश दिया था।

श्री बाबू उन दिनों भी पुस्तकों के अध्ययन में ही लीन रहते। अनुग्रह बाबू राजेंद्र बाबू की छाया समझे जाते। रामदयालु बाबू पर आध्यात्मिकता का रंग चढ़ रहा था। एक दिन देखा, वह गीता के शब्दों की गिनती कर रहे हैं।

लगभग ढाई-तीन सौ राजबंदी कट-छँटकर रह गए थे। एक अद्‌भुत मेला था। कहीं कुश्ती चल रही है, कहीं पूजा हो रही है; कहीं आसन लगाए जा रहे हैं, कुशासन बिछाए जा रहे हैं; कहीं गीता पढ़ी जा रही है, कहीं रामायण का पाठ हो रहा है तो कहीं लेनिन और मार्क्स का अध्ययन चल रहा है। विवेकानंद और

रामतीर्थ की भी काफी पुस्तकें वहाँ थीं। तिलक का 'गीता रहस्य' अब भी अध्ययन का एक मुख्य ग्रंथ था। गांधीजी की रचनाओं को तो पूछिए मत—हमारी बाइबिल तो वे ही थीं।

त्योहार बड़े धूमधाम से मनाए जाते। कृष्णाष्टमी के दिन जगत बाबू और कुमार कालिका ने जो रास-कीर्तन किया, अब भी नहीं भूलता।

नैतिकता और अनैतिकता का प्रश्न धीरे-धीरे धीमा पड़ रहा था। जिसके जी में जो आता, करता। आपस में तू-तू मैं-मैं करने से क्या फायदा! कोई टोस्ट-अंडे से भगवान् का भोग लगाता है, तो तुम बोलनेवाले कौन—जब उसके भगवान् भी चुप हैं। किसीके सेल में कंटर-के-कंटर घी पड़ा है, किसीके सेल में मक्खन और विलायती दूध के डब्बों का अंबार लगा है; किसीने सेल में ही चूल्हा बैठा लिया है, जिसपर सदा कढ़ाह चढ़ा रहता है; किसीकी अँगूठी किसी जेल-अफसर के हाथ में चली जाती है, किसीके घर से मनिआर्डर-पर-मनिआर्डर गुप्त नामों से पहुँचा करता है—तो इसमें तुम्हारा क्या बिगड़ जाता है? तुम आदर्शवादी बने रहना चाहते हो तो बने रहो; जो औज-मौज को ही जीवन का सार समझते हैं, यदि जेल में पहुँचकर भी वे उसके लिए प्रबंध कर लेते हैं—तो उनपर उँगली उठाने का तुम्हारा क्या अधिकार?

वहाँ जो क्रांतिकारी राजबंदी थे, सबके सब निष्ठा से रहते, पढ़ते-लिखते, अपने काम आप ही करते। हम सत्याग्रहियों की यह लीला देखकर वे बिगड़ उठते—इन्हींसे स्वराज्य प्राप्त हो सकेगा! न वे जानते थे, न हम—स्वराज्य चाहे जिनके द्वारा आवे, उस स्वराज्य को भोगेंगे ये ही लोग, जिन्होंने जेल में भी सिद्ध कर दिया है कि भोगने की कला ये जानते हैं!

□

खुफिया

जेल की जिंदगी इस प्रकार साधारण ढंग से जा रही थी कि एक दिन जैसे शांत तालाब में एक ढेला आ गिरा!

जेल-अधिकारियों ने एक दिन एक सूची पेश की और कहा, इन लोगों के फोटो लेने के लिए खुफिया विभाग के लोग गेट पर आए हैं।

उस सूची में जिन लोगों के नाम थे, उनपर ध्यान देने से ही लगता था, कहीं दाल में काला जरूर है!

इसके थोड़े दिन पहले ही, जब हम लोग जेल में कुछ दिन रह चुके थे, खबर मिली, बिहार के क्रांतिकारियों के नेता जोगेंद्र शुक्लजी गिरफ्तार कर लिये गए। वह गिरफ्तारी जिस तरह, जिस स्थिति में हुई, तरह-तरह की अफवाहें उड़ रही थीं। एक बहुत बड़ा षड्यंत्र केस चलकर रहेगा, यह तो स्पष्ट ही था।

क्या इस फोटो लेने की क्रिया का कुछ संबंध उस षड्यंत्र केस से है?

उस सूची में मेरा भी नाम था। शुक्लजी मेरे ही स्कूल में पढ़ते थे, मेरे ही जिले के रहनेवाले हैं, मुझसे जान-पहचान भी रही है, युवक-आश्रम में भी कभी-कभी आते थे, फरारी की हालत में भी मुझसे मिलते रहे हैं। जिस दिन मैं गिरफ्तार हुआ, जुलूस के समय हाजिर थे। हम उन्हें प्रेम से 'भैया' कहा करते। उनके कामों से मेरा कोई संपर्क नहीं रहा; किंतु क्या इतने ही संबंध मुझे षड्यंत्र केस में शामिल करने के लिए काफी नहीं हैं?

जिनके नाम सूची में थे, हमने मिलकर सलाह की। एक बार इतने ही से टाल दिया कि जब तक हमें यह नहीं बताया जाएगा कि किस दफा के अनुसार हमारा फोटो लिया जा सकता है और उसके लिए बाजाप्ता आर्डर नहीं आएगा, हम फोटो नहीं देंगे!

इस जाब्तगी को पूरा करके खुफियावाले फिर आ धमके। किंतु उस दफा

में वे ही आ सकते थे, जिनकी सजा छह महीने से ऊपर की हो। मैं बाल-बाल बच गया।

कि कुछ दिनों के बाद जेल गेट से खबर आई, आपके मुलाकाती आए हैं, भेंट करने चलिए।

इस दूर देश में कौन मिलने आया—बड़ी उत्सुकता हुई, उत्कंठा में जल्द-जल्द पैर बढ़ाता गेट की ओर चला।

लेकिन जब बुलाकर ले जानेवाले वार्डर से रास्ते में बात की, तो माथा ठनका। उसने बताया, वहाँ पुलिस के कुछ लोग हैं, कुछ अपरिचित लोग भी हैं, फोटो लेनेवाले लोग भी फिर आए हैं। मेरी नजर तुरंत जेल गेट की ओर गई—वहाँ उस छेद में, जिससे होकर गेट खोलने को कहा जाता है। मैंने कुछ हलचल अनुभव किया। क्या वे लोग उसी छेद से फोटो ले रहे हैं? इच्छा हुई, लौट जाऊँ! किंतु यदि फोटो ले चुके हों, तब? नहीं, मुझे आगे बढ़ना चाहिए। अपने रूमाल को इस तरह सिर पर रख लिया कि चेहरा बहुत कुछ ढका रहे और आड़े-तिरछे चलता हुआ गेट पर पहुँचा।

गेट के अंदर पहुँचते ही मैंने हड़कंप खड़ी कर दी—मेरे साथ ऐसी शैतानी क्यों की गई! मेरे मुलाकाती कौन हैं, उन्हें मेरे सामने लाओ! मेरा फोटो कौन ले रहा था, कैमरा दिखलाओ, तसवीर वापस करो नहीं तो मैं यहाँ कुहराम मचा दूँगा, अपना सिर फुड़वाऊँगा, तुम लोगों के सिर फोड़ूँगा।

बैठिए-बैठिए, उत्तेजित मत होइए—नायब जेलर बोलने लगा। मैंने कहा—यह हँसी-खेल नहीं है, आपने हमें भलेमानस समझ रखा है, जिनपर जो कुछ भी किया जा सकता है? आज आपको बता दूँगा, हम कहाँ तक क्या कर सकते हैं!

"नाराज काहे होता है बेनीपुरी बाबू, आपका फोटो नहीं आया!"

मैंने मुड़कर देखा, वही खुफिया अफसर जो चौबे को गिरफ्तार करके इंस्पेक्टर बन गया था! मेरा पारा और गरम हो उठा। मैंने कहा, कैमरा दिखलाओ, नहीं तो...। लेकिन वह भी घाघ। इधर आइए, बैठिए, कैमरा आपको दिखला देगा, आप नाराज काहे होता है। बैठिए तो!

और जब बैठा, बड़ी चिकनी-चुपड़ी बातें करने लगा। हम तो गुलाम है, सरकार का हुकुम बजा लाता है। हम क्या करे, यही हुकुम था; लेकिन फोटो नहीं आया, आप विश्वास कीजिए! एक आदमी से कैमरा लाने को कहकर वह पूछने लगा, आप तो अब छूटेगा, छूटकर क्या करेगा, कहाँ जाएगा? मैंने गुस्से में ही कहा—जो अब तक नहीं किया, वहीं करूँगा, पटना पहुँचकर सबसे पहले तुम्हें

पिटवाऊँगा! पटनिया गुंडों से शायद तुम्हारा पाला नहीं पड़ा है, अभी तक भलेमानसों को ही फँसाते रहे हो, आदि-आदि।

किंतु वाह रे उस्ताद! काहे नाराज होगा—हँसता रहा, अंट-संट बातें पूछता रहा। मुझे ऐसा लगा, दीवार की ओट में खड़ा कोई आदमी हमारी बातें लिखता जा रहा है। यही नहीं, कुछ अपरिचित लोग इधर-उधर खड़े हैं, जो घूर-घूरकर मुझे देख रहे हैं!

मैंने समझा, इससे बातें करना या ठहरना उचित नहीं हो सकता है। कुछ लोगों से मेरी शिनाख्त करा रहा हो। मैंने तमककर फिर कैमरे की माँग की और वह दाँत खिसोड़कर 'फोटो नहीं आया, नहीं आया' कह रहा था कि मैं झमककर उठा और फाटक के निकट जाकर भीतर जाने देने के लिए नायब जेलर से कड़ककर कहा।

फाटक खोल दिया गया। मैं तेजी से अपने वार्ड की ओर चला। वहाँ वार्ड के फाटक पर कुछ लोग खड़े प्रतीक्षा कर रहे थे कि बाहर का कोई दिलचस्प समाचार मैं लाऊँगा। जब-जब किसीका कोई मुलाकाती आता, लोग इसी प्रकार प्रतीक्षा किया करते। किंतु जेल के फाटक तक पहुँचते-पहुँचते तो गुस्से से मेरी आँखों से आँसू आ गए थे। लोग सन्न—अरे, कोई बुरी खबर तो मुझे नहीं सुनाई गई। लेकिन रुँधे कंठ से जब मैंने सारी बातें कीं, एक समाँ बँध गया!

भोजन का समय था, खाना आ चुका था। सिद्धि बाबू तो ऐसे उत्तेजित हुए कि ठोकर देकर उन्होंने खाना उलट दिया और बोले, जेलर को बुलाओ, आज कुछ होकर रहेगा। आह! अब सिद्धि बाबू नहीं रहे; गया डिस्ट्रिक्ट बोर्ड के चेयरमैन—भव्य व्यक्तित्व, क्षत्रित्व नस-नस में! उनकी बड़ी-बड़ी आँखों से अंगारे बरसने लगे।

एक कुहराम मच गया—जेलर आए, उन्होंने कैफियत दी, मेरी गैर जानकारी में ही ये सारी बातें हुईं। उन्होंने वादा किया, अब आगे से ऐसा नहीं होगा। राजेंद्र बाबू को बीच-बिचाव करना पड़ा। एक आदमी गेट पर जाकर कैमरे में जितने प्लेट थे, ले आया। सरकार के पास एक दरखास्त भेजी गई कि इस तरह का गैरकानूनी और गैरवाजिब व्यवहार क्यों किया गया? आशंका प्रगट की गई कि कहीं पुलिस की कोई गर्हित मंशा तो फँसाने का नहीं है? यह दरखास्त फूलनजी ने लिखी थी; राजेंद्र बाबू ने उसे अच्छी तरह देख लिया था!

धीरे-धीरे छह महीने की सजा पूरी हो रही थी। ज्यों-ज्यों रिहाई का दिन निकट आता गया, त्यों-त्यों चिंता बढ़ती गई। 'युवक' का विप्लव अंक निकाल

कर आया था; उसे सरकार ने जब्त कर लिया था। ग्राहकों के घर-घर में उसके लिए खानातलाशी कराई गई थी। 'युवक' का क्या होगा? सत्याग्रह चल ही रहा था, क्या उसमें फिर शामिल हुआ जाए? घर का क्या प्रबंध होगा? गरीबों के लिए राजनीति कितनी दु:खदायी चीज उन दिनों थी! यह आशंका भी थी, कहीं सरकार इस षड्यंत्र केस में नहीं उलझा दे। देवघर षड्यंत्र केस की कहानी यहाँ सुनी थी, उनमें से कई इसी तरह फँसाए गए थे।

जेल दो ही समय अधिक खलता है—एक, आने के बाद थोड़े दिनों तक और दूसरा, जाने के पहले थोड़े दिनों तक! आदमी दिन गिनते-गिनते घंटे गिनने लगता है। दिन कितने बड़े, रात कितनी भारी! पुरानी स्मृतियाँ सजग होने लगती हैं। सुख की स्मृतियाँ भी कसक पैदा करती हैं। दु:ख की स्मृतियों के वृश्चिक-दंशन का क्या कहना! यहाँ राजबंदियों का जो रंग-ढंग देखा, वह अलग खलने लगा।

किंतु ये सब बातें तो होती ही हैं—जिस यज्ञ का प्रारंभ किया, उसकी पूर्णाहुति तो देनी ही होगी।

संयोग की बात, 'सी' क्लास के भोजन का स्वास्थ्य पर कुछ अधिक असर नहीं पड़ा था; हाँ, कुछ दुबला जरूर हो गया था। कुछ वजन कम हो गया था, किंतु शरीर में अधिक स्फूर्ति मालूम होती थी। आदर्श स्वयं एक खुराक है; जब कोई खुराक काम नहीं आती, यही पुष्टि देता रहता है। जिसके सिर में प्रकृति आदर्शवाद भरती है, उसके बदन में ऊँट के कूबड़ की तरह, कुछ अव्यक्त खुराक भी रख देती है। अपने कलेजे के टुकड़े खाना और अपने खून के घूँट पीना, यह उर्दू के आशिकों का ही भाग्य नहीं है—आदर्शवादियों का भाग्य भी ऐसा ही होता है।

जब छह महीने के बाद हजारीबाग सेंट्रल जेल की दीवारों से बाहर खड़ा हुआ, क्या सिर्फ प्रसन्नता ही अनुभव किया! मनुष्य तुम भी क्या हो—बंधनों से भी तुम्हें मोह हो जाता है। गेट पर उसी तरह तरह-तरह की बेड़ियाँ और हथकड़ियाँ थीं, उन्हें किस ममत्व से देखा। इन काली, ऊँची, अलंघ्य दीवारों से भी जैसे ममता हो गई थी। इनके भीतर छह महीने का जीवन छोड़कर जा रहा हूँ—जहाँ अपने जीवन का एक अंश हो, उसके लिए मोह-ममता क्यों न हो! चलते समय जेलर ने अपने कमरे में बुलाकर भूल-चूक भुला देने का आग्रह किया था, नायब जेलरों ने नमस्कार-आदाब किया था। जमादार-सिपाही सब जुहार दे रहे थे। ये भी तो समझते थे, हम कोई अपराधी तो हैं नहीं, जो काम कर रहे हैं, जिस काम के लिए कष्ट उठा रहे हैं, उनसे उनका भी तो कोई फायदा होगा ही। मैं साहित्यिक हूँ, आदर्शवादी हूँ, यह बात भी जेल में फैल चुकी थी। कुछ इसका असर भी जरूर

था। सिर्फ उन लोगों के हृदयों पर नहीं, अपनी दृष्टि पर भी। तभी तो मन में न कहीं कटुता है, न कोई शिकवा-शिकायत! वे और हम सब अपनी-अपनी जगह पर हैं, सब अपने-अपने काम पर हैं।

सलाम, ओ फौलाद की जंजीरो! तुम बोलती रहो, स्वयं तुलकर हमें तौलती रहो। तुम्हारी तौल हमें मालूम हुई और हमारी तौल में कहाँ पोल है, तुम जान गए!

सलाम, ओ पत्थर की गुमसुम, काली, कठोर, अलंघ्य दीवारो! तुम्हारे भीतर अपने को छह महीने का जीवन रखे जाता हूँ; जरा हिफाजत से रखना और याद रखना, फिर आऊँगा और अपनी थाती तुमसे माँगूँगा। समझे?

□

धावा

उस घनघोर देहात में जब सशस्त्र पुलिस के एक पूरे दस्ते ने मेरे घर पर धावा बोल दिया, तो सारे गाँव में कोलाहल मच गया।

पहली बार जेल से लौटने पर मैंने अपने गाँव के निकट ही नदी किनारे 'बागमती आश्रम' की स्थापना की और आसपास के गाँवों से युवकों को इकट्ठा कर सत्याग्रह की धूनी वहाँ रमाने लगा। किंतु थोड़े दिनों के बाद ही गांधी-इरविन पैक्ट हुई, सत्याग्रह स्थगित हुआ। तब फिर पटना पहुँचकर मैंने 'युवक' निकालने की योजना की। दो अंक निकले। अपना प्रेस भी हो गया।

कि, घर से खबर आई, मेरा दूसरा बच्चा एक शीशी पर गिर जाने के कारण बुरी तरह जख्मी हो गया है। मैं तुरत घर की ओर चला।

जब शाम को सोनपुर स्टेशन पर पहुँचा, गाड़ी खुलने में बहुत देर हुई। लोग कानोंकान बातें करने लगे, हाजीपुर में ट्रेन-डकैती हुई है, स्टेशन-मास्टर मारा गया है। डकैती किन लोगों ने की, तरह-तरह के अनुमान लगाए जा रहे थे। एक ने कहा, क्रांतिकारियों का यह काम है। उन दिनों हाजीपुर क्रांतिकारियों का अड्डा समझा जाता था—शुक्लजी का घर इस सब-डिवीजन के ही अंदर था।

मेरा मन अपने बच्चे पर टँगा था। मुजफ्फरपुर पहुँचकर मैं सीधे बेनीपुर के लिए रवाना हो गया था। वहाँ से बच्चे को लेकर सैदपुर के अस्पताल में डेरा डाल कर पड़ा था।

ज्यों ही गाँव में सशस्त्र पुलिस का दस्ता पहुँचा, और मेरा घर किधर है, लोगों से पूछा जाने लगा कि मेरा चचेरा भाई वहाँ से दौड़ा और चार मील लगातार दौड़ता हुआ सैदपुर में यह संवाद सुनाया। मुझे बड़ा अचरज हुआ; किंतु तुरंत ही मैंने समझ लिया, हो न हो, उस डकैती केस में ही मुझे गिरफ्तार किया जाएगा। संयोगवश मैं उस दिन पटना से गैरहाजिर था, जिस समय डकैती हुई, मैं सोनपुर में

था, पुलिस को मेरे फँसाने के लिए ये बातें अनायास मिल गईं। हजारीबाग जेल की फोटोवाली घटना मेरी आँखों के सामने नाचने लगी।

मैंने वहाँ से टल जाना ही उचित समझा। हो सकता है, बेनीपुर से वे लोग यहाँ आवें। बगल के गाँव के एक मित्र के घर चला गया।

उधर बेनीपुर में अजीब दृश्य रहा। ज्यों ही एक बुजुर्ग सज्जन से पुलिस अफसर ने पूछा, मेरा घर किधर है, वह ताड़ गए। उन्होंने कहा, वह तो अब पटना ही रहते हैं, यहाँ उनका घर कहाँ? कभी-कभी तो आते होंगे? आते तो हैं, हाल ही आए थे, आते हैं तो क्या हम लोग उनके परिवार के नहीं हैं। कभी किसीके घर, कभी किसीके घर ठहर गए! पुलिस अफसर भौंचक। किंतु उसका आश्चर्य तो बढ़ गया, जबकि हर पूछे जानेवाले से वह यही उत्तर सुनता। बच्चे तक यही कहते।

तब पुलिस का दस्ता गाँव में घूमने लगा। अचानक एक जगह उन्होंने देखा, एक बक्स उठाकर कोई लिये जा रहा है। झट उस आदमी को रोक दिया। वह बक्स मेरा था, पुराने कागज–पत्र थे उसमें। उस बक्स के सहारे मेरे घर की तलाशी लेने को वे बढ़े। किंतु तलाशी के लिए कोई गवाही चाहिए, कोई भी गवाह बनने को तैयार नहीं हुआ। तब उन्होंने चौकीदार को खबर भेजी—उसकी बीवी ने कहा, वह बाहर चले गए हैं। गाँव का रुख देखकर चौकीदार भी छुप गया था।

पुलिस बड़ी पशोपेश में पड़ी। किंतु फिर तो पुलिस—मेरे घर की तलाशी ली, कुछ मिला नहीं, कुछ पुराने पत्र उठा ले गई और गुस्से में मेरे गाँव के दो आदमियों पर मुकदमे चलाए! पीछे मुकदमे में उनकी रिहाई हुई। मैं सैदपुर हूँ, इसकी भनक भी पुलिस को नहीं लग सकी।

जब बड़ी रात तक वे लोग सैदपुर नहीं पहुँचे, तो मैं वहाँ आया। डॉक्टर से बातें कीं कि यदि डकैती का मुकदमा चला जाए, तो बचाव का कोई रास्ता निकल सके। डॉक्टर सज्जन पुरुष थे, मैंने जैसा कहा, उन्होंने कर दिया।

कल ही पटना आदमी भेजा। वहाँ से खबर आई, 'युवक' के दो लेखों के लिए सरकार ने पहले अंक को जब्त कर लिया है और मुझपर राजद्रोह के अभियोग में वारंट निकाला है। यही नहीं, अब वह मुझे फरार घोषित करने जा रही है। वकीलों ने राय दी है, मैं तुरत आकर हाजिर हो जाऊँ। हाँ, मुझे इस तरह आना चाहिए कि बीच में गिरफ्तार नहीं हो जाऊँ। क्योंकि तब पुलिस दावा करेगी, मैं भागा जा रहा था, उसने पकड़ लिया। फिर जमानत मिलने में दिक्कत होगी।

मैं बचते-बचाते पटना पहुँचा। मेरे वकील बाबू बलदेव सहाय मुझे अपनी गाड़ी पर लेकर जिला मजिस्ट्रेट के बंगले पर पहुँचे। पुलिस ने उनके कान मेरे

खिलाफ भर रखे थे, किंतु वह थे सज्जन आदमी; फिर बलदेव बाबू का व्यक्तित्व! पाँच हजार की जमानत पर मैं छोड़ा गया।

एक विशेष अदालत में मुकदमा चला। सरदार भगतसिंह और उनके दो साथियों की फाँसी पर मैंने 'इनकलाब-जिंदाबाद' शीर्षक से एक लेख लिखा था। अपनी चीज भी अपने को कितना आश्चर्यचकित कर देती है, यह तब पाया जब अदालत में सरकारी वकील ने उस पूरे लेख को पढ़ सुनाया। पूरी अदालत में निस्तब्धता छा गई—शब्द-शब्द से जैसे बम का धड़ाका निकल रहा था!

एक और भी आपत्तिजनक लेख था—वह लेख जापान से श्री आनंद मोहन सहाय ने भेजा था! नेताजी सुभाषचंद्र बोस ने जब पूर्व एशिया में आजाद हिंद सरकार कायम की, तो सहाय उस मंत्रिमंडल के प्रमुख सदस्य थे। आजकल वह भारत सरकार के राजदूत हैं।

सरकार का कहना था, मेरे लेख से हिंसा के लिए उत्तेजना फैलती है। इनकलाब शब्द को ही वह हिंसा से सराबोर समझती थी। हमारी ओर से बर्नार्ड शा का एक कथन पेश किया गया था, जिसमें ब्रिटिश आम चुनाव को भी इनकलाब कहा गया था।

"लेकिन इनकलाब सदा जिंदा रहे, इसका मतलब!"

बलदेव बाबू की हाजिरजवाबी मशहूर है। उन्होंने मुँहलगे कहा—"इसका मतलब यह कि जहाँ आप बैठे हैं, वहाँ कोई गांधी टोपीवाला हाकिम बैठा होगा, जहाँ सरकारी वकील हैं, वहाँ मैं होऊँगा; किंतु मेरा मुवक्किल उन दिनों भी अभियुक्त के कटघरे में ही होगा, जिसमें वह आज खड़ा है।" अदालत अट्टहास से गूँज उठा। किंतु बाद में उनकी भविष्यवाणी कितनी सार्थक हुई! कांग्रेसी सरकार में भी मुझे जेल जाना पड़ा और बलदेव बाबू उस सरकार के एडवोकेट जनरल बनाए गए!

मुझे डेढ़ साल की सजा दी गई। हाई कोर्ट ने उस सजा को बहाल रखा। हाई कोर्ट का चीफ जस्टिस सर कुटनी टरेल था। उसने स्वयं इस मुकदमे को देखा था। अपने स्वभाव के कारण उन दिनों वह 'मिस्चीफ जस्टिस' के नाम से प्रसिद्ध था। पीछे एक मानहानि के मुकदमे के सिलसिले में उसकी भिड़ंत पं. मोतीलाल नेहरू से हुई थी। मोतीलालजी ने उसके छक्के छुड़ा दिए थे!

हाई कोर्ट के फैसले के बाद मैंने तुरत अपने को जेल में भेज दिए जाने के लिए अदालत के सामने उपस्थित किया। डर था, पुलिस कोई बहाना लगाकर मेरे जमानतदारों को कहीं तंग न करे। किंतु तब तक अदालत में हाई कोर्ट का फैसला

नहीं आया था। भलेमानस मुसलमान नाजिर ने कहा—तब तक आप घर से हो आइए, मैं जरूरी कार्रवाई कर देता हूँ, आप पंद्रह दिनों के बाद आइएगा!

घर गया, बुखार हो आया। कर्णमूल सन्निपात में वह परिणत हो गया! वह पीड़ा, वह जीवन-मरण के बीच झूले में झूलना! किंतु उसके वर्णन के लिए यह स्थान नहीं है। उसे अन्यत्र कलमबंद किया है।

मुजफ्फरपुर के अस्पताल में भरती हुआ। पेरोल की दरखास्त पड़ी, वह मंजूर हुई। मैं धीरे-धीरे अच्छा हो रहा था कि उसी समय राउंड टेबुल कॉन्फ्रेंस से गांधीजी वापस आए—गांधी-इरविन पैक्ट हवा में उड़ गई, नेताओं की गिरफ्तारियाँ शुरू हुईं, कांग्रेस गैरकानूनी संस्था करार दी गई। मेरा पेरोल तोड़ दिया गया; उस अशक्त अवस्था में ही मैं पटना को रवाना हुआ।

इस समय सरकार ने बड़े जोरों से कांग्रेस पर झपट्टा मारा था। काश, वह जान पाती, कांग्रेस की जड़ कितनी नीचे चली गई है। ज्यों ही कांग्रेस के दफ्तर पर कब्जा हुआ, अस्पताल में मेरे बिस्तरे के नीचे रात-भर साइक्लोस्टाइल चला करता!

पटना जाते समय रास्ते में ही बुखार ने फिर मुझे दबोच दिया। अब पटना जनरल हॉस्पिटल में। वहाँ पथ्य खाया नहीं कि पटना जेल में—'फिर वही कुंजे-कफस, फिर वही सैयाद का घर।'

वे ही जंजीरें, वे ही दीवारें। तब तक सत्याग्रहियों की फौज की कई टुकड़ियाँ वहाँ पहुँच चुकी थीं। जंजीरें फिर बोल रही थीं, स्वयं तुलकर हमें तौल रही थीं!

लेकिन हममें एक कैदी ऐसा भी था, जिसने एक विचित्र स्थिति में हथकड़ियों की स्वयं माँग की। वह आज ही आया था, संध्या हुई कि वह श्यामनंदन बाबा के निकट जाकर फूट-फूटकर रोने लगा—मेरे लिए हथकड़ियाँ मँगा दीजिए! हथकड़ियाँ—यहाँ, किसलिए? पता लगा, वह बेचारा एक भयानक बीमारी का शिकार है। कभी-कभी रात में उसे ऐसी कामोत्तेजना होती है कि वह सुधबुध खो देता है। गाँव में था तो इधर-उधर निकल जाता, यहाँ क्या होगा? कहीं किसी पर टूट पड़े तो? पाँच हाथ का दैत्याकार वह जवान! जहाँ गिरेगा, अनर्थ कर डालेगा। श्यामनंदन बाबा—हरफनमौला! विश्वास मानिए, उन्होंने बड़ी मुश्किलों से उसे काबू में रखा!

एक और कैदी वहाँ मिले—जिनपर जंजीरें और दीवारें बेतरह हावी थीं। पता चला, यहाँ एक क्रांतिकारी कैदी हैं, जो अनशन कर रहे हैं; एक काम से अस्पताल गया, तो उन्हें देखा। पता चला, आप हजारीलाल हैं। हजारीलाल का नाम

सरदार भगतसिंह के केस में आया था, वह फरार थे। पटना सिटी में पकड़े गए और इस जेल में डाल दिए गए। जेल में आने पर उन्हें बेड़ी-हथकड़ी पहनाकर सेल में रख दिया गया। इसके विरोध में उन्होंने अनशन शुरू कर दिया है, फलतः अस्पताल में ले आए गए हैं! वह बड़ी शान से हथकड़ी-बेड़ी को झनझनाते अस्पताल के एक कमरे में घूम रहे थे और गीत भी गुनगुनाते जाते थे! डॉक्टर ने कहा, जरा इनसे कहिए, अनशन छोड़ दें—हमारा क्या कसूर है, हम तो सरकार की आज्ञा का पालन करनेवाले हैं! किंतु हजारीलालजी तो सत्याग्रहियों से नफरत करते थे। हाँ, मेरा नाम सुन रखा था, इसलिए शिष्टता दिखलाई; किंतु अड़े रहे, जब तक ये जंजीरें नहीं कटतीं, मैं अनशन छोड़ नहीं सकता!

जब पटना जेल में ही था, एक दिन एक जमादार ने कहा, बाबू, उस बमवाले बाबू के पास रात में बहुत लोग आते हैं, खुफियावाले भी आते हैं, क्या बात है, बाबू? और, क्या बात है, थोड़े ही दिनों के बाद पता चल गया—हजारीलाल जी दूसरे लाहौर षड्यंत्र केस के मुखबिर बन गए! जब उनके बयान पत्रों में छपने लगे, बार-बार उनकी वह शान मेरी आँखों के सामने नाच उठती!

जंजीरों ने उन्हें कैसा तौला? कितने भारी-भरकम दीखते थे—तुला पर चढ़े कि पंख से भी हलके साबित हुए, एक ही फूँक में उड़ गए!

□

नई नीति

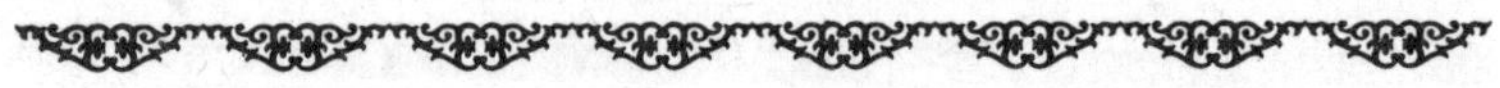

दूसरी बार जब पटना जेल से हजारीबाग जेल भेजा गया, वहाँ नया ही समाँ देखा! न वह रेल-पेल, न वह औज-मौज। सरकार ने इस बार एक नई नीति अपनाई थी। उसने देखा, अपर डिवीजन देने से लोग जेल से नहीं डर रहे हैं; इसलिए उसने तय किया, कम-से-कम लोगों को ही अपर डिवीजन दिया जाए। बिहार-भर से सिर्फ चार-पाँच आदमियों को 'ए' डिवीजन में रखा गया था। प्रोफेसर बारी साहब तथा बाबू रामदयालुसिंह ऐसे आदमियों को भी उसने 'सी' क्लास में रखा था।

एक दूसरी नीति थी, सजा से अधिक जुर्माना करो और उसके लिए तुरंत जब्ती-कुर्की कार्रवाई की जाए। सरकार की यह नीति सफल हो रही थी, यह मजे में कहा जा सकता है। जब घर से हाथी-घोड़े, बैल-गाय, जेवर-गहने आदि की जब्ती की खबरें आतीं, बड़े-बड़े अगरधत्तों के होंठ सूख जाते!

कम ही लोग थे, अत: सबको बाबू वार्डों में ही रखा गया था। बल्कि उनमें भी कई वार्ड खाली पड़े थे।

इस बार सरकार की ओर से ही कार्रवाई शुरू हुई थी। लार्ड इरविन चले गए थे, लार्ड विलिंग्टन वायसराय होकर आए थे। उनका दावा था, वह कांग्रेस को कुचल डालेंगे। कांग्रेस ही गैरकानूनी संस्था करार नहीं दी गई थी, कांग्रेस के फंड को भी जब्त कर लिया गया था। नौकरशाही कैसी अंधी हो गई थी, इसका सबूत था बाबू ब्रजकिशोर प्रसादजी की गिरफ्तारी। ब्रजकिशोर बाबू गठिए से परेशान थे, चलने-फिरने से बिलकुल अशक्त। तो भी उन्हें गिरफ्तार किया गया और तमाशा यह कि उन्हें 'बी' डिवीजन दिया गया था।

बाबू ब्रजकिशोर प्रसाद—गांधीजी ने अपनी 'आत्मकथा' में उनकी बड़ी मधुर चर्चा की है। उन्होंने ही गांधीजी को चंपारण बुलाया था। बड़े चतुर, बड़े

कर्मठ। एक पीढ़ी तक बिहार की राजनीति का सूत्र उनके हाथों में था। संगठन की अद्‌भुत क्षमता थी उनमें। जो वह चाहते, वही होता। सदाकत आश्रम के किसी कोने में एक पंगु आदमी बैठा है और वहाँ से बैठे-ही-बैठे पूरे बिहार के कोने-कोने के कांग्रेस संगठन में जब जहाँ जिसको चाहे, बैठाता, उठाता, दौड़ाता है! राजेंद्र बाबू गद्‌दी पर दीख पड़ते हैं, किंतु प्रांत का बच्चा-बच्चा जानता है, शासन की बागडोर किसके हाथ में है! चाणक्य और चंद्रगुप्त की जोड़ी पटना में फिर लौट आई हो जैसे! हाँ, ब्रजकिशोर बाबू की यह खूबी थी कि यश का सारा सेहरा तो वह राजेंद्र बाबू के सिर पर रखते, हलाहल स्वयं पी जाते! कैसी विचित्र बात—बिहार अपने इस सपूत को इतना जल्द भूल गया!

मैं इस बार वार्ड नं. ६ में रखा गया था। संयोग से मैं उसी सेल में था, जिसमें हमारे जिले के नेता मौलवी सफी साहब १९२१ में रखे गए थे। एक पुराने जमादार ने बताया, किस तरह सफी साहब १९२१ की ३१ दिसंबर को बारह बजे रात तक जगे रहे थे, इस आशा में कि जेल का फाटक अवश्य खुलेगा, क्योंकि गांधीजी ने घोषणा कर रखी थी कि एक वर्ष में स्वराज्य जरूर मिल जाएगा! वह बेचारे क्या जानते थे कि उनका एक मामूली स्वयंसेवक उसके बारह वर्ष बाद उस सेल को सुशोभित करेगा और वह सांप्रदायिकता के बवंडर में फँसकर कभी कांग्रेस को गालियाँ देते फिरेंगे, कभी लंदन जाकर राउंड-टेबुल-कॉन्फ्रेंस में अंग्रेजों की कठपुतली का पार्ट अदा करेंगे!

सरकार की नई नीति जेल के नियमों की कड़ाई के संबंध में भी है। पिछली बार स्वराजी कैदी स्वयं खानपान की निगरानी करते थे—जो सामान मिलता था, उनसे मनमाने व्यंजन बनवाते, खाते। इस बार जो कुछ बनवाकर भेज दिया जाता है, खाना पड़ता है। कभी हलवा कच्चा होता है, कभी भात गीला पक जाता है। कपड़ों के बारे में भी सख्ती—'बी' डिवीजनवालों को सरकारी कपड़ा ही पहनना होगा और 'ए' डिवीजनवालों को भी नियम के वृत्त के बाहर नहीं जाना होगा। जब जेल के अंदर लोग घुसने लगते हैं, पूरी नंगाझोरी कर ली जाती है। 'बी' डिवीजनवालों को अपने कपड़े वहीं उतार देने होते हैं, वहीं से सरकारी पोशाक उनपर मढ़ दी जाती है।

अभी एक मैथिल सत्याग्रही आए हैं—पूरे श्रोत्रिय। जिंदगी में साँची धोती के सिवा कभी दूसरी पोशाक नहीं पहनी। उनके सुथने का इजारबंद रह-रहकर खुल जाता है—बेचारे परेशान-परेशान हैं! इस विचित्र पोशाक में शौचादि से कैसे निवृत्त हुआ जाता है, यह भी नहीं जानते!

किताबों के बारे में तो और भी सख्ती। सिवा धार्मिक ग्रंथों के और कोई भी पुस्तक नहीं दी जा सकती। मैं अपने साथ बुक-ऑफ-नॉलेज ला रहा था, बच्चों के लिए कुछ पुस्तकें लिखने की इच्छा थी। उसे भी रोक लिया गया है। कहा गया है, एक दिन सुपरिंटेंडेंट उसके पन्ने उलट रहा था तो उसमें उसने देखा, ताले कैसे बनते हैं, इसपर छोटा-सा लेख है! बड़ी खतरनाक पुस्तक—इसे पढ़कर तो कैदी ताले खोलने की कला जान जाएँगे और भाग निकलेंगे! भला ऐसी पुस्तक को जेल के अंदर जाने दिया जाए!

एक चर्चा है, श्री बाबू ने राजेंद्र बाबू को संवाद भेजा है कि यदि यह स्थिति रही तो मुझे अनशन करना होगा—बिना पुस्तक के मैं रह नहीं सकता!

लेकिन नया सुपरिंटेंडेंट पूरा अकड़खाँ है—हिंदोस्तानी है; किंतु वैसा हिंदोस्तानी, जिसमें अंग्रेजों की वफादारी करना एक धर्म बन गया है। हाथ में एक डंडा लेकर घूमता है, उसे हिलाता चलता है, कभी-कभी बातें करते समय उसे ऐसा उछालने लगता है कि लगता है, बात करनेवाले के सिर पर अभी दे मारेगा।

बीमारी का असर अभी तक मुझमें है। दुर्बलता अभी गई नहीं है। चलता हूँ तो पैर डगमगाने लगते हैं। उस दिन कबड्डी हो रही थी, मैं भी शामिल हो गया; जब दौड़ा, भहराकर गिर पड़ा। अचानक आँखों के सामने अंधकार छा गया था।

उस दिन किसीने सुपरिंटेंडेंट से कहा, इनके लिए खास भोजन का प्रबंध कर दीजिए, हँसकर बोला—मैं डॉक्टर हूँ, मैं जानता हूँ यहाँ जो भोजन दिया जाता है, वह स्वास्थ्य के लिए आदर्श भोजन है। उसकी हँसी में विष था। मैंने उस सज्जन को डाँटा, क्यों आपने मेरे बारे में इस बदमाश से कुछ कहा। यों ही एक दिन एक सज्जन ने उससे कहा—मुझे डिस्पेसिया की शिकायत है। झट उसने व्यवस्था दे दी—कुछ लाल मिर्च खाइए! डिस्पेसिया में लाल मिर्च?—उसने कहा, डॉक्टर मैं हूँ या आप! एक बड़े आदमी ने एक दिन उसे सुझाया, यह डंडा भाँजते चलना अच्छा नहीं लगता। उसने कहा—आपको हमेशा याद रखना चाहिए, आप जेल में हैं! सरकार भी कैसी चतुर है, जब जैसी नीति होती है, उसीके अनुसार अफसर भी चुन भेजती है!

न अब वे जलसे हैं, न उत्सव; न हा-हा-हू-हू! लोग बहुत कम हैं, जो हैं, वे ऐसे ऊँचे तबके के हैं, जो किसी तरह निभा ले जाने में ही शराफत समझते हैं।

जंजीरें चुप हैं, किंतु बंधनों से सारा शरीर जकड़ा है। दीवारें कुछ नीची लगती हैं, किंतु दम घुटा जा रहा है!

इस प्रकार का जीवन जा रहा था कि एक दिन हमें मालूम हुआ, सरहदी

गांधी खान अब्दुल गफ्फार खान साहब और उनके भाई डॉक्टर खान साहब इस जेल में भेजे गए हैं और वे दोनों 'छोकरा-किता' में रखे गए हैं! उनके बारे में वार्डरों और जमादारों के मुँह से बहुत कुछ सुनने को मिलता है। दोनों भाइयों को बड़ी शान से रखा गया है—वे नजरबंद हैं, एक बड़ी रकम उन्हें यहाँ खर्च करने को मिलती है; परिवारवालों के लिए भी बड़ी-बड़ी रकमें भेजी जाती हैं। छोकरा-किते को उनकी रुचि के अनुसार सुधारा-सँवारा जा रहा है। टहलने को पगडंडियाँ बन रही हैं, खेलने को कोर्ट बन रहे हैं, फूलों के पौधे लग रहे हैं, कई पेड़ भी उन्होंने अपने हाथ से लगाए हैं। खाने-पीने की चीजों की इतनी इफरात कि जो उस किता में गया, बिना मुँह मीठा किए नहीं लौटा। एक दिन उन्होंने जेल-अधिकारियों से इजाजत माँगी, कुछ चीजें बनाकर वे हम लोगों के पास भेज सकें। सुपरिंटेंडेंट ने इजाजत नहीं दी, कहा—आप चाहें, तो फूल भेज सकते हैं! कभी-कभी थाल में फूल सजाकर भेज देते हैं!

बड़ी इच्छा होती है उन्हें देखने की। एक दिन सरहदी गांधी जेल-गेट पर किसी काम से जा रहे थे, हमने दूर से ही उन्हें देखा। एक दिन एक नींबू का पौधा लेकर वह अस्पताल की ओर से लौट रहे थे, हमने उस दिन भी उन्हें देखा। वे अधिकांश अपने किते में ही रहते; जब-जब बाहर निकलते, जेल में हलचल मच जाती। जेल-गेट पर उनके पार्सलों का ताँता लगा रहता।

उन दिनों दोनों भाई भारतीय स्वातंत्र्य युद्ध के प्रतीक समझे जाते थे। आज वे हमसे कितनी दूर हैं—एक गद्दी पर, एक जेल में! जमाना भी क्या-क्या कराता है!

जेल में इतनी सख्ती है, किंतु एक हैं हमारे साहूजी, जो इस सख्ती को भी कम करने पर तुले हैं। एक प्रतिष्ठित खानदान के। जब गांधीजी चंपारण आए थे, तभी से उनके भक्त। जब-जब आंदोलन होता है, पहली कतार में ही पहुँच जाते हैं। लाखपति आदमी, तो भी उन्हें 'बी' डिवीजन में ही रखा गया है। जब यहाँ पहुँचे, हमारे वार्ड में ही उन्हें भेजा गया। आते ही कहने लगे, बड़ा अनर्थ है, ससुरों ने जेल गेट पर पूरी नंगाझोरी की है। लेकिन, क्या करेंगे साले? इस सुथने में ही 'कुछ' लपेट-सपेटकर ले आया हूँ। फिर मुसकराते हुए कहा—यह कोई बुरा काम नहीं है, जेल बिना तिकड़म के नहीं कटता; हम लोग क्या गांधी बाबा हैं। यह कहकर पूरी बत्तीसी चमका दी।

खैर, 'कुछ' ले तो आए, लेकिन उसका उपयोग क्या? 'बी' डिवीजन को तो सरकारी राशन पर ही रहना है। किंतु साहूजी ने इसके लिए भी एक दिन रास्ता

निकाल लिया। जब सुपरिंटेंडेंट आया, अपने कलेजे पर हाथ फेरते हुए आह-ऊह करने लगे। उसने पूछा, क्या शिकायत है? बोले, पुरानी बीमारी है, इसे हमेशा सेंक देनी होती है, गरम पानी का ही प्रयोग करना पड़ता है, आदि-आदि। जब तक सुपरिंटेंडेंट कुछ दवा बताए, सलाह दे दी—कुछ नहीं, एक दिन का चूल्हा, थोड़ा कोयला और एक पानी औटने का बरतन भेज दीजिए, फिर हम सेंक-साक कर लिया करेंगे। वह चकमे में आ गया और ज्यों ही चूल्हा आया, साहूजी का अखंड जलपान-यज्ञ शुरू हो गया। खाने से भी अधिक खिलाने का शौक! मैं बीमारी से उठा हूँ, मुझपर तो खास मेहरबानी। भोर-भोर गरमागरम हलवा बनाकर कहते हैं, कलेजे पर यह जरा गरम पुलटिस रख लीजिए और एक कप दूध ले लीजिए, दिन-भर मिजाज मस्त रहेगा!

एक दिन अजीब बात हुई। देखा, साहूजी अँगनाई के अमरूद के पेड़ के निकट ताबड़-तोड़ मिट्टी खोदते जा रहे हैं। क्या है साहूजी, मैंने पूछा। रुआँसा होकर बोले—मार लिया किसी साले ने, मार लिया! साहूजी ने उसके निकट 'कुछ' गाड़ रखा था, न जाने किसकी बुरी नजर पड़ी। मैंने समझा, अब सारा खेल खत्म हुआ; लेकिन ऐसा कहते ही साहूजी की आँखें चमक उठीं—बबुआ, बनिए का बेटा इतना कच्चा सौदा नहीं करता। साहूजी का यज्ञ अखंड चलता रहा, चलता रहा!

किंतु अफसोस, उस यज्ञ की हवि सदा पाने का मेरा ही सौभाग्य समाप्त हो गया। एक दिन खबर आई, मेरा डिवीजन भी तोड़ दिया गया है और मुझे तुरंत ही कैंप जेल भेजा जाने वाला है!

यहाँ के जीवन से मैं भी ऊब उठा था। चूँकि बीमारी से उठा था, पथ्य के रूप में 'बी' डिवीजन की सहूलियतें ले रहा था; किंतु सदा लगता था, मैं आदर्श-भ्रष्ट हो रहा हूँ। मेरा कोई साथी भी यहाँ नहीं था, अंबिका आदि सभी मित्र कैंप जेल में ही थे। पढ़ने-लिखने का भी कोई सिलसिला नहीं था। गीता कभी छुई नहीं थी, धार्मिक साहित्य देखकर ही मेरे मन में कुढ़न होती। इस तरह मेरी मानसिक भूख भी शांत नहीं हो पाती थी। फिर एक ही जगह रहते-रहते और कुछ ही लोगों के चेहरे देखते-देखते मन ऊब उठा था। अतः इस समाचार को मैंने वरदान ही की तरह लिया—यद्यपि मेरे हितैषी चाहते थे, मैं कुछ और दिन यहाँ रह जाता तो मेरी तंदुरुस्ती के लिए अच्छा होता!

एक दिन, पाँच वर्षों के लिए इस हजारीबाग की पथरीली दीवारों को सलाम करके पटना कैंप जेल के लिए रवाना कर दिया गया।

□

कैंप जेल

उसका सनकी सुपरिंटेंडेंट कहा करता—पहले हिंदुस्तान में दो चीजें देखने की थीं, हिमालय और ताजमहल। अब तीसरी चीज भी जुड़ गई है, वह है हमारा कैंप जेल।

१९२०-३२ के आंदोलन में देश में कई कैंप जेल खुले। अन्य कैंप जेलों के बारे में मुझे जानकारी नहीं। पहले कह चुका हूँ, सब जेल एक-से होते हैं। लेकिन इस कैंप जेल की कुछ विशेषताएँ थीं, जिनमें सबसे बड़ी विशेषता थी उसका यह सुपरिंटेंडेंट!

विचित्र आदमी था वह। वह कब क्या कर बैठेगा, कोई ठिकाना नहीं। कब तिकटी पर चढ़ा देगा, हथकड़ी डाल देगा और कब पीठ सहलाएगा, दुलारेगा, जो भी आवश्यकता होगी, पूरी कर देगा—यह कहा नहीं जा सकता था!

सफ़ाई से उसे विचित्र स्नेह था। इतने बड़े कैंप जेल में उसने ऐसी व्यवस्था कर रखी थी कि कहीं आप एक भी मक्खी और मच्छर नहीं पा सकते थे। पटना तो मच्छरों की राजधानी है। उसी पटना के एक कोने में उसने एक ऐसी पुरी बना रखी थी, जहाँ मच्छर का नाम-निशान भी नहीं था। और इसके लिए उसने जो प्रबंध किया था, वह महज मामूली था—जादू ही समझिए!

हर आदमी को वह 'जवान' कहकर पुकारता—चाहे कोई बूढ़ा ही क्यों न हो! इस 'जवान' शब्द को जबान पर लेकर ही लोग कैंप जेल से लौटते!

पटना से पश्चिम, फुलवाड़ी स्टेशन के निकट यह कैंप जेल बनाया गया था। चारों ओर काँटों से घेर दिया गया था। कोई दीवार नहीं। काँटेदार तारों से इस प्रकार बेरीकेड बना दिया गया था कि कोई भाग नहीं सकता था। और भागता भी कौन? यहाँ तो स्वेच्छा से लोग जेल आते थे। दीवारें नहीं होने के कारण बाहर के दृश्य लोग देखा करते। बाहर हल चल रहे हैं, ट्रेन जा रही है, मोटरें दौड़ रही हैं,

अपने बैरिक में बैठे-बैठे देखा कीजिए।

जब मुलाकाती आते, विचित्र दृश्य होता। मुलाकाती काँटे के घेरे के बाहर खड़े हैं, आप भीतर हैं और बातचीत हो रही है। एक ही साथ दो-चार सौ कैदी मुलाकात कर रहे हैं। थोड़ी-थोड़ी दूर पर सिपाही खड़े हैं कि कहीं कोई चीज उछालकर बाहर से भीतर या भीतर से बाहर फेंक न दी जाए, बस!

आंदोलन जब सघन हो चला था, साढ़े चार हजार कैदी इसमें रखे गए थे। यह आबादी आंदोलन के रुख पर घटती-बढ़ती रहती। प्रतिदिन कुछ लोग आते, कुछ लोग जाते। संसार के आवागमन का दृश्य यहाँ प्रत्यक्ष दिखाई पड़ता।

काँटों के अंदर इस विस्तृत क्षेत्र में लगभग सौ वार्ड बने थे। कुछ वार्डों में रसोई होती, कुछ वार्डों को अस्पताल में परिणत किया गया था, दो वार्डों को सेल का रूप दे दिया गया था, बाकी में हम राजबंदी रहते! एक वार्ड में चालीस-पचास कैदी रखे जाते थे।

ये वार्ड लोहे की चादरों से बने थे—चादरों की दीवारें, चादरों के छप्पर, चादरों के किवाड़। खिड़कियों के नाम पर जहाँ-तहाँ छोटे-छोटे छेद। गरमियों में ये चादरें इतनी तप जाती कि वार्ड भट्ठी बन जाते—तपिए, तड़पिए। जाड़े में इतनी ठंडी हो जाती कि बाहर से भी अधिक इनके अंदर जाड़ा लगता—ठिठुरिए, ठुड्डी हिलाइए या घुटनों में मुँह सटाकर लंबी रातें काटिए। बरसात में तो और भी दुर्गत। गच तो बनाई नहीं गई थी, सिर्फ मिट्टी डाल दी गई थी। जब घनघोर वर्षा होती, मिट्टी नीचे की ओर धँसने लगती। जगह-जगह से पानी भी निकल आता। फिर दीवारों के छेदों से भी फुहारें आतीं। कहावत है, बरसात में सियारों की दुर्गत होती है—हम बरसात की रातों में सियारों की ही तरह वार्ड में इधर-उधर कोंकों-काँकाँ किया करते!

कई बार साँप भी निकले थे; बिच्छुओं की भी कमी नहीं थी। किंतु इन सबके बावजूद लोग बड़े मगन रहते। राजबंदियों की इतनी बड़ी जमात तो भाग्य से ही एकत्र होती है। राजबंदी भी तरह-तरह के। प्रोफेसर अब्दुल बारी और बाबू रामदयालुसिंह जैसे लोग थे, तो लँगड़ों, बहरों और अंधों की भी कमी नहीं थी। सरकार पागल हो गई थी और लोग पागल थे ही। अच्छी जोड़ी बनी थी—जिसके मन में खब्त हुई, झंडा लेकर नारे लगाने लगा! तो दूसरी ओर जो भी मिला, उसे ही गिरफ्तार कर लिया गया, सजा दे दी गई। बहुत से लोग थे, जिन्होंने अपना अंट-संट नाम बता दिया था। इतने लोग थे कि जेल-अधिकारी कहाँ तक पहचानते। जिन्हें छोटी सजा थी, वे खोजते-फिरते ऐसी लंबी सजावालों को जो घर जाना

चाहें। 'क' के बदले 'ख' रिहा हो जाता—'ख' की सजा 'क' भुगत लेता।

बिहार के हर जिले के लोग आए थे, प्राय: एक जिले के लोग एक साथ रहते; किंतु कुछ वार्ड 'इंटरनेशनल' थे! ऐसा ही वार्ड था वार्ड नं. २। कई जिलों के लोग उसमें थे। मैंने उसीमें अपना अड्डा जमाया। अंबिका, गंगा, श्यामनंदन, रामचंद्र—मन के ही लोग थे। इस वार्ड के ठीक सामने सदर गेट था, जेल से निकलने और उसमें घुसनेवालों की झलक घर बैठे ही हम पा जाते। और, बगल में ही सेलवाला वार्ड था, जहाँ कुछ लोग सदा बेड़ी-हथकड़ी झनझनाते रहते। जिस दिन सुपरिंटेंडेंट गश्त पर आता, सेलवाला वार्ड जरूर ही भर जाता।

कैंप जेल में गवैये थे, कवि थे, चित्रकार थे—कलाकारों ने भी अपने को देश के लिए अर्पित किया था! लोकगीत से लेकर शास्त्रीय गीत की टाँग तोड़ने वाले गवैये तक थे। प्राय: ही गवैयों की मजलिस जुटती—गला तो था ही, रही बात साज की, सो ऐसे-ऐसे उस्ताद कि लोहे के तवे पर तबले का स्वर निकालते, नाक से ही सारंगी बजा लेते, कुछ कटोरे इकट्ठे कर जलतरंग बना लेते! कवियों की भी भरमार थी—बाबा नरसिंह दास उनमें खूब जनप्रिय थे। कुछ हलके-फुलके कहकर लोगों को खूब हँसाते! हमारे सरदार रामसिंह अकाली जब खड़े हो जाते, तब उनकी जबान रुकने का ही नाम नहीं लेती। और चित्रकार मिट्टी के ढेले से, ईंट के टुकड़े से तरह-तरह के चित्र बात-की-बात में बना देनेवाले अपने हाथ का कमाल दिखाने से नहीं चूकते।

लफंगों की कमी नहीं थी, तो रईसों की आबादी भी कम नहीं थी। उन रईसों के बाजाप्ता दरबारी थे, दरबार लगते थे। एक रईस, दूसरे रईस के वार्ड में जाते तो खातिरदारी की धूम मच जाती। पकौड़े बने, चाय छनी, पान के बीड़े लगे। ये चीजें यहाँ कैसे पहुँचीं—मत पूछिए। हमारा सुपरिंटेंडेंट कहा करता, खैरियत है कि हमारे वार्डर की जेब में आदमी नहीं समा सकता, नहीं तो तुम लोग अपनी बीवियों को भी जेल में बुला लेते।

तरह-तरह के सम्मेलनों की धूम थी। कवि-सम्मेलन, किसान-सम्मेलन, आर्यसमाज-सम्मेलन, ब्राह्मण-सम्मेलन—कौन-कौन सम्मेलन नहीं होते। किंतु एक बार जो बेवकूफ-सम्मेलन हुआ, उसने सारे सम्मेलनों को मात दे दी। कूड़ा-गाड़ी पर बिठलाकर हमने सभापति का जुलूस निकाला, झाड़ुओं के चँवर डुल रहे थे उनपर। इस सम्मेलन में ऐलान किया—होशियार लोगों के चलते ही दुनिया रसातल की ओर जा रही है; एक मुट्ठी होने पर भी वे लोग हमें नचाया करते हैं। अत: दुनिया के बेवकूफो, सावधान! देखो, स्वराज्य आने वाला है, कहीं ये होशियार

लोग गद्दी को कब्जे में न कर लें! 'बेवकूफ राज कायम करेंगे, इसके चलते जो कुछ हो'—इस नारे से सारा कैंप जेल गूँज उठा था।

दिन-ब-दिन का जीवन भी बड़ा ही रंगीन था।

सवेरे ही वार्ड खुल जाते। वार्ड खुलते ही लोग पाखानों की तरफ टूटते, जिससे साफ पाखाने मिल जाएँ। कुछ लोग आदत से भी लाचार थे। एक पाखाने में बैठा है, दूसरा मग लिये खड़ा है। कहीं-कहीं बाजाप्ता क्यू लग गया है। फिर पानी-कल के निकट भीड़ जमी—मग से मग टकरा रहे हैं। कोई नहा रहा है, कोई कपड़े फींच रहा है। उसके बाद कोई पूजा पर बैठ गया, कोई टहलने निकला, किसीने आसन लगाया। कोई डंड पेल रहा है, कोई कुश्ती खेल रहा है। कुछ एकड़ जमीन के अंदर चार-पाँच हजार लोगों की ये हलचलें—ओहो, कैसी दिलचस्प लगतीं!

फिर जलपान आया—पारी-पारी से चना, मूँगफली और चिउड़ा। चिउड़े के लिए तो जेल-अधिकारियों से बाजाप्ता संघर्ष हो चुका था। 'चना के बदले चिउड़ा लेंगे, भगतसिंह का बदला लेंगे'। यह अनोखा नारा था उसका! भगतसिंह का बदला चिउड़े के रूप में।—आप हँसिए नहीं, जेल में आदमी का दिमाग बहुत कम काम करता है।

दिन में भात-दाल तरकारी, रात में रोटी-गुड़ तरकारी! मेरे ऐसे भी लोग थे, जो दोनों जून भात-दाल ही पसंद करते। यों ही दोनों जून रोटी खानेवाले भी थे। यह आपस के प्रबंध से ठीक हो जाता। जिसे एकाध प्याज मिल जाता, वह बड़भागी। कुछ लोग इसके लिए सदा तिकड़म में जुटे रहते। एक प्याज को महीन काटकर भात में सान लेते और थोड़ा-थोड़ा प्रसाद की तरह बाँटकर किस प्रेम से खाते! जेल में मामूली चीजों की कीमत भी कितनी बढ़ जाती है!

किसका तवा कितना साफ रहता है, किसके कपड़े कितने बगाबग होते हैं, चटनी का बंदोबस्त कौन कर पाता है—इन छोटी-छोटी चीजों पर भी प्रतिद्वंद्विता होती। कपड़े में तो हमारा गंगा सदा बाजी मार लेता। भोर से ही अपना भारी-भरकम बदन लिये वह नल के निकट कपड़ों को पटकता रहता। कभी-कभी मुझपर भी दया कर दिया करता।

मैं स्वभावत: ही देर से उठता। तब तक पाखाने और नल पर की धक्कमधुक्की खत्म हो गई रहती। निश्चिंतता से नहा-धोकर चना-चबेना, जो कुछ बचा रहता, फाँकता। फिर लिखने-पढ़ने बैठ जाता। अंबिका एक ग्रंथ ले आया था—आधुनिक सामाजिक विचारधाराओं पर बड़े अच्छे ढंग से प्रकाश डाला गया था। सोशलिज्म,

कम्यूनिज्म, फैसिज्म, डिमोक्रैसी आदि विषयों पर ब्योरे के साथ प्रामाणिक ढंग से विचार किया गया था। उसमें कम्यूनिस्ट मैनिफेस्टो भी था; उसका अनुवाद किया। कुछ कहानियाँ भी लिखीं—'कहीं धूप, कहीं छाया' मेरी पहली कहानी थी। 'चंद्रगुप्त' पर एक नाटक लिखा, जिसे बड़े शानदार ढंग से वहीं खेला गया था। न जाने उसकी प्रति कहाँ खो गई। एक जेलर से दोस्ती हो गई थी—उन्होंने कागज और किताबों का अच्छा प्रबंध कर दिया था। मुझे जो चीजें चाहिए, उनके क्वार्टर में पहुँचा दिया जाता, वह अवसर पाकर कभी पहुँचा देते। दुपहरिया के बाद मैं अन्य वार्डों में घूमता। हम लोगों ने बिहार सोशलिस्ट पार्टी की स्थापना कर रखी थी—बारी साहब उसके अध्यक्ष थे। मैं वार्ड-वार्ड में जाकर समाजवाद पर लोगों को समझाता। बिहार में समाजवाद की नींव कैंप जेल में ही पड़ी, दावे के साथ कह सकता हूँ।

कैंप जेल में ही बिहार की किसान-समस्या से अवगत हुआ। हर जिले के किसानों से मिलता, उनसे जमींदारी-जुल्मों के बारे में पूछताछ करता और नोट तैयार करता जाता। इस संबंध की कुछ किताबें भी पढ़ीं। मैं इस निष्कर्ष पर पहुँचा कि जमींदारी प्रथा का अंत किए बगैर न तो बिहार की आर्थिक स्थिति सुधर सकती है, न यहाँ की जनता की सुख-समृद्धि में वृद्धि हो सकती है। इस बार जब मैं जेल से लौटा, किसान-सभा में जबरदस्त भाग लेने लगा। अपने लेखों और भाषणों के द्वारा जमींदारी प्रथा उठाए जाने के लिए घनघोर आंदोलन करने लगा। जेल से लौटते ही 'बिहार के किसान' नामक एक विस्तृत लेख 'विशाल भारत' में दिया और 'जमींदारी क्यों उठा दी जाए?' शीर्षक लेख 'प्रताप' में! एक युग तक मेरे ये दो लेख किसान-सभा के लिए दीपस्तंभ का काम करते रहे।

रात होते ही कैंप जेल में जिंदगी का एक नया पहलू शुरू होता। पहले प्रार्थना होती, फिर किसीका किसी विषय पर प्रवचन होता। प्रवचन के बाद कहीं व्याख्यानों की झड़ी लगती, कहीं गीत की कड़ी फूट पड़ती! कहीं बिरहा, कहीं बिदेशिया, कहीं लोरकाइन, कहीं आल्हा! मेरे बगल के वार्ड में सारन जिले के लोग थे। एक लड़के का स्वर बहुत मीठा था। जब रात के सन्नाटे में वह बिरहा और बिदेशिया की तान छोड़ता, किस सरस हृदय में तरंगें नहीं उठने लगतीं! कहीं-कहीं से शास्त्रीय संगीत की ताना-रीरी भी सुनाई पड़ती। पीछे के वार्ड में गया के बच्चा बाबू थे, पुराने रईस, शास्त्रीय संगीत के शौकीन! जब-तब वह भी गा उठते—समाँ बँध जाता!

मेरे वार्ड में एक स्वामीजी थे; बोलने का उनको रोग था। जब हम लोग सोने

का उपक्रम करते, स्वामीजी से हम बोलने का आग्रह करते। स्वामीजी तो सदा तैयार! वह उठकर खड़े हो जाते! हम लोग रोशनी गुल कर देते, स्वामीजी बोलना शुरू करते। न जाने वह कब तक बोलते जाते—हम तो नींद में खुर्राटे लेते होते!

कैंप जेल—वह एक ही साथ चिड़ियाघर और अजायबघर था। तरह-तरह के जानवर, तरह-तरह के लोग! यहाँ दीवारें नहीं थीं, हाँ, कभी-कभी नींद टूटती तो बगल के सेलवार्ड से जंजीरों की आवाज अवश्य सुनाई पड़ती, जब हाथ-पैर जकड़ा हमारा ही कोई साथी करवटें बदलता होता।

□

वह संध्या!

ऊपर से हम अपने को भुलाने के लिए जो भी खेल-खिलवाड़ रच लेते हों, गा-बजा लेते हों; किंतु इस कैंप जेल में भीतर-भीतर पुराने घाव की तरह कुछ बह रहा है, कुछ सड़ रहा है। कभी-कभी उसकी दुर्गंध से नाक फटने लगती है।

सुपरिंटेंडेंट बहुत मुस्तैदी दिखाता है, हमें मच्छरों और मक्खियों से बचाता है, सफाई पर बहुत ध्यान रखता है, रोगियों के लिए यथासंभव प्रबंध करता है, खाने-पीने पर भी देखभाल रखता है। किंतु जहाँ चार-पाँच हजार आदमी हों और उन्हें इस तरह लोहे की चादरों के घरों में रखा जाए, लाख कोशिश करने पर भी भोजन, पानी, हवा को दूषित होने से कौन बचा सकता है? 'सी' क्लास के भोजन के आदी कितने लोग थे? गोरस का पूरा अभाव। नतीजा यह हुआ कि बीमारियों की संख्या दिन-दिन बढ़ने लगी, अस्पताल में रेलपेल मची। अस्पताल भी कैसा—कोई विशेष दवा-दारू या पथ्य का प्रबंध नहीं। कुछ ही दिनों में लोग मरने भी लगे। कोई सप्ताह ऐसा नहीं जाता, जब कुछ अरथियाँ इस गेट से बाहर नहीं जातीं।

पहले कुछ लोग मरे, तो बड़े सम्मान के साथ हमने उनकी अरथियाँ बाहर जाने दीं; किंतु जब यह आएदिन का व्यापार हुआ तो फिर कहाँ तक फूल-आरती-चंदन सँजोए जाएँ। यही नहीं, प्रत्येक मृत्यु जीवित लोगों के मन में दहशत पैदा करने लगी।

डिसेंटरी के मारे तो आधे लोग परेशान थे। रात चार बजे से भोजन बनने लगता, तो बारह बजते-बजते उस भोजन की क्या दुर्गत हो जाती रहती होगी, कल्पना कीजिए। फिर बारह बजे से जो बनना शुरू होता, तो सात बजे संध्या तक उसकी दुर्गत हो जाती। उस अधपके, बासी, बेस्वाद भोजन पर दो-चार महीने हँसी-खुशी में काट दिए जा सकते थे, किंतु साल-दो साल में तो फौलाद की अँतड़ियाँ भी खराब हो जा सकती थीं! और डिसेंटरी की दवा क्या—घोल पीजिए

या साबूदाने की लपसी चाटा कीजिए। घोल—जिसका दही सड़ चुका हो! लपसी—जिससे अजब ढंग की बदबू आती! न्यूमोनिया, टायफायड का भी दौरा चलने लगा। गरमियों में कुछ मृत्युएँ लू के कारण भी हुईं।

उधर आंदोलन की गति धीमी हुई तो जेल की सख्तियाँ भी बढ़ने लगीं। ऐसा करो, वैसा करो। चक्की पीसो, नहीं तो भोजन में रोटी नहीं मिलेगी। अमुक समय वार्ड से मत निकलो; रात में शोर मत मचाओ। खाना-तलाशी के लिए समय-कुसमय वार्डों पर धावे होने लगे और जिनके पास कोई अवैध चीज मिली—कोई पुस्तक, कागज, ब्लेड, एकाध प्याज या लाल मिर्च—तुरत उसे हथकड़ी-बेड़ी पहनाकर सेलवार्ड में भेज दिया जाता। जिस दिन सुपरिंटेंडेंट मुआइने में आता, हंगामा मच जाता। हर आदमी सोचता, न जाने आज किसके सिर वज्र गिरेगा!—सनकी वह, कोई कैफियत तो सुननेवाला नहीं था, जिसको पाया, सेलवार्ड की तरफ सीधे मार्च करा दिया।

सबसे बुरी बात यह हुई कि उसने वहाँ पहुँच गए कुछ नेताओं से संपर्क स्थापित कर लिया और उनपर उसका जादू भी चल गया। जब लोग विरोध में आवाज उठाते, नेता लोग उसका समर्थन करते—बेचारा क्या करे, सरकार ने उसके भी हाथ-पाँव बाँध रखे हैं, यह तो बड़ा भला आदमी है! नेताओं के ये तर्क जले पर नमक का काम करते। कैदियों के सामने तो सरकार का मूर्त्त रूप यह सुपरिंटेंडेंट ही था। किसने इसको कहा था कि अपने हाथ-पाँव बँधवा लो। हम मर रहे हैं, रोगों से छटपटा रहे हैं और इसे जेल की डिस्प्लिन सूझी है! जब बिस्तरे पर पैर रगड़-रगड़कर ही मरना है, तो इसकी भलमनसाहत से हमें क्या फायदा! ऐसा हुआ कि नेताओं और उनके अनुयायियों के बीच दीवार खड़ी हो गई। कुछ नेताओं के लिए उसने भोजन-दवा आदि का खास प्रबंध कर दिया था; लोगों ने मान लिया, हमारे नेता एक पाव दूध, दो अंडे और विटामिन की चार गोलियों पर बिक गए।

एक दिन मैं किसी वार्ड से लौट रहा था, देखा, एक नेताजी की गरदन में जेल की अँगोछी लपेटकर दो आदमी उनकी दुर्गत करने पर तुले हैं। मुझे देखते वे सहम गए, नेताजी की जान-में-जान आई।

ऊँट की पीठ का आखिरी तिनका हुआ, यह हुक्म कि अब कैदियों को सूर्यास्त के पहले ही अपने वार्डों में बंद हो जाना पड़ेगा। अब तक आठ-नौ बजे तक हम बाहर टहलते-घूमते रहते थे। वार्ड बंद होते-होते दस बज जाते थे, थके-थकाए हम सो गए! शाम के ये तीन-चार घंटे उस अंध-गुफा में किस तरह हम काट सकेंगे। वार्ड के अंदर पाखाने और पेशाबखाने की कोई समुचित व्यवस्था नहीं

थी। इतनी देर तक उसके भीतर रहने के कारण तो हम दुर्गंध से ही मर जाएँगे।

एक रात एक विचित्र घटना हो चुकी थी। भोजन में न जाने क्या हो गया था कि ज्यों ही वार्डबंदी हुई, लोगों के पेट गुड़गुड़-गड़गड़ करने लगे। हर आदमी ने समझा, मेरे ही पेट में कुछ गड़बड़ है—आँखें मूँदकर सोने की चेष्टा करने लगा। किंतु, यह छलावा कितनी देर तक? हमने नियम बना रखा था, रात में वार्ड में कोई पाखाने का इस्तेमाल जहाँ तक संभव हो, नहीं करे। उस रात इस नियम के बावजूद, एक-एक कर लोग उठते और पाँव सँभालते पाखाना जाते। किंतु यह लुकाचोरी कब तक? हर वार्ड में कुहराम मच गया—दुर्गंध के मारे नाक फटने लगी। तब लोग अपने-अपने तवों से लोहे की दीवारें पीटने लगे। एक वार्ड से यह तवा-पीटन कांड शुरू हुआ, तो कोने-कोने में फैल गया। शोर सुनकर जेल-अधिकारी दौड़े। वार्ड खोले गए। बाहर के पाखाने में भी उतनी जगह कहाँ! जगह-जगह गड्ढे खोद दिए गए। पानी का कल चालू किया गया। दवाएँ दी जाने लगीं। रात-भर यह सिलसिला रहा! खैरियत यही हुई कि कोई मरा नहीं। जेल में मुश्किल से बीस-तीस आदमी होंगे, जो इससे बचे होंगे। आश्चर्य, उनमें एक मैं भी था।

और, अब जब सूर्यास्त से पहले ही हम बंद कर दिए जाएँगे, तो क्या होगा? क्या लोहे की चादरों का घर प्रतिदिन कुंभीपाक नहीं बन जाएगा, जिसमें हम सड़ते रहेंगे, दुर्गंध में मरते रहेंगे!

चार-साढ़े चार हजार बंदियों में हलचल मची थी। वार्ड-वार्ड में सभा होने लगी। सबने तय किया, हम यह सब अब अधिक दिनों तक बरदाश्त नहीं करेंगे। हमने अपनी माँगों की फेहरिस्त बनाई—वार्डों में खिड़कियाँ, पक्की गच, पाखाने-पेशाब की पक्की व्यवस्था की माँग, भोजन में अधिक सब्जी और दही-दूध की माँग, अस्पताल में फल, दूध, दवा, डॉक्टरों की संख्या में वृद्धि की माँग, पढ़ने के लिए पुस्तकालय और अखबारों की माँग, मुलाकात के समय निकट से बातें करने के प्रबंध की माँग आदि-आदि। उन माँगों के लिए हम लड़ेंगे; लड़ने के लिए एक युद्ध-समिति बनी। मैं उस समिति का अध्यक्ष चुना गया। जेल-अधिकारियों के पास माँगों की लिस्ट भेज दी गई। इस माँग पर सुपरिंटेंडेंट आगबबूला हो गया। वह हमारी सामूहिक माँग पर विचार कर नहीं सकता, कैदियों का क्या संगठन…जिसे कहना हो, व्यक्तिगत रूप से कहे।

युद्ध का रूप क्या हो? बस, हम सूर्यास्त के पहले बंद होने की हुक्मअदूली करेंगे। कुछ लोगों ने अनशन करने का सुझाव दिया, मैंने उनकी मुखालफत की। मैंने प्रायः देखा है, अनशन से मामला सुलझता नहीं, उलझता ही है। जब फैसला

करना है तो तुरंत फैसला जिससे हो जाए, उस रास्ते को अपनाओ। वार्ड में बंद होने से इनकार करना जेल का सबसे बड़ा अपराध है—जेल-अधिकारियों के शब्द में, यह 'म्यूटनी' है, बगावत है। हम बगावत का ही रास्ता पकड़ेंगे। लाठी-चार्ज होंगे, गोलियाँ चलेंगी। जो होना ही है, होगा। पैर रगड़-रगड़कर मरने से गोली की मौत कहीं अच्छी। दो-चार-दस मरेंगे—फैसला हो जाएगा। पचासों लाशें निकल चुकी हैं, एकाध दर्जन और निकलें—खून से लथपथ।

सुपरिंटेंडेंट साम-दाम-दंड-भेद सब नीतियों का प्रयोग कर थक गया। अंततः जिस दिन से सूर्यास्त के पहले बंद होना था, उस दिन उसने जेल को युद्ध-शिविर के रूप में परिणत कर दिया।

भोर से ही कैदियों को इधर-उधर जाने से रोक दिया गया। हर मोड़ पर सिपाहियों को लट्ठ लेकर खड़ा कर दिया गया। दोपहर के बाद दानापुर से फौज के नौजवानों को बुलाकर काँटों के उस पार जेल के चारों ओर कतार में खड़ा कर दिया गया! उनकी बंदूकों की संगीनें चमकने लगीं। आज कुछ होकर रहेगा, सबने निश्चित रूप से मान लिया।

मेरा वार्ड ठीक गेट के सामने था। जो कुछ होगा, उसकी शुरुआत मेरे ही वार्ड से होगी! मेरे वार्ड के सामने ही जेल-अधिकारियों के क्वार्टर थे। उन क्वार्टरों की खिड़कियों से कुछ मासूम आँखें हम लोगों की ओर करुण दृष्टि से देखतीं। बच्चे बरामदों पर खड़े कभी हम लोगों की ओर, कभी उन चमकती संगीनों की ओर भय से, आश्चर्य से देखते।

आज भोजन सवेरे ही आया। भाई, आज स्नेह से अन्न-देवता को ग्रहण करो, न-जाने, ईसा की तरह, किस-किसके लिए यह 'लास्ट सपर'—अंतिम रात का भोजन हो। खा-पीकर हमने प्रार्थना कर ली और फिर वार्ड के बाहर कतार में बैठ गए। पहले तय हो चुका था, ज्यों ही सिपाही हमें उठाकर वार्डों में ले जाना चाहें, हम एक-दूसरे की बाँहों को इस तरह पकड़ लेंगे कि वे इसमें सफल न हो सकें। मरना है, तो साथ ही मरें!

वार्डबंदी की घंटी बजते ही जमादार वार्डरों के साथ पधारा और हमसे बंद होने को कहा। हमने इनकार किया। जमादार इसकी रिपोर्ट करने को चला, वार्डर खड़े रहे। वार्डरों की आँखें क्या कह रही हैं? जेल-अधिकारियों को भी इन वार्डरों पर कहाँ विश्वास है? यदि विश्वास होता, तो फौजी जवान क्यों बुलाए जाते?

सुपरिंटेंडेंट जेल से बाहर था; हम उत्सुकता से जेल गेट को देख रहे हैं। किंतु, वहाँ कोई हलचल नहीं। तूफान के पहले की निस्तब्धता हम अनुभव कर रहे

हैं। धुँधलका क्षण-क्षण सघन होता जा रहा है। मौत और जिंदगी के बीच की रेखा क्षीणतर हो रही है!

दिमाग में तरह-तरह के विचार उठ रहे हैं। हृदय में तरह-तरह की भावनाएँ तरंगें ले रही हैं। आँखों के सामने तरह-तरह की तसवीरें बन रही हैं, बिगड़ रही हैं! सामने खड़े फौजी जवान वहीं से गोली चलाएँगे। हममें से कई ढेर हो जाएँगे, कुछ की लाशें तड़पेंगी, कुछ के मुँह से चीखें निकलेंगी। कुछ पत्नियाँ विधवा होंगी, कुछ माताएँ निपूती बनेंगी, कुछ बच्चे अनाथ होंगे, कुछ बापों का बुढ़ापा दूभर बन जाएगा। तुरंत मैं बेनीपुर पहुँच जाता हूँ—अरे, रानी की यह दशा! किंतु दिमाग कहता है मूर्ख, तूने क्या सोचकर इस रास्ते पर कदम रखा? मौत को कौन रोक सकता है? जीवन को कौन रौंद सकता है? यदि मरना लिखा है तो अस्तपाल की मौत से तो यह रणभूमि की मौत कहीं श्रेयस्कर! दवा की बेकार गोलियों से रायफलों की ये गोलियाँ कहीं अधिक शांतिदायिनी होंगी!

कि, जेल गेट पर टन-टन की आवाज—यह घंटा सुपरिंटेंडेंट की अवाई की सूचना में बजा है। सबकी नजरें उस ओर। सुपरिंटेंडेंट जेल में प्रवेश करता है और सीधे हमारे वार्ड में आ जाता है।

—गंगा, गंगा, यह क्या हो रहा है? गंगा कहता है—जो कुछ पूछना हो, बेनीपुरी से पूछिए। पहले से तय था, जिससे भी जेल-अधिकारी पूछेंगे, सब लोग मेरा ही नाम बताएँगे। युद्ध में एक ही सेनापति होता है न! बेनीपुरी,—चिल्लाता हुआ वह मेरे पास आ जाता है और अपने पूर्व स्वभाव के अनुसार, मुझे झकझोर देता है। बंद हो जाओ—देखो, इतने लोगों की जान लेने का पाप अपने सिर मत लो। देखो, उन फौजी जवानों को देखो, मैंने हुक्म दिया कि उन्होंने गोलियाँ चलाईं! मैंने स्थिरता से सिर्फ यह कह दिया—हमारी माँगें जब तक मंजूर नहीं होंगी, हम बंद नहीं होंगे!

माँग, माँग की ऐसी-तैसी, बंद होना होगा—वार्डर, इन्हें बंद करो। वार्डर मेरी बाँह पकड़ते हैं; किंतु यहाँ तो चालीस बाँहों की जंजीर बन चुकी है। अच्छा हम देखेंगे—कहकर सुपरिंटेंडेंट तमककर चल देता है। उसीके साथ जमादार और वार्डर भी चल देते हैं।

हाँ, गोलियों के लिए जमीन खाली कर दी गई। अब हम उत्सुकता से उसकी प्रतीक्षा कर रहे हैं। थोड़ी देर में सुपरिंटेंडेंट को जेल गेट से बाहर जाते देखते हैं। अब गोलियाँ चलेंगी ही, शायद उसकी रस्म-अदायगी हो रही है।

किंतु अरे, यह क्या! जेल गेट पर कुछ गांधी टोपियाँ बिजली के प्रकाश

में जगमगा उठीं। वे कौन हैं? हम यहीं से पहचानने की कोशिश में हैं। और थोड़ी देर में ही यह खबर कि उन आगत अतिथियों के आग्रह पर एक जिले के वार्ड बंद हो चुके। तो इसीलिए ये आए हैं। ये गद्दार! गद्दार!! गांधी बाबा, काश तुम जान पाते, तुम्हारे नाम पर कुछ लोग क्या-क्या करते-कराते हैं! हमारे गुस्से का क्या कहना!

एक नायब जेलर आए, आपको गुमटी पर अमुक बाबू बुला रहे हैं। जाओ, उनसे कह दो, मैं नहीं जाता। पहले सभी वार्ड बंद करवा लें, तब हमसे बातें करें। किंतु कुछ मित्रों की राय हुई—नहीं, तुम्हें जाना चाहिए; कम-से-कम अपनी माँग और विरोध तो कह दो, न जाने लोगों ने क्या-क्या कहा हो।

गुमटी पर राउंड-टेबुल कॉन्फ्रेंस। आप लोगों की सब माँगें जायज हैं। जो जेल-अधिकारी कर सकते हैं, कल से ही शुरू कर देंगे। जो सरकार को करना है, हम उसके लिए दबाव डालेंगे, और विश्वास रखिए, हम तब तक चैन नहीं लेंगे, जब तक कि वे पूरी नहीं कर दी जाएँ। इसकी अवधि क्या रहेगी—बस, दो-तीन सप्ताह!

और वह दो-तीन सप्ताह कभी पूरे नहीं हुए। हाँ, शहादत का एक मौका हमपर व्यंग्य कसता हुआ चला गया—

यह रुत्ब-ए-बुलंद मिला जिसको, मिल गया,
हर मुद्दई के वास्ते दारोरसन कहाँ?

□

आचार्य

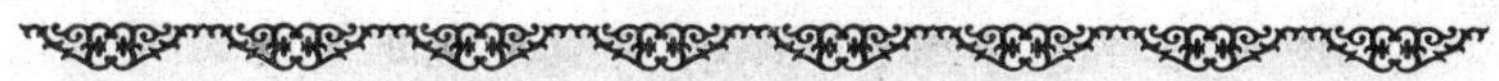

यह रामदयालु बाबू की प्रतिभा का फल था कि कैंप जेल में एक संगठन बन सका। जहाँ कैंप जेल में बड़े-बड़े नेता बेभरम हुए, इज्जत खोई, वहाँ रामदयालु बाबू ही ऐसे थे, जिन्होंने अपनी शान निभाई। वह न तो कभी सुपरिंटेंडेंट से मिलते, न अपने लिए जेल से कोई सुविधा ही माँगते। भक्त प्रकृति के आदमी तो थे ही, चुपचाप कोई धार्मिक ग्रंथ पढ़ते होते, या जो कोई उनके निकट पहुँचता, उससे धार्मिक बातें किया करते। जेल में जो राजनीति चल रही थी, नेतृत्व के लिए होड़ा-होड़ी मची थी, उससे अपने को पूर्णत: पृथक् रखते।

जेल में जब बड़ी अव्यवस्था फैली, लोगों की तकलीफें बढ़ने लगीं तो उन्होंने एक रचनात्मक संगठन बनाने के लिए प्रयत्न किया। हर जिले से चुनकर प्रतिनिधि आए, जिनसे एक जेल कमेटी बनाई गई। इस जेल कमेटी ने खास-खास कामों के लिए एक-एक व्यक्ति पर जिम्मेवारी सौंपी। गंगाशरण इस कमेटी के अध्यक्ष चुने गए; मेरे जिम्मे शिक्षा का काम सौंपा गया। सफाई के लिए, भोजन के लिए, व्यायाम के लिए, अस्पताल के लिए अलग-अलग लोगों को जिम्मेवार चुना गया

जेल में एक नियमित राजबंदी महाविद्यालय खोल दिया गया, जिसका आचार्यत्व मुझे दिया गया था। मैंने उस विद्यालय को सुचारु रूप से चलाने की कोशिश की। चार-पाँच सौ लोग उसमें नियमित रूप से शिक्षा ग्रहण करते। बीसेक अध्यापक थे, जो भिन्न-भिन्न विषयों की शिक्षा देते। अक्षरारंभ से लेकर सैद्धांतिक विचारों तक के शिक्षण का प्रबंध किया गया। विद्वानों की वहाँ कमी नहीं थी, अत: जिसपर जिस विषय के अध्यापन का भार दिया गया, उसने बड़ी लगन और मुस्तैदी से अपना उत्तरदायित्व निबाहा।

जीवन में पहली बार मैंने अध्यापन का कार्य किया। उस समय बिहार और

उड़ीसा एक ही प्रदेश था। उड़ीसा के लोगों को हिंदी पढ़ाने के लिए मैंने विशेष प्रबंध किया। हमारे उड़िया भाई बड़ी लगन से पढ़ते। मुझे आचार्य की पदवी उन्होंने ही दे डाली। जब मेरे सामने मेरे उड़िया विद्यार्थी आते, बड़े अदब से घुटनों के बल झुककर, चरण छूकर प्रणाम करते।

उनमें से एक विद्यार्थी को मैं भूल नहीं सकता। अभी बच्चा ही था। एक इंस्पेक्टर-पुलिस का बेटा था; बाप से विद्रोह कर सत्याग्रही बना था। पढ़ने की बड़ी धुन थी उसमें। मेरे वार्ड में प्राय: आया करता—उसका गोरा-मासूम चेहरा, उसकी प्रेमिल आँखें अभी भी नहीं भुलाई जा सकी हैं। उस बेचारे बच्चे की कैंप जेल में ही मृत्यु हो गई! बुखार हुआ, निमोनिया हो गया, दो-तीन दिन के अंदर ही चल बसा! जब तक उसका पिता खबर मिलने पर आवे, गंगा किनारे उसकी अंत्येष्टि भी हो चुकी थी।

कैंप जेल में शहीद हो जानेवालों की मैंने एक लिस्ट बनाई थी, उनका संक्षिप्त परिचय भी संकलित किया था। संयोग कि वह कागज कहीं खो गया। सोचता हूँ, क्या हम लोगों की अपनी सरकार का एक यह भी कर्तव्य नहीं है कि जेलों में शहीद हो जानेवालों की सूची उन दिनों के कागजात से एकत्रित कर संकलित कराए?

खैर, मैं अपने उस राजबंदी महाविद्यालय की बात कर रहा था। संयोग से सेठ नागरमल मोदी उसी जेल में थे। हमने उनसे पुस्तक, स्लेट, कागज, पेंसिल के लिए प्रार्थना की—उन्होंने काफी संख्या में अपने पैसे से मँगवा दिए। हम लोगों के पास भी कुछ पुस्तकें थीं ही, उन्हींको एकत्रित कर विद्यालय का एक अच्छा पुस्तकालय भी तैयार हो गया था।

भोर और शाम को तीन-तीन घंटे के लिए क्लास बैठते। शिक्षक और विद्यार्थी समय पर आते, पढ़ते-लिखते। विद्यालय को सांस्कृतिक कार्यों का भी केंद्र बना दिया गया था। भिन्न-भिन्न विषयों पर व्याख्यान मालाएँ आयोजित की जाती थीं। वाद-विवाद प्रतियोगिता के भी आयोजन किए जाते थे। लोग बड़ी संख्या में आते। कैंप जेल के जीवन में इस विद्यालय ने अपने लिए एक खास स्थान बना लिया था।

१९३०-३१ का आंदोलन जन-आंदोलन था। घोर देहात के बूढ़े, जवान, बच्चे राष्ट्रीयता की तरंग में बहकर वहाँ आ पहुँचे थे। हमने अपने विद्यालय में बहुत से बूढ़ों को भी अक्षरारंभ कराया था और थोड़े ही दिनों में उन्होंने पढ़ना-लिखना अच्छी तरह सीख लिया था। नौजवानों को तो यह संस्था बड़ी प्यारी थी।

अब भी बिहार में सफर करता हूँ, तो यदा-कदा उन लोगों से भेंट हो जाया करती है, जिन्होंने इस विद्यालय में ज्ञानार्जन किया था। वे अब भी आचार्य की ही तरह मेरी आवभगत करते हैं। मैंने अपने इस विद्यालय को दलबंदी से सदा बचाने की कोशिश की; अत: इसे सबका स्नेह प्राप्त था।

इस प्रकार मेरा जेल का जीवन सरल गति से समाप्त हो रहा था। इस विद्यालय ने मुझे बड़ी मानसिक शांति दे रखी थी। मेरा स्वास्थ्य भी मेरा साथ दे रहा था। मुझे कभी अस्पताल जाने की जरूरत नहीं पड़ी। नियमित रूप से आसन और व्यायाम करना मैं नहीं भूलता था। रामदयालु बाबू ने ही आसन और सूर्य नमस्कार में मुझे दीक्षित किया था। अब जब स्वास्थ्य कुछ धोखा-सा दे रहा है, कभी-कभी सोचता हूँ, सूर्य नमस्कार और आसन फिर से प्रारंभ करूँ! किंतु कई बीमारियों ने भीतर-ही-भीतर ऐसा दबोच रखा है कि हिम्मत नहीं होती।

मुझे डेढ़ साल की सजा हुई थी—एक वर्ष की सजा और ढाई सौ रुपए जुर्माना, जिसे नहीं देने पर छह महीने की सजा और। जेल के नियमानुसार एक वर्ष में लगभग दो महीने की छूट मिल जानी चाहिए थी। जब दस महीने पूरे हो गए तो मेरी रानी ने जुर्माने के रुपए जमा करवा दिए। उस बेचारी ने मुझे बीमारी में ही जेल जाते देखा था, उसे दिन-रात मेरे जीवन की चिंता थी। इसके लिए उसे अपने गहने बेच देने पड़े थे। तब से फिर उसके शरीर पर गहने नहीं चढ़े। किंतु वह बेचारी क्या जानती थी कि उसे दो महीने और इंतजार करने पड़ेंगे। एक नायब जेलर ने एक दिन आकर मुझे सूचना दी, वार्डबंदी के खिलाफ आंदोलन करने के अपराध में मेरी दो महीने की छूट रद्द कर दी गई है।

मेरे ससुरजी मुझे लेने पटना आए थे, उन्हें निराश लौट जाना पड़ा। किंतु मुझे इस घटना से विशेष हर्ष-विषाद नहीं हुआ। मैंने सदा इसे खेल का एक अंग माना है—जब मेरी पारी थी, जो कुछ हो सका मैंने किया; अब तुम्हारी पारी है तो मैं क्यों शिकायत करूँ कि तुमने यह क्या किया?

मुझे दो महीने तक और भी अध्यापन का मौका मिल गया। हमारे देहात के ये भाई कितने अज्ञान में थे और ज्ञान की कैसी तीव्र पिपासा उनमें जग गई थी। भूगोल, इतिहास, गणित, विज्ञान का साधारण ज्ञान भी उनमें नहीं था। यह पृथ्वी क्या है, कैसे बनी; इसपर जीव कैसे आए, कैसे उनका विकास हुआ; मनुष्य का अवतार कैसे हुआ, कैसे उसने उन्नति की—आदि बातें सुनते समय उनकी उत्कंठा जग जाती। फिर इस पृथ्वी पर अपना देश कहाँ है, क्या उसकी विशेषता है, उसकी प्राचीन गरिमा कैसी थी, क्यों वह गुलाम हुआ और फिर किस प्रकार हम आजाद

होंगे, उस आजादी का क्या नक्शा होगा—ये प्रसंग उन्हें कितने रोचक लगते! पृथ्वी के अन्य देशों के लोगों की जानकारी की भी उनमें उत्सुकता थी और विज्ञान के करिश्मों की कथा सुनते हुए वे अघाते नहीं थे। हिसाब-किताब की ओर भी उनकी रुचि थी। बड़े-बूढ़े स्लेट पर कुछ लिख रहे हैं, बिना पढ़ा आदमी अब अपने हाथ से लिखकर घर पर चिट्ठी भेज रहा है, नौजवान लोग आधुनिकतम ज्ञान में गोते लगाने में तल्लीन हैं, हाँ, बच्चे कुछ डरते हैं। अभी उस दिन दो बच्चे इस ओर आ रहे थे। एक ने कहा, उस ओर मत जाओ, बेनीपुरी पकड़कर पढ़ा देगा।

आज भी देहातों की तो वही अवस्था है। बच्चों के पढ़ाने का तो प्रबंध है, किंतु वयस्क शिक्षा की तो कागजी कार्रवाई ही चला करती है। क्या यह अच्छा नहीं होगा कि कुछ चलते-फिरते विद्यालय खोले जाएँ। शिक्षकों का एक दल शिक्षा के साधनों से लैस होकर एक-एक गाँव में जाए, यहाँ चार-छह महीने रहकर अक्षर ज्ञान के साथ विज्ञान, इतिहास, भूगोल, स्वास्थ्य आदि की कामचलाऊ जानकारी गाँववालों को देकर आगे बढ़ता जाए। शिक्षकों की ऐसी सेना तैयार करने से शिक्षितों की बेकारी की समस्या भी हल हो जाएगी। मेरा दृढ़ विश्वास है, हमारे देहात के भाइयों में ज्ञान के लिए बड़ी तीव्र पिपासा है। आवश्यकता यह है कि हम शिक्षण की कोई ऐसी प्रणाली निकालें, जिसके द्वारा अपने कामकाज में लगे हुए भी फुरसत के समय वे ज्ञान की उपलब्धि कर सकें।

दो महीने भी जैसे-तैसे बीत गए। मेरे शिष्यों की राय ली जाती, तो मेरी सजा बढ़ा देने की ही सिफारिश करते। कैंप जेल से मैं किस स्नेह और श्रद्धा के साथ बिदा किया गया! किंतु जब मैं जेल गेट से बाहर होकर सुपरिंटेंडेंट के ऑफिस में आखिरी रस्मअदाई के लिए आया, तो उसने कड़ककर कहा—देखो, फिर इस जेल में मत आना, मैं तुम्हें पूर्णिया भेज दूँगा। पूर्णिया—जहाँ अफसरों की भी बदली होती तो वे समझते, उन्हें कालापानी भेजा जा रहा है।

वह बेचारा क्या जानता था, अभी कई बार मेरी-उसकी भेंट होगी और अंततः वह मुझे पहचान सकेगा और मुझसे दोस्ती करने लगेगा।

□

नया विधान

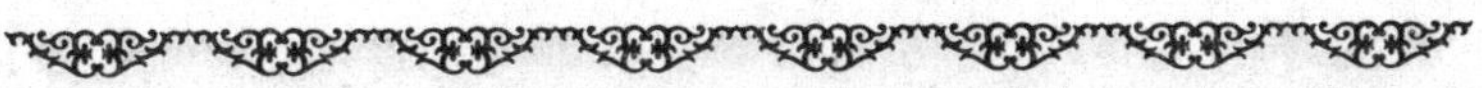

चार वर्षों के विराम के बाद फिर मैं दीवारों के अंदर बंद हूँ। दीवारें—गुमसुम। अभिशापों की तरह, काली! काली, कठोर, अलंघ्य! चीखते रहो, कराहते रहो, तुम्हारे लिए दिशाओं के द्वार बंद हो गए!

अभी एक घंटा पहले हम कहाँ थे? इस समय कहाँ हैं?

१९३७, पहली अप्रैल। आज ही भारत में नए विधान का श्रीगणेश हुआ है, जो विधान तीन-तीन राउंड-टेबुल कॉन्फ्रेंसों के बाद छह साल में तैयार हुआ है, उसी विधान की धज्जियाँ कुछ क्षण पहले हम पटना की गली-गली में उड़ा रहे थे!

इस विधान के अनुसार नया चुनाव हुआ। सात प्रांतों में कांग्रेस का बहुमत आया। किंतु विधानतः जब गवर्नर ने कांग्रेस दल के नेताओं का आह्वान मंत्रिमंडल बनाने के लिए किया, तो उन्होंने अस्वीकार कर दिया। क्योंकि इस विधान में गवर्नरों को इतने अधिकार दिए गए थे कि जनता द्वारा चुने गए मंत्रिमंडल को भी जब चाहे भंग कर दे सकते थे, उन्हें अपनी उँगलियों के इशारे पर नाचने को मजबूर कर सकते थे। महात्मा गांधी के नेतृत्व में कांग्रेस ने तय किया है कि जब तक गवर्नर अपने विशेषाधिकार का प्रयोग नहीं किए जाने का आश्वासन नहीं दे, कांग्रेसजन मंत्रित्व की ज़िम्मेदारी नहीं स्वीकार करें।

गवर्नरों ने ऐसा आश्वासन देने से अस्वीकार किया, फलतः उन सात प्रांतों में अल्पमत का मंत्रिमंडल बनाया गया है, जिसने आज शासन का सूत्र अपने हाथों में लिया है। बिहार में मि. यूनुस की सरकार बनी है। मंत्रिमंडल क्या है—गवर्नर के हाथ का खिलौना! कहीं की ईंट, कहीं का रोड़ा—भानुमति ने कुनबा जोड़ा!

मैं पटना शहर कांग्रेस कमेटी का अध्यक्ष था। हमने तय किया, हम इसका जबरदस्त विरोध करेंगे, दिखला देंगे, इस मंत्रिमंडल को हम बरदाश्त नहीं कर सकते!

एक सप्ताह से शहर की गली-गली में सभाएँ हो रही थीं—पहली अप्रैल को ऐसी शानदार हड़ताल करो कि सड़कों पर कहीं एक चींटी भी चलती नहीं दिखाई पड़े। दिन-भर हड़ताल, शाम को जुलूस, अंत में सभा। सारा शहर हमारे साथ। जिन्हें उन्होंने अपने वोट दिए, चुनाव जिताया, जो गद्दी के जायज हकदार थे, उन्हें उस पद से वंचित कर अंग्रेजी सरकार ने हम सबका एक ही साथ अपमान किया है। इस अपमान को हम पी नहीं जाएँगे। हड़ताल करो, ऐसी शानदार हड़ताल कि पटना ने कभी नहीं देखी हो और सचमुच आज ऐसी हड़ताल हुई है—प्रिंस ऑफ वेल्स के स्वागत-बहिष्कार के बाद पटना ने ऐसी हड़ताल कभी नहीं देखी थी!

किंतु यह बददिमाग सरकार! कल अचानक इसने १४४ धारा के अनुसार हमपर एक नोटिस जारी कर दी—मुझपर, जयप्रकाशजी पर तथा अन्य साथियों पर। पहली अप्रैल को तुम हड़ताल कराने के लिए सड़कों पर मत निकलो, न जुलूस निकालो! क्या हम इस नोटिस को मान सकते थे? यह नोटिस नहीं, यह तो चुनौती है—हमने चुनौती स्वीकार कर ली!

भोर से ही सड़कों पर घुड़सवार पल्टन गश्त लगा रही है! वाह, नए विधान का कैसा अच्छा रूप है! पटना के मुख्य बाजार में मुसलमानों की अधिकांश दुकानें हैं। सरकार ने मि. यूनुस को गद्दी पर बिठलाकर सोच रखा था, मुसलमान उसका साथ देंगे। किंतु उसका भ्रम दूर हुआ; जो लोग कुछ हिचक में थे, इस घुड़सवार पल्टन ने उनको भी फैसले पर मजबूर किया—हड़ताल, मुकम्मिल हड़ताल, शानदार हड़ताल! दानापुर से सिटी तक कहीं एक दुकान खुली नहीं! हमें किसीसे जाकर कहने की जरूरत भी नहीं पड़ी!

अब जुलूस! यदि हम जुलूस निकालने की घोषणा कर दिए होते, हमें तुरंत गिरफ्तार कर लिया गया होता! फिर क्या मजा! हमने सारा प्रबंध गुपचुप किया। कुरते के नीचे कमर में झंडे खोंसे और हाथ में पतली-पतली छड़ी लिये हम लोग ठीक चार बजे पटना कॉलेज के निकट पहुँचे और पीपल के पेड़ के चबूतरे पर खड़े होकर झट झंडे को छड़ी में लगाकर उसे हिलाते हुए नारा दिया—इनकलाब जिंदाबाद—नया विधान तोड़ दो! नारे सुनते ही पटना कॉलेज से विद्यार्थी निकल पड़े, इधर-उधर खड़े नागरिक आ जुटे और वहाँ से जुलूस पश्चिम रुख अदालत की ओर चल पड़ा!

मुश्किल से दस आदमियों ने पहले नारे लगाए थे, चंद मिनटों के अंदर न जाने कहाँ से लोग उमड़ आए। अस्पताल तक पहुँचते-पहुँचते तो चारों ओर

नरमुंड-ही-नरमुंड थे! सच्ची बात है, हमने भी ऐसे जन-सहयोग की कल्पना नहीं की थी।

मैं बीच में था; एक ओर जयप्रकाशजी, एक ओर बसावन! मैं नारे देता जाता था, लोग दुहराते जाते थे। सारा वायुमंडल प्रकंपित हो रहा था। मैंने चाहा था, जयप्रकाशजी ही इस जुलूस का नेतृत्व करें; किंतु उन्होंने पटना कांग्रेस के अध्यक्ष की हैसियत से मुझे ही नेतृत्व करने की सलाह दी थी।

जब हमारा जुलूस मुरादपुर पहुँचा, उधर से पुलिस की लारियाँ आ पहुँचीं और हमें गिरफ्तार कर लिया गया। हमारी गिरफ्तारी और शहर में जैसे दावानल फैल गया। जैसाकि जयप्रकाशजी ने अपने बयान में कहा था—उस संध्या को नया विधान पटना की गलियों से पनाह माँगता फिर रहा था। जो जहाँ था, वहीं से उसने जुलूस निकाल दिया। आधी रात तक सारे शहर में हो-हल्ला मचता रहा। कुछ लोग यूनुस साहब की कोठी को घेरकर लगातार नारे लगा रहे थे—गद्दी छोड़ दो, नया निजाम तोड़ दो।

गिरफ्तार कर हमें पीरबहोर थाने में लाया गया। वहाँ राजेंद्र बाबू हमसे मिलने आए। थाने से हमें सिटी जेल में लाकर रखा गया।

अभी-अभी हम यहाँ आए हैं। कितना छोटा जेल है यह। कोई जेलर भी नहीं, बस जमादार ही सबकुछ। जमादार का होश उड़ा जा रहा है, ऐसे अतिथियों का वह किस प्रकार का आदर-सत्कार करे। वह जयप्रकाशजी के सामने दस्तबस्ता खड़ा है। जयप्रकाशजी उसे आश्वस्त करते हैं, आप हमारी चिंता न करें, अभी हम विचाराधीन कैदी हैं, हमारा प्रबंध बाहर से ही होगा। बस आप वार्ड आदि धुलवा दें।

हर जेल से न जाने कैसी एक गंध निकलती रहती है! जितना ही छोटा जेल, उतनी ही तीखी गंध। कितना धोया-धाया गया, गंध के मारे उस रात नींद ठीक से नहीं आई।

जयप्रकाशजी के साथ यह पहली बार जेल आने का मौका मिला था। १९२९ में वह अमेरिका से लौटे थे, १९३० में उनका कार्यक्षेत्र प्रयाग था, '३२ में बंबई। '३२ में वह गिरफ्तार हुए थे मद्रास में, रखे गए थे नासिक में। '३४ में बिहार में काम करना शुरू किया। वह कांग्रेस सोशलिस्ट पार्टी के जनरल सेक्रेटरी थे, देश में दौरे करते; किंतु अपना हेडक्वार्टर पटना ही रखा था और हम लोगों के साथ सोशलिस्ट पार्टी, किसान-सभा, मजदूर-संघ आंदोलन में सक्रिय भाग ले रहे थे। अभी तक हमने नेता जयप्रकाश को ही मुख्यत: देखा था, यहाँ मानव जयप्रकाश का

रूप निखरने लगा—अरे यह आदमी कितना स्नेही, कैसा साथी, किस कोटि का यार है! हाँ यार!

सिटी कोर्ट में हमारा मुकदमा हुआ। मुकदमे को देखने राजेंद्र बाबू, अनुग्रह बाबू, बलदेव बाबू आते। बलदेव बाबू की राय थी कि इस मुकदमे को बाजाप्ता लड़ा जाए; वह हमारे स्थायी वकील थे ही। किंतु जयप्रकाशजी ने इस सलाह को सादर अस्वीकार कर दिया। हाँ, मुझे जिरह करने का आदेश किया। थोड़ी जिरह में ही पुलिस अफसरों के पैर उखड़ जाते—हमें मजा आता। सचमुच बलदेव बाबू ने पैरवी की होती तो मुकदमा हवा में उड़ जाता; किंतु हमने तो अपने को सत्याग्रही मान लिया था—गांधीजी के सत्याग्रह-नियम के अनुसार चलना चाहते थे। पैरवी क्या, वकालत क्यों?

मेरी जिरह की वकील दोस्तों ने बड़ी तारीफ की। बचपन में मैं सोचा करता था कि वकालत करूँगा—वकील बनने की साध पहली और अंतिम बार इस रूप में पूरी हुई!

हमने दो बयान दिए। एक मैंने, पटना शहर कांग्रेस कमेटी के अध्यक्ष के रूप में, दूसरे जयप्रकाशजी ने, कांग्रेस सोशलिस्ट पार्टी के अन्यतम नेता के रूप में। जयप्रकाशजी का वह बयान इंग्लैंड के पत्रों में भी छपा था। यही नहीं, उनकी तसवीर और पोस्टरों के साथ लंदन की 'इंडिया लीग' के द्वारा 'इंडिया हाउस' के सामने प्रदर्शन भी किया गया था।

हमें तीन-तीन महीने की सजा हुई। सजा होने पर हम सिटी जेल से जिला जेल में भेज दिए गए। उस दिन और भी कुछ लोगों को गिरफ्तार किया था, जिन्हें जिला जेल में ही रखा गया था। सभी साथियों से भेंट हुई। कुछ दिन वहाँ जो कटे, कितने आनंद में। फिर हम चार व्यक्तियों को हजारीबाग जेल में भेज दिया गया—जयप्रकाशजी को, मुझे, अब्दुल बाकी साहब को और फुलवारी के शाह साहब को। दो हिंदू, दो मुसलमान—यूनुस साहब की मिनिस्ट्री ने एक ही झटके में बिहार के दस प्रतिशत मुसलमानों को जेल भेजे जाने में पचास प्रतिशत का रुतबा दे दिया।

हजारीबाग जेल में हमें उस वार्ड में रखा गया था, जहाँ खान अब्दुल गफ्फार खान और डॉ. खान साहब को रखा गया था। खान बंधुओं के लगाए बहुत से फूल के पौधे अभी जिंदा थे। इस जेल की भूमि गुलाब और बेला के पौधों के लिए बड़ी ही अच्छी है। ऐसे गुलाब और इतने गुलाब शायद ही कहीं फूलते हों—एक ही डाल में एक ही साथ दर्जन-दो दर्जन गुलाब एक साथ फूलते हुए आप यहीं देख सकते हैं। बेले भी खूब आते हैं। तीन-चार वर्षों की असावधानी के कारण बहुत से

पौधे उजड़ गए थे; कुछ अधमरे खड़े थे। हमने सबसे पहले उन्हीं पर ध्यान दिया। हजारीबाग में जो इस समय जेलर थे, अयूब साहब, वे बड़े ही शरीफ आदमी थे। सुपरिंटेंडेंट भी बड़े ही नेक थे। उन्होंने हम लोगों के साथ बड़ा ही अच्छा बरताव किया। खाने-पीने, रहने-सहने का पक्का बंदोबस्त। हमारे कहने पर कुछ कैदी इन फूलों को सींचने के लिए दे दिए। बेले और गुलाब का यही मौसम था। थोड़ी सिंचाई और देखभाल से ही वे लहलहा उठे।

जब हम इस जेल में ही थे, एक दिन यूनुस साहब पधारे। हमारे प्रांत के मुख्यमंत्री ने इतनी तो कृपा की कि जेल भेजकर भी हमारी सुध लेते रहे। जब वह आए, बाकी साहब ने उन्हें कुछ सख्त-सुख्त सुनाना चाहा, किंतु जयप्रकाशजी ने उन्हें मना कर दिया। बस, शिष्टाचार के साधारण दो-चार शब्द—मुख्यमंत्री सदलबल आए और चले गए।

सारी सुविधाएँ और तीन ही महीने तक रहना। किंतु हजारीबाग तो हमारी इस जेलयात्रा को अमर बना देना चाहता था। इस छोटे से अरसे के दरम्यान दो ऐसी घटनाएँ हो गईं, जिन्होंने मेरी और जयप्रकाशजी की भावनाओं को इतना उभाड़ दिया कि मैं तो उनका अनन्य अनुरक्त ही नहीं, भक्त बन गया। मीरा ने कहा है—'अँसुअन जल सींचि-सींचि प्रेम बेलि बोई'। हम दोनों ने इतने आँसू बहाए कि दुई की दीवार ढह गई, मैंने अपने को उनके साथ विलीन कर दिया। आज लगता है जैसे वह अलग खड़े हैं, मैं अलग खड़ा हूँ, बीच-बीच में ऐसे और भी अवसर आए हैं; किंतु जहाँ तक मेरा अपना प्रश्न है—क्या चाहकर भी अपने को उनसे अलग रख सकता हूँ?

□

अँसुअन जल सींचि-सींचि

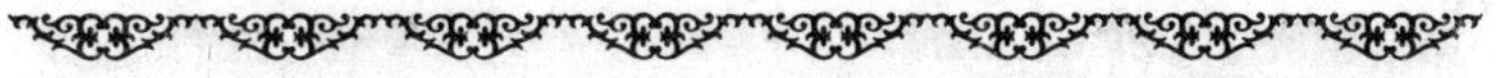

हजारीबाग सेंट्रल जेल का इस बार का जीवन बड़ा ही दिलचस्प, काम-काजू और आनंदप्रद था।

हम सवेरे ही उठते। शौच से निवृत्त होकर टहलने निकल जाते। खान बंधुओं के टहलने के लिए छोकरा-किता के चारों ओर एक पगडंडी बना दी गई थी। एक तरफ ऊँची, काली, कठोर, अलंघ्य दीवारें—पत्थर की और दूसरी ओर बेले की क्यारियाँ, जो इस मौसम में कलियों और फूलों से लदी थीं। उनकी भीनी मीठी-मीठी सुगंध। हम लंबे-लंबे डग से, लंबी साँसें लेते हुए टहलते; टहलने का वैज्ञानिक तरीका यही है न! खूब टहल लेने के बाद हम वार्ड में आ जाते और उसके बरामदे पर व्यायाम शुरू कर देते। जयप्रकाशजी के पैर शरीर के अनुपात में बहुत पतले थे, अपनी टाँगों पर उन्हें अफसोस था! अतः ऐसी कसरतों पर वह विशेष ध्यान देते, जिनसे टाँगों पर कुछ गोश्त चढ़े, कुछ उभाड़ आए। यों ही उनके शरीर का छाती से ऊपर का हिस्सा आगे की ओर झुका हुआ था। कहते थे, अमेरिका में इसे सीधा करने के लिए वह स्प्रिंग का भी इस्तेमाल कर चुके थे। कसरत में, टहलने में, यहाँ तक कि बैठने में भी वह इसपर ध्यान रखते। तेल की मालिश भी कसरत का एक अंग था।

कसरत के बाद हम लोग स्नान करते। बड़े प्रेम से स्नान करते—एक सेल को हमने स्नान-घर में परिणत कर लिया था। साबुन लगा-लगाकर, तौलिए से मल-मलकर शरीर को इतना स्वच्छ कर लेते कि स्वयं अपने शरीर पर गर्व होता! फुरसत और पानी की कमी थी नहीं। खूब चुभका कीजिए!

तब नाश्ता। जयप्रकाशजी को भोजन बनाने का कितना शौक है, यहीं देखा! नाश्ते की सारी चीजें तैयार होतीं, तो भी झटपट एकाध चीज अपने हाथों बना ही लेते। नाश्ते के बाद कुछ पढ़ना-लिखना। मैंने इस छोटी-सी अवधि में ही बच्चों के

लिए दो-तीन पुस्तकें लिख डालीं। पढ़ना तो खूब ही होता—जयप्रकाशजी की संगति का लाभ तो उठाना ही था। अपनी बाजाप्ता शिक्षा के अभाव की पूर्ति का ध्यान जेल में सदा ही रखता।

भोजन तैयार होने से पहले जयप्रकाश फिर रसोईघर में जाते और कोई नई चीज बना लेते। कभी-कभी तो वह अपना पूरा समय रसोईघर में ही दे देते। 'ईटिंग अंबुल पाई'—यह मुहावरा पढ़ रखा था। किंतु यह 'पाई' क्या है, जयप्रकाशजी की ही कृपा से जाना। एक दिन सब्जी में कुम्हड़ा आया, उसीकी पाई बनाई उन्होंने। उसके लिए एक खास ढंग का चूल्हा भी बनाना पड़ा। फिर तो पाई की कई किस्में तैयार करते रहे। खिचड़ी, खीर, भात, रोटी—सबमें एक नयापन पैदा कर देना उनके बाएँ हाथ का खेल था। खिलाने का शौक अत्यधिक। अपने हाथों परोसते और भोजन करते समय बारीकियों पर ध्यान दिलाते। मेरी जीभ भोजन की बारीकियाँ ग्रहण करने में सर्वथा असमर्थ रही है। एक दिन मैंने उनसे कह भी दिया, आप किसे बारीकियाँ समझा रहे हैं—मेरे बाप-दादे मँडुआ और अलुआ (गरीबों के भोजन) पर जीते रहे, मैं उनका सपूत हलवा तक पहुँच गया, यही क्या बहुत नहीं है? वह खूब हँसे। किंतु हमारे दो मुसलमान दोस्त खाने के कद्रदान थे—खूब सराहते! मैं सिर्फ हाँ मिलाता जाता!

भोजन के बाद विश्राम—फिर चाय। कभी-कभी एकाध हाथ ताश जम जाता या शतरंज की बिसात बिछ जाती। संध्या को बैडमिंटन के कोर्ट में हम उतरते। मैं खेलना तो जैसा-तैसा ही जानता था, उछलकूद में कोई कसर नहीं रखता। उसके बाद फिर वही टहलना—बेले की कुछ कलियाँ भी चुन लेता, जिसे तश्तरी में सजाकर पानी से तर कर रख देता। आधी रात को वे जब खिलतीं तो वह गीत बरबस याद आ जाता—'बेला फूले आधी रात, गजरा केकरे गरे डारूँ'! भोर में कुछ गुलाब के फूल तोड़कर इन बेलों के साथ सजा दिए जाते—बीच में गुलाब, चारों ओर बेले! कुंद के बीच कमल खिला है—कैसी अपूर्व शोभा! तश्तरी में थोड़ा पानी रख देते, वह नन्हा-सा तालाब बन जाता।

रात को वार्डबंदी के बाद कुछ गप्पें होतीं। शाह साहब सुनते कुछ कम थे, इसलिए 'किस्सा साढ़े तीन यार' को हम चरितार्थ करते। हममें से हरएक को कुछ कहना पड़ता। उसी समय मैंने जयप्रकाशजी से उनके अमेरिका-प्रवास की घटनाएँ खोद-खादकर पूछ लीं, जिन्हें उनके जीवनचरित में मैंने इस्तेमाल किया। जयप्रकाशजी की प्रवास-कथा से उत्तेजित होकर बाकी साहब ने ईरान-प्रवास की कथा सुना दी—ऐसी-ऐसी बातें कहीं कि हम बाग-बाग हो रहे!

चिड़ियाँ पालने का हमें शौक हुआ। जेल के एकांत में चिड़ियाँ घोंसला बनाने की बड़ी सुविधा पाती हैं। कभी-कभी घोंसले से उनके बच्चे गिर जाते। मैंने एक कबूतर पाल लिया, शाह साहब ने एक बगुला और जयप्रकाशजी ने एक गौरैया। मेटरलिंक की एक पुस्तक मेरे पास थी, जिसका नायक था टिलटिल नामक एक बच्चा। इस गौरैये के बच्चे को हमने 'टिलटिल' नाम दे रखा था। अहा! हम अपने पालतुओं को किस स्नेह से खिलाते-पिलाते, रखते; जयप्रकाशजी तो अपने टिलटिल को सदा हथेली पर लिये रहते।

एक रात हम सोए थे कि बगल के जामुन के पेड़ से अजीब आवाज आने लगी—बड़ी डरावनी। यह क्या हो सकता है? अजीब कराह थी उसमें, जो उस सन्नाटे में रोंगटे खड़ी कर देती। हम लोग सब जग गए। थोड़ी देर में आवाज बंद हो गई। दूसरे दिन हमने वार्डरों से दरयाफ्त किया। एक पुराने वार्डर ने बताया, वह कोई चिड़िया है, बड़ी अशुभ है; जब-जब वह बोलती है, कोई-न-कोई शोकजनक घटना होती है। कई कहानियाँ सुनाईं उसने। मुझे बचपन की बात याद आ गई। एक प्रकार की चिड़िया जब पेड़ों पर बोलती तो लोग समझते, गाँव में महामारी होगी। हम दिन-भर ढेले लेकर उसे खोजते और गाँव से बाहर करके ही दम लेते।

और, यह लीजिए, एक दिन जयप्रकाशजी का टिलटिल मरा पाया गया! शोक की घटना तो आ घटी। जयप्रकाशजी को बड़ा दुःख हुआ, हम भी उदास थे। काश, यदि यहीं तक रह जाती। अरे, यह तो शोक की शुरुआत थी।

एक दिन गेट से बुलाहट हुई। प्रभावतीजी आई थीं, गंगाशरण आए थे। जयप्रकाशजी पहले चले गए, मैं बाद में गया। वहाँ गया, तो जाते ही गंगाशरण से मैंने अपने घर का हालचाल पूछा। इधर मेरे घर से एक भी पत्र नहीं आया था। मैंने कई पत्र लिखे थे। क्या बात है? गंगा ने कहा, मैं तुम्हारे घर जाने वाला हूँ। भला अब क्या होना था! इधर-उधर की बातें होने लगीं। स्वभावानुसार मैं खूब हँस रहा था, खिलखिला रहा था। पर मैंने अनुभव किया, जयप्रकाशजी कुछ उदास हो चले हैं। प्रभाजी तथा गंगाशरण भी उखड़े-उखड़े लग रहे थे।

जब गेट से हम वापस आए, खाने-पीने के बाद हम सांध्य भ्रमण को निकले। मैं टहल रहा था कि देखा, जून की झुलस ने बेलों की कितनी ही कलियों को कुम्हला रखा है। मैंने बाकी साहब से कहा—ओहो, इन कलियों को देखो—'हसरत इन गुंचों पे है जो बेखिले कुम्हला गए'।

मेरी इस बात से बाकी साहब सहमे। बोले—क्या बोल रहे हो बेनीपुरी? मैं और भी बोलता गया। वार्ड में जाने के पहले जयप्रकाशजी ने चर्चा चलाई—न जाने

क्या बात है, जब-जब मुलाकाती आते हैं, कोई बुरी खबर ही लाते हैं। इसके पहले जब प्रभावतीजी आई थीं, उन्होंने बताया था, उनके किसी प्रियजन को टी.बी. हो जाने की आशंका है। मैंने समझा, ऐसी ही कोई बात होगी, जयप्रकाशजी के मन को हलका करने के लिए मैंने इधर-उधर की बातें चला दीं। किंतु इस तरह की आँखमिचौनी कब तक?

जब हम वार्ड में बंद हो गए, किस्से की बारी आई। आज मुझे ही कुछ कहना था। मैंने एक मजेदार कहानी कहकर यारों को हँसाना चाहा। किंतु कोई हँस नहीं रहा है। बनावटी हँसी होंठों तक आ-आकर टूक-टूक हो जाती है। अंत में बाकी साहब ने यह तिलिस्म तोड़ा। उन्होंने पूछा—बेनीपुरी, तुम्हारे कितने लड़के हैं? मैंने बताया, तीन। उनमें सबसे अधिक प्यारा कौन है? कैसी बेवकूफी की बात करते हो, बाप के लिए सब बच्चे समान! लेकिन मझला लड़का कुछ विचित्र प्रतिभाशाली है। और मैं कहूँ कि वह नहीं रहा तो...मैंने हँसने की चेष्टा करते हुए कहा—ऐसी बात मत कहो। अब जयप्रकाशजी उठे और हाथ में एक पत्र रख दिया। यह पत्र मेरे चचेरे भाई का लिखा हुआ था और सचमुच उसमें मझले लड़के की दुःखद मृत्यु का समाचार था।

उफ, आज बीस वर्षों के बाद भी जब उस रात की अपनी स्थिति की कल्पना करता हूँ, रोम-रोम खड़े हो रहे हैं, आँखें तर हो रही हैं! दो-तीन मिनट तक मैं स्तब्ध रहा; फिर उस लड़के की सूरत-शक्ल, प्रतिभा, सहज ज्ञान आदि की चर्चा करने लगा। मैं चाहता था, नहीं रोऊँ, जो हो चुका, उसके लिए रोना क्या! मैं अपने को भुलाना चाहता था। इतने में अनुभव किया, जैसे समूचे शरीर का खून सिर की ओर दौड़ रहा है—मैं मूर्च्छा का मरीज़। झट मैं बिछावन पर लेट गया और मसहरी गिरा दी। किंतु यह क्या, लगा जैसे हृदय का कोई संजीवन-सूत्र अचानक टूट गया! और लीजिए—मैं हिचकियों-पर-हिचकियाँ लेकर रो रहा हूँ! आँसुओं का ऐसा प्रवाह शुरू हुआ, जो सात दिनों तक रोके नहीं रुकता था!

मेरे सभी साथी सन्न! जयप्रकाशजी की कुछ नहीं पूछिए। चुपचाप मेरे बिस्तरे की बगल में आकर बैठते। जब कभी मैं शौचादि के लिए बाहर जाता, सदा पीछे लगे रहते! मुझे धीरज दिलाने को उन्होंने आँसुओं को रोक रखा है; किंतु उनकी सुर्ख आँखें, गीली बरौनियाँ, भर्राया चेहरा, मूक मौनवृत्ति—ये सब डंका पीट रहे हैं कि—

शक न कर मेरी खुश्क आँखों पर,
यों भी आँसू बहाए जाते हैं!

मैं कह सकता हूँ, अपने जीवन में इस तरह शोक-विह्वल कभी नहीं हुआ था। उसके कई कारण थे। एक तो मैं उस लड़के को बहुत प्यार करता था। बड़ा ही सुंदर, भोला और प्रतिभाशाली बच्चा था वह। विलक्षण उसकी वृत्ति और प्रवृत्ति थी। फिर, संयोगवश, उसके आगमन की सूचना १९३० में इसी जेल में मुझे मिली थी और यहीं उसके प्रयाण का समाचार सुनना पड़ा। यों तो वह भोला था, किंतु कभी-कभी अजीब जिद कर बैठता। एक बार उसकी जिद से उत्तेजित होकर उसे एक चाँटा जड़ दिया था। चाँटा लगते ही उसके गोरे शरीर पर लाल ददोरे उग आए थे। लगता था, जैसे वह बार-बार मुझे उन ददोरों को दिखा रहा था। फिर जब रानी की याद आती, कलेजा मुँह को आ जाता। वह बेचारी कैसे होगी? अभी विक्टर ह्यूगो का 'नाइनटी थ्री' समाप्त किया था। उसमें एक माता के रुदन का ऐसा मार्मिक वर्णन ह्यगो ने किया है कि पत्थर का कलेजा भी पिघल जाए! मैं उस रुदन के आईने में अपनी रानी की तसवीर देखता! एक बात और! मुझे अपने सुकर्मों पर बड़ा विश्वास था; सोचता था, मुझे शोक कभी नहीं होगा—आज जैसे मेरा आत्माभिमान चूर-चूर हो गया! अरे, बड़ा जिंदादिल बना था मैं—वही मैं किसी तरह बिलख रहा हूँ—आत्मग्लानि से भी मैं मरा जा रहा था।

एक विचित्र बात हुई। उस शोकाभिभूत दशा में ही मैंने उस बच्चे पर लिखना शुरू कर दिया। उसे हम 'गांधी' कहकर पुकारते थे। धीरे-धीरे एक 'गांधीनामा' तैयार हो गया। मेरा दिल कुछ हलका हुआ। मैंने मान लिया, कलम सिर्फ तलवार ही नहीं है, ढाल भी है! वह प्रहार ही नहीं करती, बचाती भी है। मेरी कलम ने मुझे एक गाढ़े वक्त में बचा लिया था, आज भी मैं उसका अत्यंत अनुगृहीत हूँ!

उस दिन वह चिड़िया बोली थी; कहा गया था, उसका बोलना अशुभ है। हमने उस दिन उस कथन को मूढ़ धारणा समझा था; किंतु कौन जानता था, सचमुच वह शोक का पैगाम देने आई थी!

किंतु, यदि वह अशुभ सूचना इतने से भी पूरी हो जाती! एक दिन जय प्रकाशजी को गेट पर बुलाया गया। वहाँ से वह लौटे तो सिर नीचा किए, अजब ढंग से आए और कुरसी पर बैठते ही उनकी आँखों से लगातार आँसू बहने लगे! अरे, यह क्या? उसके पीछे ही जमादार उनका सामान लेने आया; एक नायब जेलर भी साथ था। उसीसे पता चला, जयप्रकाशजी के पिता की मृत्यु हो गई है। अभी ट्रंक टेलीफोन आया था कि उन्हें रिहा कर दिया जाए! थोड़ी ही देर में जयप्रकाशजी तो चले गए, मुझे अथाह शोक-सागर में रख गए!

मैं बार-बार सोचता, यह क्या हुआ? इन तीन महीनों में ही ये दो-दो दुर्घटनाएँ! उनके पिताजी चल बसे, मेरा बेटा चल बसा। उनके प्रेमल पिताजी की बार-बार याद आती। नहर-विभाग में एक मामूली कर्मचारी थे, तो भी बेटे को पढ़ने के लिए अमेरिका भेजा—कर्ज किए, जमीन बेची। क्या-क्या न आशा लगाए हुए होंगे इस बेटे से। किंतु, बेटे ने आकर ऐसा पथ पकड़ा, जो पग-पग काँटों से बिछा था। तो भी उन्हें जरा भी विषाद नहीं हुआ; अपने बेटे की कीर्ति को देखकर वह फूले नहीं समा रहे थे। जब कभी हम उनके निकट जाते, अपने बेटे के साथी समझ, हमपर भी पुत्र-स्नेह उड़ेल देते! बेचारे अंत समय में इस बेटे के लिए कितना छटपटाते होंगे! यह तो पीछे पता चला, उनकी मृत्यु जयप्रकाशजी के पहुँचने के बाद हुई! जेलवाले सुनने में थोड़ी गलती कर गए थे।

जयप्रकाशजी से मेरी तदात्मता इन शोक-घटनाओं के कारण हुई—सचमुच हमने आँसुओं के जल से अपने मैत्रीभाव को अभिषिक्त किया!

मैं तीन महीने की अवधि पूरी करके छोड़ा गया। मैं जिस बस से हजारीबाग से लौट रहा था, वह एक स्थान पर ठहरी तो पता चला, यूनुस साहब की मिनिस्ट्री खत्म हो चुकी है, आज श्री बाबू गवर्नर से शासन-सूत्र लेने राँची जा रहे हैं। हमारी बस वहीं खड़ी थी कि श्री बाबू की मोटर तिरंगा लहराती हुई वहाँ आई। मुझे देखकर उन्होंने गाड़ी रुकवाई, कुशल पूछी! मैंने हँसते-हँसते कहा—मैं बड़ा बदबख्त आदमी हूँ, तीन महीने की यूनुस की मिनिस्ट्री हुई, तो भी मुझे जेल में ही रहना पड़ा, कहीं ऐसा न हो···। श्री बाबू हँस पड़े, पटना में मिलने को कहा, उनकी मोटर भागी, मेरी बस भी रवाना हुई!

कौन जानता था, श्री बाबू के राज्य में भी फिर मुझे इन जंजीरों और दीवारों के दर्शन करने पड़ेंगे? अपना-अपना भाग्य!

□

हड़ताल

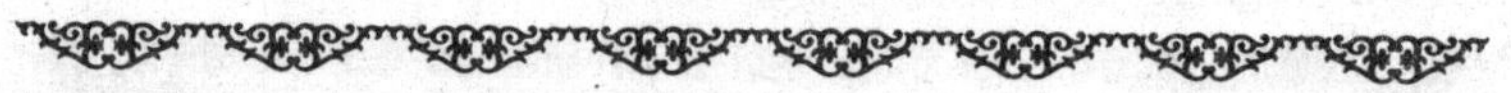

यदि हम चाहते हैं कि किसान और मजदूर राष्ट्रीय आंदोलन में भाग लें और उसकी सफलता के बाद देश में समाजवादी राज्य कायम हो तो हमें मजदूरों और किसानों के संगठन पर ध्यान देना होगा, उनके दिन-ब-दिन के संघर्ष में सम्मिलित होना पड़ेगा, हमारी यह धारणा हो चुकी थी। बिहार में किसान-आंदोलन तो बड़े जोरों से चल रहा था, अब हमने मजदूरों के आंदोलन और संगठन पर ध्यान दिया। सबसे पहले बसावन ने डालमिया नगर के मजदूरों को संघबद्ध किया और वहाँ एक शानदार हड़ताल चलाकर मजदूरों को जीत दिलवाई। मैं किसान-आंदोलन में अपना हिस्सा ले ही रहा था; अब मजदूरों की समस्या की ओर अनुरक्त हुआ।

'जनता' निकल चुकी थी; मैं उसका संपादक था। अतः स्वभावतः ही मेरा कार्यक्षेत्र पटना से बाहर नहीं हो सकता था। किंतु पटना कोई औद्योगिक शहर तो है नहीं। हाँ, तीन छोटी-छोटी मिलें पटना सिटी में चल रही थीं, जिनमें लगभग एक हजार मजदूर काम कर रहे थे। उन्हीं मजदूरों में काम शुरू किया गया और थोड़े ही दिनों में एक अच्छी-खासी यूनियन कायम हो गई—'पटना सिटी मजदूर यूनियन के नाम से'।

और जहाँ यूनियन बनी, हड़ताल अनिवार्य हो गई। हमारे पूँजीपति नहीं चाहते कि मजदूर संगठित हों, अतः ज्यों ही मजदूरों की यूनियन बनाइए, उसे तोड़ने की फिक्र में वे लग जाते हैं। अच्छे यूनियन-कार्यकर्ता को मिल से निकालने की तरकीबें वे सोचने लगते हैं। इधर ज्यों ही संगठन हुआ, मजदूरों में अपने बल का अनुभव हुआ, अपने पर किए गए अन्यायों को दूर करने के लिए वे उतावले हो उठते हैं। इन दोनों ओर के खिंचाव से हड़ताल अनिवार्य हो जाती है। एक बार की सफल हड़ताल के बाद ही स्वाभाविक संबंध स्थापित हो सकता है; यद्यपि देखा यह गया है कि हमारे देश में हड़तालों की एक लंबी

कड़ी बनती ही जाती है। यहाँ के पूँजीपति अब तक इतने बुद्धिमान नहीं हुए हैं कि मजदूर की उपयोगिता समझ सकें।

हमारी यूनियन ने माँगों की एक सूची बनाई और मिल-मालिकों से उसकी पूर्ति के लिए अनुरोध किया। सूची देखते ही वे आगबबूला हो गए। बार-बार याद दिलाने पर भी उन्होंने उसपर विचार करना उचित नहीं समझा। इधर मजदूरों का संगठन दृढ़ होता गया, यूनियन का बाजाप्ता ऑफिस खुल गया। वहाँ मजदूरों का अक्षरारंभ से लेकर मजदूर-संगठन के बुनियादी सिद्धांतों की शिक्षा दी जाने लगी। मजदूरों का एक वरदीधारी स्वयंसेवक जत्था भी तैयार कर लिया गया। वरदी पहनते ही नौजवान मजदूरों में जैसे नई जान आ गई। एक वाचनालय भी खोल दिया गया। मैं वहाँ प्राय: जाता, कामों की निगरानी करता, मजदूरों में आत्मविश्वास भरने की कोशिश करता। थोड़े ही दिनों में मजदूरों का जबरदस्त संगठन बन गया। कई बार उन्होंने जुलूस निकाले, मजदूरों के नारों से शहर गूँजने लगा। जुलूसों में लाल वरदीधारी मजदूर स्वयंसेवकों की उपस्थिति और भी शान बढ़ा देती। कई सभाएँ हुईं। इन सभाओं ने शहर के नागरिकों की सहानुभूति मजदूरों के पक्ष में कर दी। पूँजीपतियों की बेरुखी देखकर अंतत: हड़ताल के लिए अल्टिमेटम भेज दिया गया।

और, एक दिन हड़ताल होकर रही। पहले एक ही मिल में हड़ताल की गई। इससे सहूलियत यह रही थी कि बाकी दो मिलों में काम करनेवाले मजदूर अपने हड़ताली भाइयों की आर्थिक सहायता भी करते रहे। हड़ताल मुकम्मिल रही। हाँ, कुछ बाबू लोग दफ्तर में जाते रहे। इंजीनियरिंग स्टाफ के लोग भी हिचक में पड़े रहे। उन्हें कैसे रोका जाए; पिकेटिंग शुरू की गई।

कांग्रेसी मंत्रिमंडल था। हमने समझा था, इस जायज हड़ताल की ओर मंत्रिमंडल की स्वाभाविक सहानुभूति होगी। किंतु यह क्या, एक दिन पुलिस ने जबरदस्त लाठी-चार्ज कर दिया! मैं जनता-ऑफिस में था। घटनास्थल पर जोगेंद्र शुक्लजी थे। उनके साथ भी बदतमीजी की गई। शुक्लजी तुरंत जेल से छूटकर आए थे; उन्हींको लेकर मंत्रिमंडल ने इस्तीफा तक दिया था। जब उनके साथ ऐसा सलूक तो फिर दूसरों की क्या बात! लाठी-चार्ज के बाद पुलिस ने हड़ताली मजदूरों में से बहुत से लोगों को बस में चढ़ाकर शहर से बहुत दूर पर छोड़ दिया। संध्या का समय था। हड़तालियों में बहुत-सी मजदूरिनें भी थीं। उन्हें इस प्रकार शहर से दूर, सुनसान जगह में छोड़ आना—न इसमें नैतिकता थी, न मानवता। सारा शहर खलबला उठा!

हम डेपुटेशन लेकर मुख्यमंत्री से मिलने गए। दोपहर से प्रतीक्षा करते-करते अंत में संध्या को बुलाहट हुई। संयोगवश पुलिस-सुपरिंटेंडेंट मंत्रिमंडल के प्यारे लोगों में थे। इन्हीं सज्जन ने शुक्लजी के मुकदमे में एक प्रमुख अभियुक्त को मुखबिर बनाने का यश लूटा था। न जाने उन्होंने क्या-क्या कह रखा था, मुख्यमंत्री भरे हुए थे। बातों ने ऐसा रुख लिया कि हम बैरंग वापस आए। अब तो मजदूरों की ताकत पर ही सबकुछ निर्भर करता था। हड़ताल जारी रहे, पूर्ण शांति का पालन किया जाए, किंतु ऐसी स्थिति ला दी जाए कि मिल की चिमनी बंद हो जाए।

यह तभी संभव था, जब इंजीनियरिंग विभाग के लोग साथ दें। वे सहानुभूति तो प्रदर्शित करते थे, किंतु कदम बढ़ाने से डरते थे। मैं दूसरे दिन सिटी गया और उन्हें मिल से दूर, एक सज्जन के मकान पर बुलाया। सबके सब आए। बातें प्राय: तय हो चुकी थीं कि ये भी हड़ताल में सम्मिलित हो जाएँगे, किंतु मैं वहाँ से चलने वाला ही था कि पुलिस ने घर को घेर लिया और मुझे गिरफ्तार कर लिया। न मैं पिकेटिंग कर रहा था, न कोई कानून तोड़ रहा था—फिर मुझपर यह वार क्यों? यह किससे कौन पूछे।

मुझे गिरफ्तार कर मजिस्ट्रेट के बंगले पर ले जाया गया। मजिस्ट्रेट सज्जन पुरुष थे। उन्होंने मुझसे कहा, इस समय जेल में भोजन का कोई प्रबंध नहीं हो सकेगा, इसलिए यदि आपको उज्र नहीं हो तो यहीं खाइए और आराम कीजिए, संध्या में आपको जेल पहुँचवा दूँगा। उन्होंने पुलिस को वहाँ से रवाना कर दिया। मुझे मेहमान की तरह रखा। बड़ी आवभगत की। रह-रहकर उनका टेलीफोन बज उठता, कुछ बातें होतीं। उन्होंने ही बताया, आज संध्या में एक बड़ी सभा हुई है, उसमें जयप्रकाशजी बोले हैं—बहुत गरम भाषण था उनका। जब धुँधलका हुआ, अपनी मोटर पर लेकर उन्होंने मुझे पटना जेल पहुँचा दिया; कहा, सिटी जेल में आपको तकलीफ होगी!

फिर वही जंजीरें, वही दीवारें। सरकारें आती हैं, जाती हैं; किंतु ये अपनी जगह पर जहाँ-की-तहाँ रहती हैं! क्रोपाटकिन का अराजकतावादी साहित्य पढ़ा था। उनका कहना था, जब तक सरकारें रहेंगी, तब तक जंजीरें और दीवारें रहेंगी। यदि इनसे मुक्ति पाना चाहते हो, तो सरकारों को ही खत्म करो। मानव पर मानव का शासन ही अस्वाभाविक है; मानव में स्वत: ऐसी सद्वृत्तियाँ हैं कि वह शासन-मुक्त समाज में भी सुख और शांति से रह सके। क्रोपाटकिन के कथन की सत्यता समझ में आ रही है। इस कांग्रेसी शासन की स्थापना के लिए हमने कितना किया था! गाँव-गाँव, गली-गली घूमे, किसानों से, मजदूरों से कांग्रेस को वोट देने के लिए

अपील की। पैदल चले, बैलगाड़ी पर चले, साइकिल से गए—मोटरें तो कम ही नसीब हुईं। यही नहीं, तीन-तीन महीने की जो सजाएँ भुगतीं, वह इसी कांग्रेसी शासन की स्थापना के लिए ही न! और, कैसा तमाशा, कांग्रेसी शासन के कुछ महीने ही गुजरे हैं और मैं जेल में हूँ।

जंजीरें फिर खनक रही हैं, बोल रही हैं, स्वयं तुलकर हमें तौल रही हैं और दीवारें गुमसुम—वैसी ही काली, कठोर, अलंघ्य हमें चारों ओर से घेरकर खड़ी हैं!

भोजन मजिस्ट्रेट साहब के ही घर हो चुका था। यहाँ एक वार्ड में मेरा डेरा डाला गया। सोने के समय मेरी खाट बाहर रख दी गई थी। रात में जेलर साहब बेले की एक माला दे गए थे। उसीकी सुगंध में तरह-तरह के सपने देखता कब सो गया, पता नहीं। कौए के काँव-काँव से नींद टूटी, तो दिन के प्रकाश में १९३०-३२ की पुरानी स्मृतियाँ आँखों के सामने नाचने लगीं।

शौच, स्नान से निवृत्त हो जलपान कर रहा था कि गेट पर बुलाहट हुई। वहाँ जाकर देखता हूँ तो हमारे सुपरिचित सुपरिंटेंडेंट साहब खड़े हैं। मुसकराते हुए बोले—मेरे साथ चलिए। मैंने कहा—कहाँ? जहाँ मैं ले चलता हूँ—कहकर हाथ पकड़ लिया और मुझे अपनी मोटर पर बिठलाकर उसे स्टार्ट कराया। मोटर स्टेशन की ओर मुड़ी। तो क्या मुझे नजरबंद कर फिर हजारीबाग भेज रहे हैं? किंतु स्टेशन से फिर उनकी मोटर सेक्रेटेरियट की ओर मुड़ी। क्या सेक्रेटेरियट में ही मेरा मुकदमा करेंगे? सेक्रेटेरियट के निकट पहुँचकर गाड़ी उसके बाएँ बाजू से चलती रही और बाबू अनुग्रहनारायण सिंह के बंगले पर रुकी।

अनुग्रह बाबू—हमारे नए वित्तमंत्री और श्रम एवं उद्योगमंत्री भी। उसी सुपरिचित मुसकान से मिले। उनके कमरे में एक ओर मिल-मालिक बैठे हुए थे, एक ओर सिटी मजिस्ट्रेट। सरकारी लेबर-अफसर भी वहाँ थे। बाजाप्ता एक राउंड-टेबुल कॉन्फ्रेंस बैठी। अनुग्रह बाबू ने कहा—अच्छा बताइए, आप लोगों की माँग क्या है? मैंने कहा—पहले मैं जान लेना चाहता हूँ मैं कैद हूँ, या आजाद। उन्होंने उसी मुसकान में कहा—क्या मेरे घर को भी आपने जेल ही समझ रखा है?

बातें शुरू हुईं। तय हुआ, मिल-मालिक, यूनियन के सभापति और लेबर-अफसर की एक पंचायत बोर्ड बना दी जाए; ये लोग जो निर्णय देंगे, यूनियन और मिल दोनों को मान्य होगा। लेबर-अफसर पुराने क्रांतिकारी थे। अतः मैंने यह स्वीकार कर लिया। मिल-मालिक और मैंने दस्तखत कर दिए; अनुग्रह बाबू ने श्रममंत्री की हैसियत से उसपर स्वीकृति का हस्ताक्षर कर दिया। फिर उन्होंने सिटी मजिस्ट्रेट को कहा—अब इन्हें जयप्रकाशजी के पास पहुँचा दीजिए, जिसमें ईंट-

से-ईंट बजने की नौबत नहीं आए। रास्ते में सिटी मजिस्ट्रेट ने कहा—कल जयप्रकाशजी ने मिल और सरकार को चुनौती देते हुए कहा था, हम ईंट-से-ईंट बजा देंगे। अनुग्रह बाबू का व्यंग्य उसी ओर लक्ष्य करता था।

मित्रों ने पीछे बताया, उन्होंने ऐसा तेज भाषण जयप्रकाशजी के मुँह से कभी नहीं सुना था, जैसा कल संध्या को उन्होंने दिया। मेरी रिहाई की खबर से ही जयप्रकाशजी के घर पर साथियों की भीड़ लग गई। हँसी-खुशी में यह शानदार हड़ताल समाप्त हुई और एक ही दिन के लिए सही, बलदेव बाबू ने इनकलाब की जो परिभाषा की थी और मैंने जो श्री बाबू से अपनी रिहाई के दिन हज़ारीबाग के रास्ते पर हँसते-हँसते आशंका प्रकट की थी, वह पूरी हुई!

□

नेपाल

दूसरा महायुद्ध शुरू हो गया। कांग्रेसी मंत्रिमंडल ने इस्तीफा दिया। इसके बाद ही २६ जनवरी को जो स्वतंत्रता-दिवस आया, उसके सिलसिले में मुझे फिर जेल जाना पड़ा।

अब मैं पटना शहर कांग्रेस कमेटी का अध्यक्ष नहीं था। मुझे इस पद से हटाने के लिए कांग्रेस मंत्रिमंडल की स्थापना होते ही, तरह-तरह की चालें चली गईं। कांग्रेस में नए-नए लोगों की पैठ हुई। सदाकत-आश्रम में मोटरों का ताँता लगा। गांधी टोपी ने खाजा-मार्का टोपी का नाम धारण किया। कांग्रेसी चुनाव में थैलियाँ खोली जाने लगीं; सरकारी सूत्रों का भी प्रयोग किया जाने लगा। हम समाजवादी थे; समाजवादियों को कांग्रेस संगठन से निकालकर ही दम लेने की प्रतिज्ञा हुई।

पर ज्यों ही कांग्रेसी मंत्रिमंडल हटा, यह भानुमती का कुनबा आप-ही-आप टूटने लगा। भारत-रक्षा-कानून की पहली किस्त आई। तब हमारे मंत्रियों के बंगलों पर कीमती मोटरों की कतारें लगी रहतीं, अब उनके चढ़ने के लिए फोर्ड की कार भी मुहाल हो गई। वेताल फिर पीपल की डाल से जा लटका।

गवर्नरी शासन था। हुक्म हुआ, स्वतंत्रता-दिवस पर कोई जुलूस नहीं निकाले। शहर कांग्रेस कमेटी ने घुटने टेक दिए। किंतु हम किस प्रकार इसे सहन कर सकते थे! हम सदा जुलूस निकालते रहे हैं, इस साल भी निकालेंगे।

जुलूस निकला, शानदार ढंग से निकला। मुझे ही नेतृत्व करना पड़ा। जुलूस से कोई छेड़छाड़ नहीं की गई। किंतु बाद में मुझपर वारंट निकला। फिर गिरफ्तारी, फिर मुकदमा, फिर सजा। बड़ी दया दिखाई गई—इतना जुर्माना दो, नहीं तो इतने दिन के लिए जेल भुगतो। इस मुकदमे की अपील चल ही रही थी कि फिर गिरफ्तारी।

मेरा जहाँ लालन-पालन हुआ, वह गाँव जिस सब-डिवीजन में है, उसकी सीमा नेपाल से मिलती है। नेपाल के निकटतम कस्बे में मैंने बहुत दिनों तक पढ़ा-लिखा था। मेरे कुछ कुटुंब भी नेपाल के थे। जब-जब जनकपुर जाता, नेपाल की भूमि में कुछ दिन गुजारता। इस प्रकार नेपाल से निकट संपर्क बचपन से ही रहा। जब 'बालक' निकाला था, उसमें पहला लेख नेपाल पर ही था। संसार में एकमात्र स्वतंत्र हिंदू राज्य नेपाल का ही है, इसका भी कुछ गर्व था। नेपाल संबंधी बहुत-सा सुलभ-दुर्लभ साहित्य पढ़ डाला था। गोरखा सैनिकों की बहादुरी की भी अनेक कथाएँ पढ़ चुका था। बहुत दिनों से इच्छा थी कि नेपाल पर एक अच्छी पुस्तक लिख डालूँ। उसके लिए सामग्रियाँ भी एकत्रित कर ली थीं। एक बार काठमांडू जाऊँ और बची-खुची सामग्रियाँ जुटा लाऊँ, यह भी सोचा करता। किंतु इधर राजनीति में इतना गर्क हो चुका था कि इसके लिए समय नहीं निकाल पाता था।

जब 'जनता' निकाली, चाहा कि उसमें नेपाल संबंधी समाचार और लेख दूँ। कोई ऐसा व्यक्ति नहीं मिल पाता था, जो इसके लिए बराबर कुछ सामग्री दिया करे। नेपाल में सबकुछ ठीक नहीं जा रहा है—नेपाल-नरेश प्रायः बंदी का जीवन व्यतीत कर रहे हैं, राणाओं का बोलबाला है, देश-सेवकों पर अंधाधुंध दमन-चक्र चल रहा है—इन बातों की भनक कानों में पड़ती थी। किंतु जब तक कुछ प्रामाणिक चीजें नहीं मिलें, कैसे लिखा जाए?

एक बार घर गया। मेरे पड़ोस के गाँव में एक सज्जन हैं। डिप्टी कलक्टर थे, अब पर्यटक का जीवन अपना रखा है। कई बार कैलास और मानसरोवर की यात्रा कर आए हैं। गंगोत्री, यमुनोत्री आदि की दुर्गम यात्राएँ भी की हैं। उन्हींसे मिलने उनके गाँव पर गया। वह अभी-अभी नेपाल से लौटे थे। नेपाल की कुछ ताजा खबरें सुनाईं और बड़ी सावधानी से छिपाकर लाए हुए कुछ कागज-पत्र दिए। नेपाल में अंधेर मचा है; कोई अखबार सच्ची खबरें छापने को तैयार नहीं। राणाओं ने उनके मुँह या तो सोने से या लोहे से बंद कर रखे हैं। आप नेपाल की स्वतंत्रता का पक्ष लीजिए, इन कागज-पत्रों का उपयोग कीजिए—उन्होंने अनुरोध किया और कुछ सूत्र बताए, जिनसे नेपाल संबंधी खबरें सदा मिला करेंगी।

मैं यही तो चाहता था। उनसे प्राप्त हुई सूचनाओं और कागज-पत्रों को लेकर मैंने नेपाल संबंधी एक लेखमाला 'जनता' में शुरू की। उसके पहले लेख से ही सनसनी फैली जनता में और दूसरा, तीसरा लेख छपते ही जैसे आग लग गई। एक ओर नेपाल से सामग्रियाँ पहुँचने लगीं, दूसरी ओर 'जनता' की प्रतियाँ नेपाल की सीमा के कस्बों में बड़ी संख्या में बिकने लगीं। वहाँ से बाँस के चोगे में, कोट

के अस्तर में रख-रखकर 'जनता' की प्रतियाँ नेपाल के प्रमुख शहरों में जाने लगीं। एक आने की प्रति इन स्थानों में जाकर मुहरों में बिकती थी।

तब तक कांग्रेसी मंत्रिमंडल था ही। एक दिन सी.आई.डी. विभाग से मेरी बुलाहट हुई और उसके बड़े अंग्रेज अफसर ने मुझसे कहा कि लेख छापना बंद कर दीजिए, नेपाल हमारा मित्र राज्य है। नेपाली सेना पर ही युद्ध की विजय निर्भर करती है। यही नहीं, उन्होंने मित्र-राष्ट्र संबंधी कुछ कानून भी दिखलाए, जिनके अनुसार ऐसे लेख छापना कानूनी दृष्टि से जुर्म है। मैंने स्पष्ट कह दिया, यह कांग्रेसी राज्य है, जो कुछ कहना होगा, मुझसे हमारे मुख्यमंत्री कहेंगे, आप कौन होते हैं हस्तक्षेप करनेवाले! किंतु, ज्यों ही कांग्रेसी मंत्रिमंडल ने इस्तीफा दिया, एक दिन 'जनता' का कार्यालय घेर लिया गया, कोने-कोने में सर्च की गई, उन प्रतियों को उठा ले गए, जिनमें वे लेख थे। हाँ, मूल प्रति या नेपाल से भेजे गए कोई कागज-पत्र नहीं प्राप्त कर सके।

हमारी लेखमाला शुरू ही रही। अंततः एक दिन 'जनता' के उन अंकों को जब्त करने की घोषणा हुई, जिनमें वह लेखमाला छपी थी और 'जनता' तथा 'जनता प्रेस' से पाँच हजार की जमानत माँगी गई। उसीके साथ हमारे प्रेस में छपी एक नोटिस के कारण मुझपर गिरफ्तारी का वारंट निकला। इसका अर्थ यह हुआ कि 'जनता' को बंद कर देना पड़ा। पाँच वर्षों तक 'जनता' बंद रही, फिर १९४६ में जेल से लौटने पर किसी-न-किसी प्रकार से फिर प्रकाशित करना प्रारंभ सका।

जिस समय मुझपर और 'जनता' पर यह प्रहार हुआ, उसके पहले ही जयप्रकाशजी जमशेदपुर में एक युद्धविरोधी भाषण के कारण गिरफ्तार हो चुके थे। सरकार की धारणा थी, 'जनता कार्यालय' क्रांति का घोंसला है, उसे उजाड़ ही देना चाहिए। युद्ध दिन-दिन विकराल रूप धारण कर रहा था, मित्र-राष्ट्रों की हर मोरचे पर हार हो रही थी। हमारी पार्टी ने तय किया था, इस युद्ध का उपयोग हम अपने देश की स्वतंत्रता के लिए करेंगे। क्रांति की एक योजना भी हमने बना रखी थी। उधर पिछले युद्ध के अनुभवों के आधार पर गांधीजी भी तब तक सरकार को मदद देना नहीं चाहते थे जब तक कि वह स्वतंत्रता के प्रश्न पर कांग्रेस से समझौता नहीं कर ले। जब उसने समझौते की बात अस्वीकार कर दी, कांग्रेसी मंत्रिमंडलों ने इस्तीफा दिया। अब अगला कदम क्या हो, इसके लिए रामगढ़-कांग्रेस फैसला करने वाली थी। किंतु बिहार में होनेवाली इस कांग्रेस के पहले ही उसने पार्टी पर प्रहार कर दिया—उसके नेता क्रो गिरफ्तार किया, उसके मुखपत्र को बंद किया, मुझपर वारंट निकाला।

किसी प्रकार इस वारंट की खबर मुझे लग गई। नेपाल पर इस लेखमाला का प्रकाशन शुरू होते ही नेपाल के कुछ युवक मुझसे आकर मिलने लगे थे। मैंने उन्हें सलाह दी थी कि अन्य देशी राज्यों की तरह वे लोग भी अपने देश में प्रजा-परिषद् की स्थापना करें और इसके लिए प्रारंभिक बैठक रामगढ़ में ही वे करें। रामगढ़ में भारत के नेताओं से मिलकर नेपाल की यथार्थ स्थिति पर उनसे बातें करने का भी तय हुआ था। मैंने सोचा, चलो, रामगढ़ में यह काम करके ही गिरफ्तार होऊँगा।

लुक-छिपकर मैं रामगढ़ पहुँचा। किंतु वहाँ तो दूसरी ही धूम मची थी। सुभाष बाबू ने कांग्रेस से विद्रोह कर रखा था। सभापतित्व के चुनाव में हमने सुभाष बाबू का पक्ष लिया था। किंतु हम चाहते थे कि जब कांग्रेस स्वयं आगे बढ़ रही है, तो उसके नेतृत्व में ही स्वातंत्र्य-युद्ध छिड़े। रामगढ़ में हमारा अधिक समय इसी प्रपंच में बीता। उधर नेपाल की स्थिति इतनी गंभीर बन गई थी कि वहाँ से लोग आ नहीं सकते थे। हाँ, उन लोगों ने वहीं मिल-जुलकर प्रजा-परिषद् की स्थापना की। इस परिषद् के संचालकों को कितनी मुसीबतें झेलनी पड़ीं, कितने फाँसी पर लटकाए गए, कितने जेलों में सड़कर मरे, कितनों ने लंबी-लंबी सजाएँ भुगतीं। चार आदमियों को फाँसी हुई थी, उनमें एक हमारे प्रमुख संवाददाता थे और एक का अपराध यही था कि 'जनता' के एक लेख की प्रतिलिपि उनके पास निकली थी।

रामगढ़ से लौटकर मैं पटना में गिरफ्तार हुआ। मुकदमा चला। एक साल की सख्त कैद की सजा हुई। फिर वही पटना जेल, फिर वही हजारीबाग जेल।

इस बार हजारीबाग में हमें क्रांतिकारी कैदियों के लिए हाल ही में बनाए एक नए वार्ड में रखा गया। जमशेदपुर से सजा पाकर जयप्रकाशजी पहुँच चुके थे; स्वामी सहजानंद सरस्वती भी आ गए थे। प्रांत के हमारे कई प्रमुख साथी भी पहुँच चुके थे।

हम लोग अधिक नहीं थे, किंतु इस बार एक विचित्र स्थिति थी। वामपक्ष के ही लोग अब तक पहुँचे थे, उनमें तीन स्पष्ट दल थे। कुछ लोग कम्यूनिस्ट बन चुके थे; स्वामीजी ने सुभाष बाबू का साथ दिया था, सोशलिस्ट पार्टी के हम लोग थे। सबमें बड़ा तनाव। स्वामीजी तो हम लोगों से बोलना भी नहीं चाहते थे। जयप्रकाशजी चाहते थे, हममें सैद्धांतिक मतभेद भले हो, जेल में हमें एकजुट रहना चाहिए। कम्यूनिस्टों से उनकी बड़ी वितृष्णा हो चली थी, तो भी सामाजिक व्यवहार में उस भाव को नहीं आने देते थे। बड़ी समस्या थी स्वामीजी की। किस प्रकार

उनसे स्नेह-संबंध स्थापित हो, इसकी चेष्टा में लगे। स्वामीजी एक सुरिया आदमी थे। किंतु यह जयप्रकाशजी का ही धैर्य था कि इस नारियल का ऊपरी छिलका छेद सके। स्वामीजी 'मीमांसा' के बड़े पंडित थे। जयप्रकाशजी ने उनसे 'मीमांसा' पढ़ाने का आग्रह किया। वह राजी हो गए। अध्ययन-अध्यापन ने कटुता दूर की। किंतु, कम्यूनिस्टों को यह पसंद नहीं था। वह इस प्रपंच में सदा लगे रहे कि स्वामीजी को हमसे दूर ही रखा जाए। उसके एक सदस्य ने हद कर दी; वह दिन-रात स्वामीजी की सेवा में इस तरह लगा रहता, जैसे उसने कोई देवता पा लिया हो।

उन दिनों उन्होंने एक विचित्र प्रचार कर रखा था—स्वामीजी का चित्र स्टालिन के कमरे में टँगा रहता है।

सिगरेट तो मैंने पच्चीस वर्षों से नहीं छुई थी, इधर पान भी छोड़ दिया था। जयप्रकाशजी ने एक दिन कहा—हमें इस बार सात वर्ष रहना है। हमें कुछ ढीले-ढाले ढंग से रहना चाहिए कि अंतर्मन में तनाव नहीं आवे। वहीं मैंने सिगरेट पीना शुरू किया, फिर पान खाने लगा। जयप्रकाशजी के कहने पर कुछ खेल-कूद में भी मन देने लगा। ताश, कैरम, बैडमिंटन, बॉलीबाल आदि में भी हिस्सा लेने लगा। बाहर आने पर और सब तो छूट गए, यह कमबख्त सिगरेट नहीं छूटी। पान तो पुराना साथी रहा ही है।

मित्र कहा करते हैं, सिगरेट क्यों नहीं छोड़ देते? मैं उनसे कैसे बताऊँ कि मेरी सिगरेट मेरे उन दिनों की जिंदगी की निशानी है। कभी-कभी इसमें जंजीरों की झनझनाहट और दीवारों की खामोशी एक साथ मैं महसूस करता हूँ। बहुत प्यारी चीज है यह! जंजीरों के फौलाद को इसने प्रायः पिघलाया है; दीवारों की कालिमा को इसने प्रायः कम किया है। इसे छोड़ूँ तो कैसे?

□

आँखमिचौनी

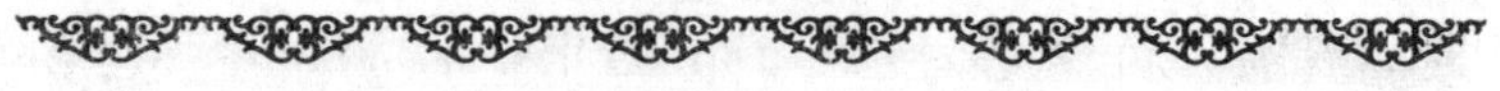

एक दिन मुझे जेल गेट पर बुलाकर कहा गया, आप पर एक मुकदमा और भी है; उसके लिए आपको सीवान (सारन) जाना होगा।

जब पटना में मुझपर मुकदमा चल रहा था, मजिस्ट्रेट ने बतलाया था, आप पर एक मुकदमा और है। तब से उसकी कोई चर्चा नहीं हुई। मैंने समझ रखा था, यह बात यों ही कहीं सड़-गल गई। अब जब वारंट देखा तो पता चला, यह कोई सरकारी मुकदमा नहीं है। एक जमींदार ने 'जनता' में प्रकाशित एक समाचार के लिए मुझपर मानहानि का मुकदमा चलाया है।

१९३७ के बाद बिहार में बड़े जोरों से बकाश्त-सत्याग्रह चला था। सारन जिले के अमवारी गाँव के जमींदार के खिलाफ भी बकाश्त-सत्याग्रह हुआ था, जिसका नेतृत्व राहुलजी ने किया था। जमींदार के एक कारिंदे के डंडे से राहुलजी का सिर फूट गया था। बहुत खून बहा। फिर उनकी गिरफ्तारी हुई। उनपर किए गए इस डंडा-प्रहार और उनकी इस गिरफ्तारी के विरुद्ध 'जनता' द्वारा मैंने जबरदस्त आंदोलन किया था। 'जनता' किसान-आंदोलन का मुखपत्र था। जमींदार उसके नाम से काँपते थे; सरकार की भी कड़ी नजर थी। फलतः उसके जमींदार ने, संघर्ष में हुई अपनी हार पर परदा डालने के लिए, अब यह नई कार्रवाई की थी।

किंतु, इस मुकदमे से मुझे लाभ-ही-लाभ हुआ। बार-बार हजारीबाग से सीवान जाना पड़ता। रास्ते में दोस्तों से भेंट होती, बातें होतीं। बाहर के आंदोलन की गतिविधि का पता चलता और भीतर हम क्या सोच रहे हैं, क्या चाहते हैं, किस साथी को क्या करना चाहिए आदि की सूचनाएँ भी उन्हें देते जाते। इस महायुद्ध के अंदर चाहे जिस प्रकार देश को आजाद कराना ही है, यह हमारा निश्चय था। फलतः शांति-नीति पर विश्वास रखते हुए भी उसके अंदर जहाँ तक, जो भी किया जा सके, उस हद तक जाने में हम हिचक नहीं रखते थे।

जयप्रकाशजी ने जेल में ही कई लेख लिखे, जो बाहर के पत्रों में प्रकाशित होते रहे, एक छद्‌म नाम से। किंतु सब कोई जानते थे कि ये लेख किसके हैं। एक तो उनकी अपनी शैली—फिर कानोंकान यह बात फैल चुकी थी।

फिर हजारीबाग जेल से ही उन्होंने पंडित नेहरू, आचार्य नरेंद्रदेवजी तथा सुभाष बाबू के नाम पत्र भेजे। इन पत्रों में तुरंत-से-तुरंत मुक्ति-आंदोलन शुरू किए जाने के लिए अनुरोध और आग्रह होते। उस समय भी हम ऐसा सोचा करते कि यदि वैसा मौका आया, तो हम जेल से भाग जाने की भी कोशिश करेंगे। इन लेखों, पत्रों और योजनाओं को यथास्थान पहुँचा देने में मेरे इस मुकदमे ने बड़ी सहायता की। जेल से बाहर होते ही मैं गया, पटना और छपरा के मित्रों को सूचना कर देता; वे लोग रास्ते में मिलते। यदि एक जगह समय पर सूचना नहीं पहुँची तो दूसरी जगह तो कोई-न-कोई साथी मिल ही जाते। बड़े-बड़े जंक्शनों पर गाड़ी बदलनी पड़ती। बहुत समय लग जाता; इसके दरम्यान भी मित्रों को बुला लेता। यह कोई मुश्किल काम नहीं था।

रास्ते में कोई-न-कोई परिचित व्यक्ति मिल ही जाते। उन्हींके द्वारा तार करा देता या उन्हींके द्वारा लोगों को बुलवा देता। पुलिसवाले भी मदद करते। वे भी अंग्रेजी सरकार से प्रसन्न नहीं थे। गरीबी के कारण गुलामी के जुए में जुते थे; किंतु उनका मन भी आजादी के साथ था। कुछ आर्थिक लाभ भी उन्हें हो जाता। जो मित्र आते, वे मेरे साथ उन्हें भी खिलाते-पिलाते। इस तरह मेरे और उनके खाने के लिए जो पैसे मिलते थे, बच जाते! कोई परिचित नहीं मिला और काफी समय रहा, तो उन्हींमें से कोई जाकर मित्रों को बुला लाता। इसका मेहनताना उन्हें अलग से मिल जाता। एक बार तो वे इसपर भी राजी हो गए कि मैं रात-भर अपने डेरे पर जाकर रहूँ, भोर की ट्रेन से हम चलेंगे। कम-से-कम सिनेमा तो देख ही लीजिए—यह उनका आग्रह था। किंतु मैं जानता था, पटना में व्यक्ति-व्यक्ति मुझे पहचानता है, ये बेचारे संकट में पड़ जाएँगे। फिर अपनी सुख-सुविधा के लिए ऐसा करना मुझे उचित नहीं जँचता। हाँ, अपने आदर्श और उद्‌देश्य की पूर्ति के लिए जितना संभव था, उनका उपयोग करने में मैं नहीं हिचकता!

लेकिन, लगता है, सरकार को भनक लग गई। अंतिम दिनों एक बार जब हजारीबाग से चला, एक ऐसा नौजवान दारोगा साथ में दिया गया, जो छाया की तरह मेरे पीछे लगा रहता। ट्रेन में या स्टेशन पर कोई परिचित मिलते तो ऐसा रुख लेता कि उनसे कुछ कहा नहीं जा सके। उस यात्रा में मैं कुछ बहुत जरूरी कागज ले जा रहा था; पटना तक मैं किसीको देने में समर्थ नहीं हुआ।

पटना स्टेशन पर प्रोफेसर बारी साहब दीख पड़े। बड़ी ललक से आए और मुझे स्टेशन के रेस्तराँ में जलपान कराने को ले चले। दारोगा ने मुँह बनाया, किंतु बारी साहब तो एक अक्खड़। उन्होंने उसको डाँट दिया। लेकिन रह-रहकर वह कुछ कह बैठता, बारी साहब ने बिगड़कर कहा—अभी मैं आई.जी. को फोन करता हूँ, तू मेरे साथ गुस्ताखी करता है; जानता है, मैं कौन हूँ? उसकी सिट्टी गुम! किंतु बारी साहब जब चले गए, मैंने रुद्र रूप धारण किया। मैं अब तुम्हारे साथ नहीं जाता; तुमने बारी साहब का अपमान किया है; जो मन में आए, करो—ऐसा कहकर मैंने वेटिंग रूम की बेंच पर बिस्तरा फैला दिया और चादर तानकर सो गया।

अब बूढ़े जमादार की बारी थी। उसने मुझे उठाया और आरजू के साथ कहा, दारोगाजी नए हैं, यह नहीं जानते कि आप लोगों के साथ कैसा व्यवहार होता है। अब ऐसी बात नहीं होगी! दारोगा चुपचाप खड़ा था। मैंने देख लिया, अब वह डिमारलाइज हो चुका है। वहाँ से चला।

सोनपुर तक बात ठीक रही। वहाँ कुछ मित्र आ पहुँचे। वेटिंग रूम में फिर चकल्लस मचा। दारोगा बोलता तो नहीं, किंतु हर मिनट चौकन्ना रहता। मैंने सोचा, गाड़ी की भीड़भाड़ में ही कागज-पत्र दे दूँगा। मैंने आँखों-ही-आँखों इशारा किया। ट्रेन आई, हम सब चढ़े। एक मित्र मेरे ही डब्बे में चढ़ गए। सोनपुर से छपरा तक भीड़-ही-भीड़ रहती है; लेकिन दारोगा मुझसे सटकर बैठ गया था। क्या किया जाए, छपरा निकट आ रहा था। एक बात सूझ गई। जब ट्रेन छपरा स्टेशन के निकट पहुँचने को हुई, मैं झट बाथरूम में चला गया और उसीमें कागज-पत्र रख आया। ज्यों ही बाथरूम से मैं निकला, वह मित्र घुसे, कागज-पत्र सँभाल लिया और स्टेशन पर पहुँचते ही झट बाथरूम से निकलकर, ट्रेन से उतर, नीचे की भीड़ में विलीन हो गए!

उसके बाद दारोगा का चेहरा देखने लायक था—किंतु तब तक चिड़िया उड़ चुकी थी, अब पछताए होत क्या!

सीधे जेल से वार्डरों के द्वारा हम बाहर से संपर्क रखते थे। जयप्रकाशजी के व्यक्तित्व के कारण कुछ जेल-अफसर भी हमारा काम यदा-कदा कर दिया करते थे।

जेल में एक कहावत प्रचलित है—जेल न कटे, जब तक तिकड़म न हो। तिकड़म में स्वयं एक आनंद है; काम हो जाता है, वह अलग। कोई किताब आई, सी.आई.डी. ने उसे आपत्तिजनक करार दिया; वह जेल की आलमारी में रख दी गई—जब कैदी छूटेगा, उसे वह किताब वापस कर दी जाएगी। सी.आई.डी. यही समझ रहा है, वह बेचारा क्या जानता है कि वह आलमारी से टहलकर कैदी के पास

पहुँच चुकी है और बड़े ध्यान से पढ़ी जा रही है! होली आ गई, कुछ भंग-बूटी छननी चाहिए, कुछ रंग-अबीर उड़ना चाहिए। नियमानुसार ये सब चीजें आ नहीं सकतीं। किंतु होली के दिन भंग-बूटी भी छनी, रंग-अबीर भी उड़ा। जमादार साहब की सफेद दाढ़ी भी रँगी, जेलर साहब का काला चेहरा भी लाल बना! यह कैसे संभव हुआ? यह तिकड़म है! जेल के अधिकारी इसे अच्छी तरह जानते हैं। कैंप जेल के उस खब्ती सुपरिंटेंडेंट ने सच ही तो कहा था—मेरे वार्डरों की जेब बड़ी नहीं हुई, नहीं तो तुम जेल में अपनी बीवियों को भी बुला लेते!

और, जब कदाचित् जेल से बाहर जाने का मौका मिले, तो कुछ तिकड़म नहीं किया जाए, तो फिर हम कैदी क्या हुए? पीछे एक ऐसे तिकड़मी साथी मिले, जो कहा करते थे कि यदि जेल से बाहर जाने का मौका मिले तो अपने लिए पेरोल पर छूटने का बंदोबस्त नहीं कर लिया जाए और पेरोल पर छूटे तो रिहाई न करा ली जाए, तो समझो, ऐसे आदमियों को सदा जेल में ही रखा जाना चाहिए, अभी तो हमने शुरुआत ही की थी; एक दिन हमारे कुछ साथी इसी तिकड़म के बल इन अलंघ्य दीवारों को लाँघ जाएँगे। जंजीरें जेल गेट पर ही लटकती रह जाएँगी, कैदी स्वतंत्र रूप से विचरेंगे।

जेल की यह मेरी पाँचवीं बार थी; मैं इन तिकड़मों में रस लेने लगा था। स्वभावत: मैं गंदे कामों में सदा अपने को बचाता रहा हूँ। किंतु कभी अहसास ही नहीं होता था कि यह भी कोई बुरा काम है। हमारे दुश्मन ने हमें पकड़ लिया है, वह हमें कष्ट देना चाहता है, बाहर की दुनिया से हमें अलग-अलग रखना चाहता है। उसके इस गर्हित अभिप्राय को हम जहाँ तक छिन्न-भिन्न कर सकें, उतना ही अच्छा! और जिंदगी कोई सपाट चीज तो नहीं। रोमांस और एडवेंचर के लिए भी तो इसमें जगह है। हमें उससे वंचित किया गया है, तो जहाँ तक संभव हो, इस पाषाणपुरी में भी आँखमिचौनी होती रहे, होती रहे!

□

मानहानि

पहली बार हमें हजारीबाग से सीधे सीवान जेल ले जाया गया। उस छोटे से जेल को, जिसमें मुझे सिर्फ एक रात रहना पड़ा, मैं क्या कभी भूल सकता हूँ!

मैं संध्या को वहाँ पहुँचा। मूसलाधार वर्षा हो रही थी। मुझे देखकर ही जमादार साहब घबरा गए। उन्होंने समझ रखा था, कोई साधारण कैदी होगा। यह ट्रंक, यह बिस्तरा, किताबों के ये बंडल। मुझे कहाँ रखा जाए, कैसे रखा जाए? उन दिनों सब-जेलों में जेलर नहीं होते थे, स्थानीय मेडिकल अफसर ही सुपरिंटेंडेंट होता था। मुझे आफिस में ही बिठाकर जमादार साहब अपने सुपरिंटेंडेंट से पूछने गए। कोई अलग जगह थी नहीं। 'रंडी-किता' में सिर्फ दो औरतें थीं; उसी समय किसी-किसी प्रकार उन्हें जमानत पर छोड़ा गया। फिर एक अटपटी खाट डालकर मेरा अड्डा वहाँ जमाया गया। आफिस में ही बाजार से पूड़ी-मिठाई लाकर मुझे खिला दिया गया था।

वह घर, वह खाट, वह रात, वह वर्षा! घर चूता था, सैकड़ों कबूतरों ने उसे दरबा बना रखा था। उनकी बीट की अजीब दुर्गंध आती थी। खाट को इधर से उधर कीजिए, हर जगह पानी टप-टप टपकता रहा। और थोड़ी देर में ही खाट से हजारों खटमल निकले। जहाँ करवट बदलिए, सैकड़ों लुबुध गए। अंग-अंग में ददोरे निकल आए। रास्ते की थकावट थी, आराम करना चाहता था। किंतु आराम उस रात के लिए मेरे भाग्य में बदा ही नहीं था। आकाश में जैसे छेद हो गए थे, धुआँधार पानी बरसता जाता था! हवा जोरों से साँय-साँय कर रही थी। ऊपर से ही नहीं टपकता था, पानी के झकोरे तेज हवा के कारण भीतर, एक कोने से दूसरे कोने तक, पहुँच जाते थे। सचमुच मेरी हालत असाढ़ के सियार जैसी थी उस रात!

बगल के कमरे में साधारण कैदी रखे गए थे। छोटा-सा जेल, चालीस आदमियों की जगह और सौ से अधिक आदमी ठूँसे गए थे। उनके कोलाहल के

मारे अलग कान फटे जा रहे थे। पीछे पता चला, सीवान का यह इलाका डकैतियों के लिए बदनाम है। ऐसे-ऐसे खतरनाक कैदी आते रहते हैं कि जेलवाले भी उनसे डरते हैं। कभी-कभी डकैतों के दो गिरोहों में जेल में ही मारपीट हो जाया करती है—लोहे के तवों से एक-दूसरे की कपाल-क्रिया की जाती है!

कभी बैठता हूँ, कभी टहलता हूँ—उस खाट पर सोने की हिम्मत हो नहीं सकती! टहलता हूँ, तो पैरों के नीचे पानी छप-छप करता है। कभी-कभी बिजली चमक उठती है। सामने नीम का एक पुराना पेड़ है। उसकी काली-काली डालियाँ कितनी भयानक लगती हैं! कभी भूत-प्रेत नहीं माना, आज वहाँ चुड़ैलों का अट्टहास स्पष्ट सुनता हूँ। सच कहता हूँ, जब हवा के झोंके डालों को झकझोरते और बिजली के चमकने से चंचल क्षणिक प्रकाश उन हिलती-डुलती डालों पर पड़ते तो लगता, अनेक चुड़ैलें नंगे नाच रही हैं, अट्टहास कर रही हैं!

बेचैनी में, बेकली में, बदहवासी में किसी तरह रात काटी। भोर में सुपरिंटेंडेंट आए। पुराने परिचित आदमी निकले। जेल में ही मिले थे, जिस समय बेचारे स्वयं कैदी थे। एक हत्या के केस में बेतरह फँसा दिए गए थे। प्रिवी कौंसिल से बेचारे का उद्धार हुआ। बड़े भलेमानस। मैंने अपनी विपदा कही—वह बोले, मैं क्या करूँ? घर अच्छी तरह धुलवा देता हूँ, भोजन मेरे घर से ही आएगा; लेकिन इसके आगे तो मेरा कोई वश नहीं। आप एस.डी.ओ. से कहिए, जिनके यहाँ आपका मुकदमा है।

जो एस.डी.ओ. थे, वह आजकल मेरे प्रांत के मुख्य सचिव हैं। उन दिनों भी अच्छे अफसर के रूप में उनकी ख्याति थी। जब उनके कोर्ट में उपस्थित हुआ, अपनी रात की विपदा उनसे कही। उन्होंने हुक्म दिया, इन्हें या तो स्थानीय अस्पताल में, डाकबंगले में या थाने में रखा जाए।

उसके बाद के मजे की बात मत पूछिए! इन तीनों जगहों में जहाँ खाली जगह मिलती, मुझे रखा जाता। किसी मित्र के घर से खाना आ जाता। पान-सिगरेट की भी कमी नहीं रहती। मित्र भी आकर मिलते—दिन-रात चंडाल-चौकड़ी जुटी रहती। शाम-सुबह को मैं बाहर निकलता—बस, एक सिपाही साथ रहता। लगता, कोई अर्दली पीछे-पीछे चल रहा है। एक दिन एक सज्जन से भेंट हुई, मुझे इस प्रकार टहलते देख वह चकित हुए। हिचकते हुए पूछा—सुना, आप जेल में हैं? हाँ, जेल में ही तो हूँ। मैंने हँसते हुए पीछे चलनेवाले सिपाही की ओर उँगली उठाई। वह दंग रह गए। सुनते हैं, स्थानीय पुलिस ने एक दिन एस.डी.ओ. से जाकर अर्ज की—हजूर, बेनीपुरीजी क्रांतिकारी हैं, कहीं…भाग न जाएँ—यही आप कहना

चाहते थे न? मैं भी बेनीपुरीजी को जानता हूँ, वह क्रांतिकारी हैं, किंतु पैर के नहीं, कलम के। एस.डी.ओ. साहब ने कहा, ऐसा मुझे बतलाया गया था।

एक और व्यवस्था हुई। मुझे हजारीबाग से सीधे सीवान नहीं लाया जाए, बल्कि मुझे छपरा उतारकर वहीं के जिला जेल में रखा जाए और ठीक तारीख के दिन मुझे सीवान लाया जाए। इससे दोहरा लाभ हुआ। छपरा जेल में सारन के साथियों से घनिष्ठता बढ़ी। छपरा जेल के अनुभव भी कम दिलचस्प नहीं रहे।

वहीं एक प्रसिद्ध डाकू से भेंट हुई; वहीं पहली बार अपनी आँखों एक मुजरिम को फाँसी पर चढ़ते देखा; वहीं पता चला, जोगेंद्र शुक्लजी ने इस जेल से भागने का कैसा प्रबंध किया था; सबसे दिलचस्प तो था वहाँ का औरत-किता, जो मेरे वार्ड से सटा हुआ था।

'पतितों के देश में' का दूसरा भाग लिखना चाहता था। उसके लिए सामग्री ढूँढ़ रहा था। पता चला, यहाँ एक ऐसा डाकू है, जो सारन जिले का आतंक समझा जाता है। मैंने उससे मिलने का प्रबंध किया। पाँच हाथ का जवान, अच्छा-खासा पहलवान-सा दीखता, देखने में भी सुंदर! क्या ऐसा आदमी डाकू हो सकता है? बातें भी बड़े सलीके से करता। पीछे जब धीरे-धीरे अपने जीवन के पृष्ठ खोले, तो आश्चर्य हुआ! कई हत्याएँ कर चुका है। कहता था, आदमी को मार डालना बड़ा आसान है, बस थोड़ी हिम्मत चाहिए। आदमी को मारना किसी बकरे को मारने से भी सरल काम है—यह मुलायम जानवर, एक हाथ भी सफाई से लग जाए तो इसका सिर धड़ से साफ अलग हो जाता है। फिर यह जानवर बहुत बुजदिल है। बस डटकर खड़े हो जाइए, एक-दो को घायल कर दीजिए, बड़े-से-बड़ा झुंड भाग खड़ा होता है। आठ-दस आदमी का प्रचंड गिरोह सारे गाँव को लूट सकता है। किंतु हम तो सिर्फ धनियों पर ही धावा करते हैं। हम जान लेना नहीं चाहते हैं। हाँ, धन लेने में जान लेने की जरूरत पड़े, तो हम क्यों हिचकें!

और जो एक बार डाकू हुआ, वह सदा के लिए डाकू बना। थोड़े प्रयत्न से ही धन-प्राप्ति की लालच, साहसिकता की भावना, गिरोह के लोगों का सदा प्रति-पालन करते जाने की प्रवृत्ति, बदला चुकाने की प्रबल आकांक्षा—और पकड़े जाने पर पुलिस और न्याय का आतंक—डाकू को फिर साधारण जीवन नसीब कहाँ?

इस जेल में भी उस डाकू की चाँदी थी। बड़ी शान से रहता। जिले के अधिकारी उससे डरते। उनका मुँह भी वह मीठा किए रहता। जेल से भी वह पैसे बटोर रहा था। घोषणा की थी, वह स्वीकारोक्ति करेगा। वह जब कचहरी ले जाया जाता, बड़े-बड़े लोगों को खबरें भेजता, इतना रुपया अमुक आदमी के पास

पहुँचाइए, नहीं तो मैं आपका नाम भी जोड़ दूँगा। यह भी उसीने बताया, जब तक कुछ सफेदपोश लोग उनके गिरोह में न हों, डकैती छिप नहीं सकती। ये भलेमानस डकैती में नहीं जाते; हाँ, लूट का माल छिपाते, फरार को बचाते, वक्त-जरूरत पर डाकू और उनके परिवार की आर्थिक सहायता करते हैं। उसने अपने जिले के कुछ बड़े लोगों के नाम लिये, जिनमें कुछ नामी वकील भी थे, जो उसके गिरोह से संबद्ध थे। भगवान् जाने बात कहाँ तक ठीक थी, किंतु वह बोलता था बड़ी निर्द्वंद्वता से। विश्वास करने को जी चाहता था!

मेरा वार्ड फाँसी के चबूतरे के निकट ही था। शाम-सुबह हम वहाँ तक टहलने जाते। एक दिन देखा, चबूतरे की सफाई हो रही है, खंभे फिट किए जा रहे हैं। एक बोरे में बालू भरकर, उसके गले में रस्सा बाँधकर उसे बार-बार फाँसी के गड्ढे में झुलाया जा रहा है। पता चला, किसीको फाँसी होने वाली है। मैं वैसे कैदी को देखना और उससे कुछ बातें करना चाहता था। उसका भी किसी तरह प्रबंध कर लिया गया।

वह पटना जिले का था; छपरा में उसकी ससुराल थी। राज का काम करता था। एक बार वह ससुराल आया, उसकी बीवी भी यहीं थी। यहाँ उसको संदेह हुआ, उसकी बीवी एक नौजवान राज से फँसी हुई है। एक दिन उसने बहाना किया, उसका सिर जोरों से दर्द कर रहा है। उसकी बीवी को सेवा-शुश्रूषा के लिए छोड़ उसके ससुराल के सभी लोग काम करने चले गए। रह गई उन दोनों के अतिरिक्त एक छोटी-सी बच्ची, जो उसकी साली लगती थी। जब सब लोग चले गए, घर के बाहर जाने के दरवाजे की कुंडी उसने भीतर से लगवा दी और अपनी बीवी पर टूट पड़ा। बड़ी निर्दयता से उसकी हत्या की। तरकारी काटने के हँसुए से उसकी गरदन रेत दी, फिर एक चक्की उसके सिर पर पटककर सिर को भुरता-भुरता बना दिया और चलता बना। बहुत दिनों तक फरार रहा। अंत में पकड़ा गया। मुकदमा चला, उस छोटी बच्ची की गवाही पर ही उसे फाँसी की सजा हुई।

वह बहुत प्रसन्न था। ऐसा कहता था कि उसने पुण्य का काम किया है; क्योंकि इस औरत के चलते उसका खानदान खराब हो जाता। दिन-रात जयशिव, जयशिव जपता रहता। फाँसी के दिन भोर-भोर जब वह फाँसी को ले जाया जा रहा था, जोर से वह जयशिव, जयशिव जप रहा था। फाँसी के तख्ते पर चढ़ने के पहले उसने जेल-अधिकारियों को अलग-अलग सलाम किया। फिर जयशिव, जयशिव चिल्लाते-चिल्लाते ही फाँसी के फंदे के साथ गड्ढे में झूल गया। जमादार कहते थे—बाबू बड़ा दिलेर आदमी था, शेर था, शेर। कभी उसके चेहरे पर हमने जरा भी

उदासी नहीं पाई! शिव-शिव कहते मरा है, कैलास धाम उसको मिला होगा, बाबू!

शुक्लजी इसी जिले के मलखाचक गाँव से गिरफ्तार किए गए थे। पुलिस को न जाने कैसे सुराग मिल गई। छपरा से एक स्पेशल ट्रेन से वे लोग मलखाचक गए। जब शुक्लजी सोए हुए थे, उनपर टूट पड़े। अपने तकिए के नीचे छिपाई पिस्तौल उन्होंने पकड़नी चाही, किंतु एक सिपाही ने झटका दिया, पिस्तौल दूर गिर गई। उन्हें सूअर की तरह अंग-अंग कसकर, एक बाँस से लटकाकर स्पेशल ट्रेन तक लाया गया। वहाँ से टाँग-टूँगकर जेल में। छपरा जेल में उनपर कड़ी निगरानी रखी गई थी। तो भी उन्हें छुड़ाकर ले जाने की दुस्साहिक चेष्टा हुई। एक दिन दीवार पर सीढ़ी तक लगा ली गई थी; किंतु बाहर-भीतर की यह चेष्टा भी व्यर्थ गई! शुक्लजी को सदा डंडा-बेड़ी में जकड़कर रखा जाने लगा, जिससे उनकी आँखें खराब हो गईं।

हमारे वार्ड की बगल में ही औरत-किता—जेल के शब्दों में रंडी-किता—था। उफ, दिन-रात उस किते में कोलाहल ही मचा रहता। तरह-तरह की फूहड़ गालियाँ, तरह-तरह के अश्लील गाने। कभी-कभी वहाँ से 'बिदेशिया' की टेर भी सुनाई पड़ती। लगता, भिखारी ठाकुर के गीत इन्हीं बहकी-वहशी औरतों की मनोव्यथा के गीत हैं। एक दिन आधी रात को उनमें से किसी कोकिल कंठी के गले से वह गीत सुना, जिसकी गूँज लिखते समय भी अनुभव कर रहा हूँ।

कभी-कभी उन औरतों के कुछ प्रेमी भी हमारे वार्ड की तरफ निकल आते। पानी बहने के लिए दीवार में एक छेद था। दीवार के आर-पार प्रेमी-प्रेमिका खड़े हो जाते; इस छेद से बातें ही नहीं करते, प्रेमोपहार भी लेते-देते। जेल में सबसे बड़ी चीज है बीड़ी। बीड़ी का एकाध टुकड़ा अपनी प्रेमिका को देकर प्रेमी अपने को कितना कृतार्थ समझता। कभी-कभी उस किते से पिटाई की आवाज भी आती। औरतें आपस में लड़तीं या जमादारिन उन्हें डंडों से पीटती। थोड़ी देर तक आह, कराह; फिर हँसी के फव्वारे।

छपरा जेल की एक और मजेदार बात थी। छपरा जेल से सटा हुआ रंडियों का मोहल्ला है। अपने छज्जे से रंडियाँ जेल को देख सकती हैं और जब वे अपने छज्जे पर खड़ी हो जाएँ, जेलवाले देख सकते हैं। कुछ बिगड़े दिल नवाब जेल में आ गए थे; इशारों से ही वे उन रंडियों के प्रति प्रेम प्रदर्शित करते। कभी-कभी इनको लक्ष्य कर उधर कोठे से संगीत की धारा भी फूट निकलती!

सीवान का यह मानहानि का मुकदमा बहुत दिनों तक चला। कई बार मुझे हजारीबाग से आना-जाना पड़ा। बीच में एस.डी.ओ. साहब की बदली हो गई।

अत: फिर से मुकदमा शुरू किया गया। नए एस.डी.ओ. भी बड़े नेक थे। उन्होंने मुझे रिहा किया। यही नहीं, उन्होंने जो फैसला दिया, वह बहुत ही महत्त्वपूर्ण था। उनका यह कहना था—अपने देश में मुकदमा बड़ा खर्चीला होता है, जिसके चलते गरीबों पर जुल्म होते रहते हैं, और वे बरदाश्त करते जाते हैं। इधर अखबारों के कारण एक सहूलियत हुई है। गरीब लोग तीन पैसे खर्च करके अपना दुखड़ा अखबारों में भेज देते हैं और अखबारवाले उसे छाप देते हैं। इस तरह उन बेचारों का दु:ख-दर्द दुनिया के सामने आता है—सरकार उसपर ध्यान देती है, जुल्म करने वाले लोग भी डर जाते हैं। इस दृष्टि से देखिए, तो अखबारों के संपादक एक बड़ा ही उपयोगी सामाजिक कार्य करते हैं, जिसके लिए उन्हें प्रशंसा और पुरस्कार मिलना चाहिए। इसके बदले उनपर मुकदमा चलाया जाता है, उन्हें तंग किया जाता है। यह सर्वथा अनुचित है। मानहानि में असल चीज है मंशा। संपादक की मंशा गरीब किसान की दशा की ओर सरकार का ध्यान आकृष्ट करना रहा है; क्योंकि इस लेख का शीर्षक ही है—'क्या सरकार इस ओर ध्यान देगी'। अत: मैं संपादक को छोड़ता हूँ; उन्हें कष्ट हुआ, इसका मुझे दु:ख है और चाहता हूँ कि पुलिस इस मामले की जाँच घटनास्थल पर जाकर करे और मेरे सामने रिपोर्ट पेश करे।

यों मैं इस मुकदमे में सम्मान के साथ रिहा किया गया। बार-बार आने-जाने की जो सुविधा मिली, वह फाव में!

मैं कभी-कभी इस मुकदमे के दौरान में अपने परिवार को भेंट करने के लिए बुला लेता। भेंट प्राय: स्टेशनों पर ही कर लेता। एक बार छपरा के 'वेटिंग रूम' में भेंट कर रहा था; रानी थीं, बच्चे थे। मैंने देवेंद्र से कहा—कोई गाना सुनाओ बेटे! वह गाने लगा—'पिया मिलन को जाना'। अभी तुरत एक फिल्म आई थी, उसीका यह गाना था। जब उसने आगे की कड़ी कही—'मन का नेह, जग की लाज दोनों को निभाना', तब अचानक मेरे मुँह से अट्टहास फूट उठा। लड़का शरमा गया। रानी ने कहा—इसे जरा भी अकल नहीं है! क्या सचमुच लड़के में अक्ल नहीं थी?

एक बार रानी फिर मुझसे मिलने सीवान आईं; किंतु मुझसे भेंट नहीं हो सकी। मुझमें कुछ ऐसी भावना उमड़ी कि 'कैदी की पत्नी' नाम से एक उपन्यास ही लिख डाला! यों यह मानहानि एक पुस्तक भी दे सकी।

□

जेल! जेल! जेल!

एक वर्ष की सजा काटकर हजारीबाग जेल से छूटा। मेरे पहले जयप्रकाशजी छूट चुके थे। हमें विश्वास था कि जेल गेट पर ही हम नजरबंद कर लिये जाएँगे। आश्चर्य हुआ, सरकार ने ऐसा क्यों नहीं किया!

जेल से छूटकर मैं घर पहुँचा ही था कि अवधेश्वर और रजी पहुँचे। उन लोगों ने सूचना दी, किसान-सभा में फूट पड़ गई है। स्वामीजी हमसे अलग हो गए हैं। हम लोगों ने प्रांतीय किसान-सभा का अध्यक्ष तुम्हें बनाया है; यही नहीं, तुम्हारे प्रांतव्यापी दौरे का यह कार्यक्रम है। चलो, घूमो, क्रांति का बिगुल फूँको! घर की आर्थिक अवस्था अच्छी नहीं थी। सोचा था, इस संबंध में कुछ कर-धर लूँ। किंतु कहाँ क्रांति, कहाँ घर? मैं बेनीपुर से रवाना हो गया।

हम लोग कांग्रेस में थे। कांग्रेस का आदेश था, सभी कांग्रेस जन व्यक्तिगत सत्याग्रह में भाग लें। मैंने अपने प्रांत के कांग्रेस अध्यक्ष श्रद्धेय राजेंद्र बाबू को एक पत्र लिखा कि मुझे व्यक्तिगत सत्याग्रह से बरी किया जाए और किसान-सभा के अध्यक्ष की हैसियत से काम करने की इजाजत दी जाए। स्वामी सहजानंदजी कम्यूनिस्टों के प्रपंच में पड़ गए थे; अब वह इस युद्ध को जनयुद्ध समझ रहे थे। इस युद्ध में सरकार की मदद करने का वचन देकर वह समय से पहले छूटे थे। प्रांत के किसानों को बरगला रहे थे। किसानों पर उनका प्रभाव था। कांग्रेस के सिद्धांत के हित में भी यह उचित था कि मुझे उनके प्रभाव-जाल को तोड़ने का अवसर दिया जाए। मेरे पत्र का सारांश यह था।

उस पत्र के उत्तर में राजेंद्र बाबू का एक लंबा पत्र मिला। उन्होंने मुझे सत्याग्रह से मुक्त कर दिया, किसान-सभा में काम करने की इजाजत दी। किंतु उस पत्र में कहा, स्वामीजी के व्यक्तित्व के खिलाफ कुछ नहीं किया जाए—न जाने देश को कब किसकी आवश्यकता पड़ जाए! राजेंद्र बाबू की इस उदारता और दूरदर्शिता

का मुझपर बहुत प्रभाव पड़ा।

मेरा तूफानी दौरा शुरू हुआ। जहाँ जाता, वहीं क्रांति का वातावरण पाता। सोशलिस्ट पार्टी के जो कार्यकर्ता निष्क्रिय हो चले थे, उनमें भी न जाने कहाँ से एक नया जोश आ गया! लगता था, अपनी बांबी में सोए हुए गेहुँअन साँप किसी अज्ञात मदारी की बीन की तान सुनकर निकल पड़े हों और फन काढ़कर मस्ती में झूम रहे हों! वह बीन क्रांति की थी, मैं तो सिर्फ बजानेवाला था।

कभी पटना, कभी गया; कभी मुंगेर, कभी भागलपुर; कभी सारन, कभी चंपारण—दिन-रात प्रांत के कोने-कोने में घूमता और बड़ी-से-बड़ी सभाओं में बोलता ही रहता। मेरे पीछे सदा सी.आई.डी. के रिपोर्टर लगे रहते। एक बार एक सी.आई.डी. रिपोर्टर ने, जो इंस्पेक्टर के पद पर था, मुझसे कहा—आप आग-आग ही तो उगलते हैं, किंतु ऐसी सावधानी से बोलते हैं कि यदि बेईमानी नहीं की जाए, तो आप कानून के शिकंजे में नहीं आ सकते!

किंतु क्या अपने देश में बेईमानों की कमी है? हाजीपुर के एक गाँव में दिए एक भाषण पर मैं गिरफ्तार कर लिया गया। हाजीपुर का जेल—अपने जिले का एक सब-जेल! बस, सीवान सब-जेल के नमूने का। कुछ ही घंटों के बाद मैं जमानत पर रिहा किया गया। मेरे द्वारा जिन जेलों के दर्शन हो चुके हैं, उनकी गिनती में एक इजाफा हुआ—पटना जेल, हजारीबाग जेल, पटना सिटी जेल, कैंप जेल, सीवान जेल, छपरा जेल और अब यह हाजीपुर जेल—सात पूरे हुए। किंतु अभी तो इनमें पाँच का इजाफा और होने वाला है—पूरे एक दर्जन जेलों के दर्शन का सौभाग्य प्राप्त कर चुका हूँ!

जो थोड़ी देर वहाँ रहा, इस जेल को उत्सुकता से देखा किया। क्या जानता था कि थोड़े दिनों के बाद ही, अगस्त क्रांति में इस जेल का फाटक खुल जाएगा, सभी कैदी भाग जाएँगे, कई दिनों तक यहाँ सिर्फ कौए काँव-काँव करते रहेंगे।

बहुत दिनों तक यह मुकदमा चलता रहा। मेरे वकील थे पटना के जनाब रफीउद्दीन बलखी साहब और बलखी साहब नहीं रहे! किंतु मैं उनके अहसानों को नहीं भूल सकता। इस मुकदमे में तो शानदार पैरवी की ही, जहाँ-जहाँ बाद में मुझपर मुकदमे चले, अपने खर्च से जाते रहे और विचित्रता यह कि सब जगह मुझे कानून के शिकंजे से छुड़ाते रहे!

वकालत क्या चीज है, जिरह की क्या कीमत है, इसी मुकदमे में जाना। इस ढंग से जिरह की कि सरकारी गवाहों से ही मेरे पक्ष की सारी बातें निकाल लीं। साबित किया, या तो गवाह वहाँ हाजिर नहीं थे या वहाँ सभा ही नहीं हुई, किसी

दूसरी जगह भले ही हुई हो, जहाँ ये लोग गए हों। 'अंग्रेजी राज बरबाद'—मैंने यह नारा दिया था, यह सरकारी पक्ष का कहना था। तो यह कौन-सा जुर्म हुआ, बरबाद फारसी शब्द है, 'बर-बाद' का अर्थ है—हवा पर! अंग्रेजी राज अब वायुयान पर अपनी शान दिखा रहा है, इसका यह भी तो अर्थ हो सकता है! हम लोग इस अर्थ पर खूब हँसे!

सरकारी पक्ष से वकील थे मौलवी सफी साहब; मेरे जिले के १९२१ के असहयोग युग के नेता! इन्हींकी पुकार पर मैंने पढ़ना-लिखना छोड़ा था। जब मुसलिम संप्रदायवाद की चपेट में थे, जिले के पब्लिक प्रोजेक्यूटर थे। हम लोग एक ही डाकबंगले में ठहरे थे। मैंने आदाब किया, तो शरमा गए। बोले—तुमपर मुकदमा है, यह मुझे मालूम नहीं था, नहीं तो किसी और वकील को भेज देता! जब सरकार की ओर से बहस करने लगे तो मानो पुरानी बात याद हो आई हो; कहा—कानून का सिर्फ टेकनिकल भंग हुआ है, अत: सजा कड़ी हो, मैं यह माँग नहीं करता। उनकी इस नरमी पर बलखी साहब ने समझा, कहीं जुर्माना करके या दो-एक हफ्ते की सजा देकर न छोड़ा जाए, जिससे अपील की गुंजाइश भी न रह जाए। उन्होंने माँग की, या तो मेरे मुवक्किल को छोड़ा जाए या बड़ी सजा दी जाए; क्योंकि मेरा विश्वास है, मैं अपील से उन्हें छुड़ा लूँगा। शायद बलखी साहब से चिढ़कर ही मजिस्ट्रेट ने छह महीने की सख्त सजा कस दी।

मैं कचहरी से थाना लाया गया और वहाँ से सीधे मुजफ्फरपुर जेल भेज दिया गया। अपने जिले का जिला जेल देखा। कैसा तमाशा, अपने घर के जेल से अभी तक वंचित ही था। फिर यह जेल—भारत के प्रथम बमकांड के अभियुक्त खुदीराम बोस को इसी जेल में फाँसी हुई थी न! इस तरह स्वतंत्रता-आंदोलन में जिसका गौरवपूर्ण स्थान रहा है, उसे अब तक न देखना एक दुर्भाग्य की ही बात थी। कई दिन वहाँ रहा; जज ने मेरी जमानत मंजूर की, फिर अपील की सुनवाई पर उन्होंने मुझे मुक्त कर दिया—बलखी साहब की टेक रह गई।

किंतु अभी अपील सुनी भी नहीं गई थी, मैं जमानत पर ही था कि फिर मेरी गिरफ्तारी हो गई।

अखिल भारतीय किसान-सभा के संगठन में भी फूट पड़ी। नई अखिल भारतीय किसान-सभा की बैठक लखनऊ में हुई। मैं उसकी बैठक में शामिल होने जा रहा था कि फैजाबाद में कम्यूनिस्ट पार्टी के मंत्री श्री पी.सी. जोशी से भेंट हुई। जोशी से मेरी मित्रता थी। जब फरार थे, तब भी पटना आने पर मेरे घर पर ठहरते। अपनी पार्टी के गुप्त सरकुलर में 'जनता' और मेरी बड़ी तारीफ की थी—किंतु

सारी सोशलिस्ट पार्टी को मेंशेविक बतलाया था। तभी से जयप्रकाशजी को कम्यूनिस्टों से घृणा हुई। जब स्टेशन पर मुझे देखा तो ललककर आए। मैंने कहा, क्या हालचाल है? बोले—बेनीपुरी, एक साल के अंदर सारा भारत लाल हो जाएगा! पंद्रह साल हो गए, भारत लाल कहाँ तक होता; जोशी साहब कहाँ हैं, कहाँ तक लाल हैं, दूर-दूर से देखकर हँसता हूँ।

किसान-सभा के अध्यक्ष आचार्य नरेंद्रदेवजी पहले से ही थे, उपाध्यक्षों में मेरा नाम भी रखा गया। तय हुआ, बिहार में किसान-सभा का अखिल भारतीय सम्मेलन किया जाए।

मैंने अपने गाँव के निकट बेदौल में सम्मेलन करने का निश्चय किया। उसकी तैयारी में जी-जान से जुट गया। प्रांत के कुछ प्रमुख साथी भी आ गए। गरमियों के दिन थे, तो भी गाँव-गाँव दौड़ा फिरता। कार्यकर्ताओं में उत्साह था, जनता के उत्साह का भी क्या कहना! कहाँ धूप, कहाँ लू! हम दिन रात एक किए रहते। यहाँ पानी की कमी होगी, इसलिए सीतामढ़ी से कुछ ट्यूबवैल का प्रबंध करने मैं बस से रवाना हुआ। देखा, वही इंस्पेक्टर साहब अगली सीट पर बैठे हैं, जिन्होंने मुझे हाजीपुर में गिरफ्तार कराया था। बड़े भक्त, हमेशा राम-राम जपते रहते! मुझे देखकर बड़ी प्रसन्नता प्रकट की, अपनी बगल में बिठाया। रास्ते-भर राम-राम के बीच मुझसे खोद-खादकर पूछते जाते; सीतामढ़ी में कब तक रहूँगा, कहाँ ठहरूँगा आदि-आदि। वह थाने के निकट उतर गए, मैं डॉ. रामाशीश ठाकुर के दवाखाने की ओर बढ़ा।

और यह लीजिए, मैं यहाँ मुँह-हाथ भी नहीं धो सका था कि पुलिस का एक दस्ता पहुँच गया और मैं गिरफ्तार कर लिया गया। डॉक्टर साहब एम.एल.ए. थे, वह एस.डी.ओ. से मिले कि मुझे जमानत पर छोड़ा जाए; किंतु यहाँ तो जैसे पहले से ही साँठगाँठ थी, मुझे जेल में बंद कर दिया गया!

जेल में मुझे भी 'सी' क्लास में रखा गया! डॉक्टर साहब ने लाख कहा कि मुझे सदा अपर डिवीजन में रखा गया है, मेरी सामाजिक प्रतिष्ठा और रहन-सहन के अनुसार मुझे अपर डिवीजन में ही रखा जाता रहा है, रखा जाना चाहिए; किंतु कौन सुनता है! ऐसा लगता था कि मुझसे यहाँ की पुलिस और एस.डी.ओ. को कोई बप्पावैर हो। हद तो यह हो गई कि जिस दिन मेरा मुकदमा खुला, जेल से ले जाकर मुझे कचहरी के लॉकअप में बंद कर दिया गया। वहाँ चारों ओर थूक-खखार और बदबू-बदबू थी! मैं समझ नहीं पाता, ऐसा क्यों किया जा रहा है। एक दिन साप्ताहिक परिदर्शन के लिए एस.डी.ओ. जेल में

आए। जब मैंने उनसे पूछताछ की कि क्यों मेरे साथ ऐसा व्यवहार किया जा रहा है, तो बोले—अभी क्या हो रहा है? आपपर एक डकैती केस चलने वाला है, जिसमें हत्याएँ भी हुई हैं, तब देखिएगा।

खैर, वह डकैती केस तो हवा में ही रह गया, शायद एस.डी.ओ. के दिमाग का ही वह फितूर था। मुकदमा चला, तो बलखी साहब फिर आ गए। फिर उनकी जिरह का कमाल देखा। यहाँ तो डेढ़ वर्ष की सजा ठोक ही दी गई; किंतु अपील में उन्होंने छुड़ा दिया!

किंतु, जब तक मैं छूटूँ, मधुबनी से वारंट आ गया। सीतामढ़ी जेल से ही मैं मधुबनी जेल के लिए रवाना कर दिया गया।

किंतु अभी सीतामढ़ी कांड पर कुछ कहना रह ही गया। मुझे सबसे बड़ी चिंता यह थी कि बेदौल सम्मेलन का क्या होगा? एस.डी.ओ. ने मेरे लड़के को भी मुझसे मिलने की इजाजत नहीं दी थी। तब मैंने तिकड़म का आसरा लिया और शायद पाठकों को विश्वास नहीं हो, वहाँ मेरे मुलाकाती बराबर मुझसे मिलते रहे; किंतु गेट पर नहीं, उन्हें मैं जेल में ही बुला लेता, वे घंटों रहते, गपशप करते, धीरे-धीरे एकाध गाना भी सुना जाते। यहाँ वार्डर की जेब बहुत बड़ी हो गई थी; यदि मेरी पत्नी चाहतीं तो एकाध संध्या को वह भी भीतर पहुँच सकती थीं!

जंजीरें फौलाद की होती हैं, दीवारें पत्थर की। किंतु यह मानव कुछ ऐसी धातु का होता है कि इसके स्पर्श से फौलाद मोम बन जाती है, दीवार मक्खन। मनु के बेटे के कमाल का क्या कहना!

बेदौल का सम्मेलन ऐसा सफल रहा जैसी कल्पना भी नहीं की गई थी। श्री बाबू ने उद्घाटन किया; अपने भाषण में मेरी गिरफ्तारी और मेरे साथ जेल में हुए दुर्व्यवहार की भी चर्चा की। आचार्यजी बीमार पड़ गए। दमे ने उन्हें बेतरह दबोच रखा था। उनकी अनुपस्थिति में भाई मेहर अली ने बंबई से आकर उसकी अध्यक्षता की। कार्यकर्ताओं की बैठक में उन्होंने आगामी क्रांति में कार्यकर्ताओं से जान पर खेल जाने, किंतु गिरफ्तार न होने की ताकीद की। उनकी बात का कितना असर पड़ा, इसका सबूत यह है कि बेदौल के आसपास के जितने थाने थे, अगस्त क्रांति में उनपर कब्जा कर लिया गया था; कुछ दिनों तक अंग्रेजी राज सचमुच हवा पर था!

सीतामढ़ी के अपने मुकदमे में मैंने अपना जो बयान दिया था, उसमें उस इंस्पेक्टर और एस.डी.ओ. के दुर्व्यवहारों की चर्चा की थी और अंत में उर्दू का वह सुप्रसिद्ध शेर जड़ दिया था—

'करीब है यार रोज महशर छिपेगा कुश्तों का खून क्योंकर।
जो चुप रहेगी जुबान-ए-खंजर लहू पुकारेगा आस्तीं का॥'

मैं क्या जानता था, मेरी तनिक भी ऐसी मंशा नहीं थी कि यह शेर भविष्यवाणी के रूप में मैं कह रहा हूँ। अगस्त क्रांति में एस.डी.ओ. और इंस्पेक्टर इन दोनों की हत्या हो गई—उत्तेजित जनता ने उन्हें बुरी तरह मारा, बोटी-बोटी काट दी और नदी में फेंक दिया। उनकी लाशें भी उनके परिवारों को नहीं मिल सकीं! जब हजारीबाग जेल में यह खबर मिली, मुझे बहुत दुःख हुआ और तब से सोचता हूँ, किसी दुश्मन को भी कोई बद्दुआ नहीं देनी चाहिए!

□

विप्लव की धमक

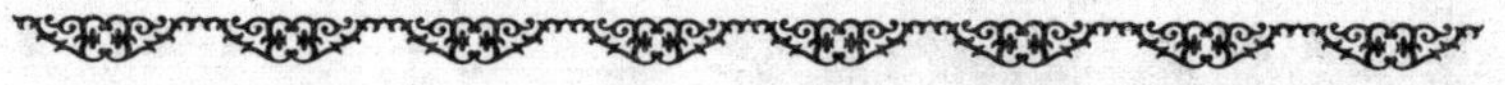

अभी-अभी नया-नया बना, नए मॉडल का, मधुबनी का यह छोटा-सा जेल। इसके दरवाजे पर भी जंजीरें लटक रही थीं; किंतु इसकी दीवारों पर कालिमा नहीं थी, भूरा-भूरापन था, अच्छा लगता था!

एक तो अपर डिवीजन का राजबंदी, फिर गाँव के निकट का ही एक वार्डर मिल गया। मुझे कोई कष्ट नहीं था।

सीवान जेल की तरह इस जेल में भी डकैतों की भरमार थी। ये लोग भारत-नेपाल सीमा पर डकैतियाँ करते। नेपाल में डकैती करके भारत भाग आते, भारत में डकैती करके नेपाल में जा छिपते। जब कभी नेपाल में गिरफ्तार होते, बड़ी दुर्गत होती इनकी। खैरियत यह थी कि वहाँ की पुलिस उतनी सजग नहीं थी। भारत में गिरफ्तार होने पर मुकदमे में छूट जाने की सदा संभावना रहती। डकैतियाँ रात में होतीं, शिनाख्त में ही अधिक लोग बच निकलते। जो नामी डाकू थे, उनकी पहचान करते लोग डरते थे। कदाचित् वे छूट गए, तो क्या जान भी बचने देंगे? एक तो धन गया, अब जान पर भी कौन खतरा ले!

जेल में थोड़ी जगह थी, अधिक लोग थे। चौबीस घंटे कोलाहल मचा रहता। इसलिए मैं दफ्तर में प्रायः आ जाता। जमादार शरीफ आदमी थे। मुझे हर प्रकार से आराम देने की चेष्टा करते।

जब मैं जेल के भीतरी गेट से दफ्तर में जाता, प्रायः बगल के औरत वार्ड के छेद से दो आँखें चमक उठतीं! मैंने कई दिन ऐसा लगातार देखा! एक दिन मेरे पड़ोसी नौजवान वार्डर ने हँसते हुए कहा—भाईजी, नागिन है, नागिन! इसकी आँखों ने कितनों को डसा है, देखिएगा, बचकर रहिएगा।

और एक दिन उस नागिन को प्रत्यक्ष देखा, जब वह औरत वार्ड से निकालकर कचहरी ले जाई ज़ा रही थी। मिथिला का सारा सौंदर्य उसे मिला था, फिर उसपर

'बाँके नैना मैथिलानी के'। ऐसी सुंदरी और ऐसे बीभत्स जीवन में फँसी है! उफ, सच कहता हूँ, बहुत दिनों तक उसकी आँखें मेरे सामने भूत-सी मँडराती रहीं। इस समाज के मूल में ही कोई त्रुटि है—बिना आमूल परिवर्तन किए यह समाज सभ्य-सुसंस्कृत जीवन का प्रतीक नहीं बन सकता।

एक नौजवान मजिस्ट्रेट के इजलास में मेरा मुकदमा चला। मैंने उनसे अर्ज किया, मुझे दरभंगा जेल में रखा जाए और मुकदमे के दिन यहाँ बुला लिया जाए। उन्होंने मेरा निवेदन स्वीकार कर लिया।

अब फिर सीवानवाली स्थिति हुई। मैं दरभंगा जेल में रखा जाता। वहाँ से आता तो डाकबंगले में ठहराया जाता। पेशी के बाद फिर दरभंगा भेज दिया जाता।

फिर मित्रों का ताँता। फिर बाहर से संपर्क। 'जंगल में मंगल' की कहानी नए रूप में चरितार्थ होने लगी।

क्रिप्स आकर लौट चुके थे। गांधीजी की अंत:प्रेरणा में 'भारत छोड़ो' की बात आ चुकी थी। वह अपने इस नारे को समझाते हुए लेख-पर-लेख, वक्तव्य-पर-वक्तव्य दे रहे थे। वे लेख, वे वक्तव्य सभी पत्रों में प्रमुखता से छप रहे थे। उनके लेखों और वक्तव्यों से स्पष्ट हो जाता कि गांधीजी अपने जीवन का अंतिम युद्ध छेड़ने जा रहे हैं। यह कोई आंदोलन नहीं होगा, खुला विद्रोह होगा। 'करो या मरो' इसका नारा होगा। हाँ, करो या मरो। यह नारा हमपर किस तरह लागू होगा, जो जेलों में बंद हैं। हमें दरभंगा जेल के जिस सेल में रखा गया था, उसके सामने ही जेल की दीवार थी; उसके निकट ही फाँसी का चबूतरा था। उस चबूतरे पर बैठकर कभी हम दीवार की ओर देखते, कभी इसके नीचे के कुंड की ओर ध्यान करते, जहाँ गले में रस्से लपेटे आदमी ऐंठ-ऐंठकर दम तोड़ता है। हमें 'करो' उस दीवार में दीखती, 'मरो' इस कुंड में।

मेरे साथ जेल में एक कैदी ऐसा था, जो राजनीतिक उद्देश्य से डकैती करते हुए पकड़ा गया था। एक बम की आजमाइश में उसका एक हाथ उड़ गया था। वह भी मेरे साथ आकर बैठ जाता। बड़ा फितूरी था वह। कहता, आप निश्चिंत रहिए, ज्यों ही गांधीजी ने बिगुल फूँकी, हम लोग इस दीवार के उस पार होंगे। वह तरह-तरह की योजनाएँ बना चुका था—जेलर को गिरफ्तार करने से लेकर दीवार फाँदने तक की।

उधर जयप्रकाशजी बंबई में गिरफ्तार हो चुके थे। वहाँ से देवली कैंप में भेजे गए। देवली जेल से कुछ कागजात वह बाहर भेजना चाहते थे, किंतु ऐन मौके पर कागजात पकड़ लिये गए। कागजात को सरकार ने छपवा दिया था। सरकार का

उद्देश्य था जयप्रकाशजी को बदनाम करना। किंतु गांधीजी ने जयप्रकाशजी का पक्ष लिया। सरकार का उद्देश्य तो सफल नहीं हुआ, हमारे साधारण कार्यकर्ता को भी मालूम हो गया, इस सरकार को उलटने के लिए हम सबकुछ कर सकते हैं।

धीरे-धीरे अगस्त निकट आ रहा था, बंबई में कांग्रेस कमेटी की बैठक होने जा रही थी, जिसमें गांधीजी 'भारत छोड़ो' का प्रस्ताव रखने जा रहे थे। वातावरण क्षुब्ध-से-क्षुब्धतर होता जा रहा था। गांधीजी के लेखों से भी चिनगारियाँ निकलती थीं। मैं जेल के वार्डरों से, अन्य जेल अधिकारियों से बातें करता कि उनकी प्रतिक्रिया क्या है? जब मधुबनी ले जाया जाता, पुलिस के सिपाहियों से, साथ के यात्रियों से भी बातें करता। स्थिति डाँवाँडोल है, कुछ भी हो सकता है, यह स्पष्ट दिखाई पड़ता था। किंतु डर यह था कि कहीं योग्य नेतृत्व के अभाव में सारा आंदोलन बिखरकर शांत न हो जाए।

उसी समय जयप्रकाशजी एक लंबे अनशन के बाद देवली से हजारीबाग जेल वापस भेज दिए गए थे। मुझे सजा तो मिलेगी ही, क्यों न हजारीबाग में उनसे मिलकर बातें कर आऊँ!

दरभंगा के सुप्रसिद्ध वकील स्वर्गीय बाबू धरणीधर मेरे मुकदमे में दिलचस्पी ले रहे थे। मेरे मुकदमे की पैरवी तो बलखी साहब ही हस्बमामूल कर रहे थे, तो भी धरणीधर बाबू तारीख पर आ जाया करते। उन्होंने कहा, यदि सजा हुई तो दरभंगा में जज से अपील कर तुम्हें जमानत पर छुड़ा लूँगा। तब तक सीतामढ़ी की सजा को बलखी साहब मुजफ्फरपुर के जज से रद्द करवा चुके थे। मैंने ऐसी योजना बनाई कि सजा होते ही मैं मधुबनी से ही हजारीबाग भेज दिया जाऊँ और जब वहाँ पहुँच जाऊँ तब धरणीधर बाबू जज के पास अपील करें और जमानत करा दें। जमानत का आर्डर जब तक हजारीबाग पहुँचेगा, तब तक मैं जयप्रकाशजी से सारी बातें कर लूँगा। और वहाँ से लौट आकर उनके आदेश के अनुसार कार्रवाइयाँ की जाएँगी। गांधीजी सरकार को एक महीने का अल्टीमेटम देने वाले थे, अतः कोई आंदोलन सितंबर के पहले शुरू नहीं होगा, ऐसा विश्वासपूर्वक समझा जाता था।

अगस्त के शुरू में ही मुझे सजा मिली। मैंने मजिस्ट्रेट से कहा, मुझे सीधे हजारीबाग जेल भेज दीजिए; क्योंकि दरभंगा में भी अपर डिवीजन का कोई इंतजाम नहीं, जिससे मुझे कष्ट होता है। मजिस्ट्रेट ने इसे तुरत स्वीकार कर लिया। इस बार मैं मधुबनी जेल में ही ठहरा था। जब मैं अपना सामान लेने जेल में गया, मेरे पड़ोसी नौजवान वार्डर ने कहा—भाईजी, आप कहाँ जा रहे हैं? यहीं रहिए, आंदोलन शुरू होते ही यह जेल टूटकर रहेगा! डकैत कैदियों ने कहा—हम इस

जेल को तोड़कर रहेंगे और आप जहाँ चाहेंगे, पहुँचा देंगे; जो कहिएगा, करेंगे। देश-सेवा का एक मौका हमें भी तो दीजिए! जब स्टेशन पर पहुँचा, बहुत से साथी इकट्ठे हो गए और अफसोस करने लगे कि आप हमें छोड़कर कहाँ जा रहे हैं, हम तो आपको जेल से निकाल ही लेते। ये सारी बातें खुल्लमखुल्ला की जातीं—खुला विद्रोह होने जा रहा है न, फिर दुराव-छिपाव कैसा!

जो जमादार मुझे हजारीबाग पहुँचाने जा रहा था, उसका रूप तो और भी विचित्र था। उसने मुझसे साफ कहा—आप भागना चाहें तो जहाँ से चाहें, भगा दूँगा। आपको भगाकर मैं भी फरार हो जाऊँगा और आंदोलन में भाग लूँगा—इस बार तो 'करो या मरो' की बाजी है। यही नहीं, मुजफ्फरपुर पहुँचकर तो वह बार-बार मुझे भाग जाने को प्रेरित करता रहा। मैं अपनी योजना कैसे बताता—सिर्फ यही कहता, अभी थोड़ा सब्र रखना चाहिए, नहीं तो समय से पहले क्रांति करने से १८५७ की तरह हमें असफलता भी मिल सकती है।

जब गया पहुँचा, मैं जिस डब्बे में था, कई फौजी अफसर आ गए। वे कुमाऊँ के थे, पूर्वी मोरचे पर भेजे जा रहे थे। जब गाड़ी चली, धीरे-धीरे बातें होने लगीं। मैंने कहा, आप लोगों को बंगाल में इसलिए भेजा जा रहा है कि क्रांति होने पर आप वहाँ की क्रांति को कुचल दें। यदि ऐसी बात हो तो आप क्या करेंगे? १९३० में पेशावर में गोली चलाने से इनकार करनेवाले ठाकुर चंदनसिंह के उदाहरण की भी उन्हें याद दिलाई। बड़े साफदिल आदमी थे। वे बोले—देखिए, सबकुछ निर्भर करता है आप लोगों पर। सैनिक पहले से नहीं सोचता कि वह किस मौके पर क्या करेगा। समय पर जो हो जाता है, वह हो जाता है।

मुझे ट्रॉटस्की की 'रशियन रेव्यूलूशन' की बातें याद आ रही थीं। भोर में जो सैनिक गोली चलाने को तैयार थे, वे ही शाम होते-होते ऐसे पिघले कि मजदूरों से मिल गए। हाँ-हाँ, सबकुछ निर्भर करता है हम लोगों पर। हमारी क्रांति की प्रखरता कैसी होती है, हमपर गोली चलाने के लिए खड़े सैनिकों के प्रति हमारा व्यवहार कैसा होता है, हम उनके हृदयों को कहाँ तक पिघला सकते हैं, क्रांति की सफलता का उनपर कैसा विश्वास होता है—सैनिकों को क्रांति के पक्ष में आने के कई ऐसे पहलू हैं। सचमुच अभी से कुछ कहा नहीं जा सकता।

मैं हजारीबाग पहुँचा, तो बाबू वार्ड में रखा गया। जयप्रकाशजी छोकरा-किता में थे। किंतु जमादार ने हमें तुरंत मिला दिया। अनशन के कारण जयप्रकाशजी बहुत दुबले हो गए थे। साइटिका की पीड़ा उन्हें परेशान किए हुई थी। प्रति सप्ताह गांधीजी का पत्र आता था और उसीके अनुसार वह प्राकृतिक चिकित्सा कर रहे थे।

मैंने सारी बातें बताईं। जनता का रुख, कार्यकर्ताओं का रुख, पुलिस का रुख, सैनिकों का रुख। यदि योग्य नेतृत्व नहीं मिला तो आंदोलन बिखर जा सकता है या गलत दिशा में चला जा सकता है, अपनी यह आशंका भी प्रकट की। मैं तो जमानत पर शीघ्र चला जाऊँगा, क्यों यह अच्छा नहीं होगा कि आप भी क्रांति के अवसर पर बाहर रहें ? जयप्रकाशजी का रोम-रोम क्रांति की भावना में डूबा हुआ था। वह जान पर खेल जाने को तैयार थे। क्रांति के समय वह बाहर अवश्य रहना चाहते थे, किंतु यह किस प्रकार संभव होगा? मैं बाहर जाकर अभी से इसके लिए चेष्टा करूँ या क्रांति के समय के हो-हल्ले के लिए प्रतीक्षा की जाए—आदि बातों पर हम कई दिनों तक विचार-विमर्श करते रहे।

जयप्रकाशजी का विश्वास था, जब क्रांति शुरू होगी, यहाँ के जेल-अधिकारियों को वह क्रांति के पक्ष में ला सकेंगे। इस संबंध में कुछ अफसरों से उन्होंने बातें भी की थीं। किंतु उनका भी विश्वास था, सबकुछ क्रांति की व्यापकता और प्रखरता पर ही निर्भर करता है। क्या बिहार के इस एकांत स्थान में क्रांति वैसा रूप धारण कर सकेगा कि यहाँ के जेल-अधिकारी भयभीत हो जाएँ या उन्हें क्रांति पर विश्वास हो जाए? तो क्यों नहीं कुछ पहले निकल भागा जाए? किंतु तब गांधीजी पर क्या प्रभाव पड़ेगा? अच्छा हो कि हम प्रतीक्षा करें, तैयारी करें; ज्यों ही क्रांति शुरू हो, हम चाहे किस प्रकार हो, जयप्रकाशजी को बाहर कर लें। इसके कौन-कौन से तरीके हो सकते हैं? हम सोचा करते—योजना-पर-योजना बनाई और मिटाई जा रही थीं!

७ अगस्त से ही हमारे शरीर हजारीबाग जेल में थे, कान बंबई पर लगे थे। अखबार तो मिलते ही थे, जेल के अफसर रेडियो पर सुनी खबरें भी हमें बता जाते। क्या होगा, क्या होने जा रहा है—सारे देश का ध्यान बंबई पर टँगा था।

इस बार या तो जंजीरें टूटेंगी, दीवारें ध्वस्त होंगी या वे पुकार उठेंगी, चिंघाड़ उठेंगी—दोनों में कौन-सा संभाव्य है, कौन बताए?

□

इनकलाब जिंदाबाद

९ अगस्त। हम लोग संध्या को इस प्रतीक्षा में थे कि रेडियो की कौन-सी खबर जेल का कोई अधिकारी पहुँचा जाता है। दिन-भर वर्षा हो रही थी; अभी बूँदाबाँदी खत्म नहीं हुई थी कि देखा, जेल गेट की ओर से अपनी लंबी सफेद दाढ़ी लिये, धीरे-धीरे पग उठाते, हजारीबाग के नेता बाबू रामनारायण सिंह पधार रहे हैं। अरे, यह क्या बात हुई? क्या रामनारायण बाबू हमसे मिलने आ रहे हैं? या वह गिरफ्तार कर लिये गए हैं? पीछे एक कैदी अपने सिर पर उनका सामान लिये आ रहा था। हम जान गए, बंबई में बिगुल बज चुका!

रामनारायण बाबू ने बताया, किस तरह उनकी गिरफ्तारी हुई। हमने पूछा, इस बार गिरफ्तार होने की तो बात नहीं थी, 'करो या मरो' की बात थी। उन्होंने कहा—जब पुलिस-इंस्पेक्टर आया, मैं तो कुछ पशोपेश में रहा, गिरफ्तार होऊँ या नहीं। ऐसी सहूलियत भी थी कि मैं भीतर जाकर पिछले दरवाजे से खिसक जा सकता था; किंतु मुझे यह उचित नहीं जान पड़ा। सोचा, देखें क्या होता है।

अब तो यह निश्चय हो चुका कि मैं जमानत पर रिहा नहीं किया जा सकता। पटना से जिन लोगों को जहाँ भी हों, गिरफ्तार करके जेल में नजरबंद कर देने की जो पहली लिस्ट निकली थी, उसमें एक नाम मेरा भी था।

धीरे-धीरे, दो-तीन दिनों के अंदर ही, छोटा नागपुर के हर जिले के प्रमुख कांग्रेस नेता पकड़कर हजारीबाग जेल में ले आए गए।

उनके मुँह से, अखबार से, जेलवालों द्वारा रेडियो से जो समाचार हम प्राप्त कर सके, उनसे पता चल गया, देश ने अपने को क्रांति के हवन कुंड में झोंक दिया है। क्रांति की ज्वाला देश-भर में धू-धू जल रही है! बंबई ने ही रास्ता दिखाया है। आवागमन के सारे साधन ठप्प हो चुके हैं। देश में जगह-जगह रेल की पटरियाँ उखड़ रही हैं, तार-टेलीफोन का संबंध-विच्छेद हो चुका है। थानों पर कब्जा किया

जा रहा है। कचहरियाँ वीरान हो रही हैं। धुआँधार गोलियाँ चल रही हैं। सड़कों पर बेरिकेड बन रहे हैं। स्टेशन-घर लूटे जा रहे हैं। जो एकाध गाड़ियाँ चल पाती हैं, वे क्रांतिकारियों की मरजी से। नेताओं ने जो सोचा हो, देश की जनता ने 'करो या मरो' के गांधीपाठ को अच्छी तरह हृदयंगम कर लिया है।

सरकार ने नृशंस रूप धारण कर लिया है। कोडरमा से एक डाक्टर आए। उन्होंने बताया, किस तरह वहाँ अंधाधुंध गोलियाँ चलाई गईं। घायलों की चिकित्सा को वह आगे बढ़े, तो उन्हें भी गिरफ्तार कर लिया गया। जिस 'बस' पर घायलों को लाया गया, उसीपर डाक्टर को भी रख लिया गया। रास्ते-भर घायल तड़पते रहे, पानी-पानी करते रहे; न उन्हें पानी दिया गया, न डाक्टर को ही बार-बार के आग्रह पर उनकी सेवा करने का मौका दिया गया! डाक्टर रो रहे थे, उनकी आँखों से आँसू जारी थे! एक घायल तो रास्ते में ही मर गया। तमाशा हुआ जेल गेट पर! पुलिस कहती थी, इस लाश को भी रख लीजिए। जेलवाले कहते थे, हम लाश क्यों लें? पुलिसवाले का कहना था, हमें हुक्म हुआ था, इतने लोगों को जेल पहुँचा आओ; रास्ते में मर गया, अब हम उसे कहाँ ले जाएँ? रात-भर वह लाश जेल गेट पर ही पड़ी रही।

लोगों की वीरता और सरकार की नृशंसता की ऐसी खबरें आ रही थीं कि रोंगटे खड़े हो जाते थे। पटना के विद्यार्थियों ने कमाल किया। वे सेक्रेटेरियट पर कब्जा करने चले। वहाँ फौज और सशस्त्र पुलिस का जमघट जुटा था। विद्यार्थियों की टेक थी—कम-से-कम हम इसपर अपना झंडा तो फहराएँगे ही। कशमकश बढ़ता गया, गोलियाँ चलीं, कई विद्यार्थी वहीं ढेर हो गए; किंतु अहा! सामने देखिए, झंडा लहर कर रहा! न जाने किस तरह एक विद्यार्थी ऊपर चला गया, झंडा लहरा दिया। सामने जो विद्यार्थी दम तोड़ रहे थे, उन्हें इस झंडे को देखकर कितनी प्रसन्नता हुई होगी!

छोटे-छोटे बच्चे निधड़क तार और टेलीफोन के लंबे खंभे पर चढ़ जाते और उसमें लगे उजले डब्बे को तोड़कर तार-टेलीफोन की लाइन खराब कर देते। रिक्शेवालों ने तो और कमाल किया। घरेलू नौकरों ने तुरत अपना संगठन बनाया और यातायात अवरुद्ध कर देने का जिम्मा अपने ऊपर लिया। पेड़ों की मोटी-मोटी डालों को काटकर, घर की फालतू चीजों का सड़कों पर अंबार लगाकर उन्होंने रास्ता जाम कर दिया। एक ओर से सड़कें साफ की जातीं कि पीछे से न जाने कौन लोग कब आकर फिर बेरिकेड बना देते। 'शूट ऐट साइट'—देखते ही गोली मारो का स्थायी आर्डर हथियारबंद पुलिस और सैनिकों को दे दी गई थी। किंतु किसको

इसकी परवाह थी!

सड़कों को खोद डालने और पुलों को तोड़ने के भी व्यापक प्रयत्न हुए। साधारण कुदाल, गैंता, हथौड़ा, छेनी से वह कमाल किया गया कि देखनेवालों को आश्चर्य होता। क्या बिना किसी खास औजार के आदमी यह कर सकता है? यह प्रश्न बार-बार उठाया जाता!

कितने रेलवे गोदाम लुट गए; कितनी रायफलें छीन ली गईं। देहातों में तो और भी घनघोर हुआ; पुलिस वरदी फेंककर पनाह माँगती फिरती थी। जिन्होंने हेठी दिखलाई, जलते हुए थाने की भट्ठी में उन्हें भी झुलसना पड़ा!

हाँ, यह इनकलाब है। 'बंबई से आई आवाज—इनकलाब जिंदाबाद'। न जाने किसने यह नारा दिया, जो देश के कोने-कोने में फैल गया!

बाहर इनकलाब हो रहा और हम जेल में बैठे हलवा-पूड़ी उड़ाते रहें! हम छटपटा रहे थे! जयप्रकाशजी की बेचैनी का क्या कहना! हम लोग प्रतिदिन सोचते, तुरत-से-तुरत कुछ किया जाना चाहिए।

उन दिनों भारत पर जापान की चढ़ाई निकटतम समझी जा रही थी। राँची को सुरक्षा की दूसरी पाँत—सैकेंड लाइन आफ डिफेंस—बनाया जा रहा था। दिन-रात वायुयान हमारे सिरों पर गड़गड़ाते रहते। सेना के डिवीजनों को वहाँ एकत्रित किया जा रहा था। एक दिन संध्या को भारी मोटरों के जाने की जो गड़गड़ाहट शुरू हुई तो वह रात-भर तक चालू रही। राँची से फौज की टुकड़ियाँ पटना भेजी जा रही हैं, हमने तुरंत समझ लिया। इसका क्या अर्थ? हम रात-भर छटपटाते रहे। ये टुकड़ियाँ पटना पहुँची नहीं कि क्रांति को शस्त्रबल से कुचल दिया जाएगा। पटना और राँची के बीच दामोदर पर एक पुल है। बाढ़ आई हुई थी, यदि उस पुल को उड़ा दिया जाता, या तोड़ दिया जाता तो फौज का उस तरफ भेजना कुछ समय के लिए दुष्कर कार्य हो जाता। अभ्रक की खानों के लिए उस तरफ विस्फोटक पदार्थों की कमी नहीं थी। थोड़ी सूझ की बात थी; नेतृत्व की आवश्यकता थी। अरे, योग्य नेतृत्व के अभाव में क्रांति कहीं बिखर नहीं जाय, दबा नहीं दी जाए!

नहीं, अब हमें निकल ही जाना चाहिए। कैसे निकलें? शुक्लजी ने एक साहसिक कार्यक्रम रखा! भोर में जो कैदी बगान में जाते हैं, वे दोपहर को लौटते हैं। उनके साथ बैलगाड़ी होती है, जिसपर बगान से शाक-सब्जी आती है। यों साधारणत: जेल का एक ही फाटक एक बार खोला जाता है। किंतु बैलगाड़ी को प्रवेश देने के लिए बाहर और भीतर दोनों के फाटक एक साथ खोल दिए जाते हैं। हममें से कुछ लोग पहले से ही जेल गेट चले जाएँ, आफिस के काम का बहाना

करके। ज्यों ही दोनों फाटक खुलें, कुछ लोग दोनों फाटकों पर चले जाएँ और चाबियों के गुच्छे गेट-वार्डर से छीन लें। कुछ लोग सुपरिंटेंडेंट और जेलर के आफिसों में घुसकर टेलीफोन की लाइन तोड़ दें। तब तक भीतर हमारे साथी गेट के निकट तैयार रहें और हल्ला बोल दें। अगले गेट से निकलकर हम मैगजीन पर छापा मारें। कुछ रायफलें तो बाहर ही खड़ी करके रखी रहती हैं। उन्हें उठा लें और दो-चार फायर करके जेलवालों को भयभीत कर दें। फिर मैगजीन लूटकर हम निकल भागें। आगे जो होना होगा, देखा जाएगा!

बड़ा साहसिक था यह कार्यक्रम। किंतु हममें भी साहस की कमी नहीं थी। हर मोरचे के लिए साथियों का चुनाव भी कर लिया गया। करो या मरो—फिर डरना क्या!

किंतु, जयप्रकाशजी कहते हैं, हम तो निकल जाएँगे, पर उन लोगों का क्या होगा, जो निछछ सत्याग्रही हैं। क्या यह उनके साथ अन्याय नहीं होगा कि हम तो बाहर चले जाएँ और उसके चलते होनेवाली मुसीबतें उन्हें मुफ्त में झेलनी पड़ें? उचित तो यह होगा कि उनमें से कुछ विश्वस्त लोगों को पहले से ही चेतावनी दे दी जाए। हममें से कुछ को यह नैतिकता की पराकाष्ठा मालूम हुई; किंतु जयप्रकाशजी की बात कौन टाले! अपने जानते कुछ विश्वस्त आदमियों को ही चुनकर उन्होंने बुलाया, जेल में पड़े रहने की व्यर्थता बताई और धीरे-धीरे यह भी चर्चा कर दी कि किसी तरह हम लोगों को यहाँ से निकल जाना चाहिए। जब उनमें से एक ने इसका उपाय पूछा, तो इस योजना की भी एक झलक दे दी। कुछ लोगों ने तो वहीं इससे अस्वीकृति बताई; लेकिन वे सबके सब इस बात को गुप्त ही रखेंगे, ऐसा तो विश्वास कर ही लिया गया।

आश्चर्य! महान् आश्चर्य! हमने पाया, दूसरे दिन से ही लोगों को जेल गेट पर आने-जाने से मना कर दिया गया है। लीजिए, यह योजना व्यर्थ गई!

तब दूसरी योजना बनी। हममें से छह आदमी जेल-दीवार को लाँघकर पार कर जाएँ। उन छह में एक मैं भी रखा गया था। जेल की दीवार की ऊँचाई मालूम कर ली गई। नीचे एक टेबुल रखकर जब उसपर दो आदमी—एक के कंधे पर दूसरा—इस तरह खड़े हो जाएँ, तो दीवार की आखिरी छोर को पकड़ सकते हैं। तब तीसरा आदमी टेबुल और इन दोनों के शरीर को जीना बनाकर चढ़े और दीवार को लाँघ जाए। दीवार के उस पार दीवार का सहारा लेता हुआ, इस तरह गिरे कि गिरने का शब्द नहीं हो और न उसके पैर में चोट आए। जो आदमी उस ओर गिरे, उसकी कमर से धोतियों को ऐंठकर बनाई एक मोटी रस्सी का एक छोर इस ओर हो, जिसे

एक आदमी ने सावधानी से पकड़ रखा हो। उसके बाद तो इस रस्सी के सहारे ही लोग दीवार लाँघते जाएँगे।

दीवार कहाँ पर लाँघी जाए, इसका भी निर्णय हो गया और दीवार लाँघने वालों ने एक सेल में इसका अभ्यास भी शुरू कर दिया।

कि फिर भद्रा आ पड़ी। एक दिन जेल की दीवारों के पीछे भी सशस्त्र सैनिकों का पहरा पड़ने लगा। यह क्या हो गया—क्यों हो गया? जेल में चर्चा होने लगी, कांग्रेस कार्य समिति के सदस्यों को यहाँ ले आया जाएगा। उनके लिए एक वार्ड भी खाली कराया जा रहा है, इसकी भी खबर हुई। हम लोगों से पृथक्, साधारण कैदियों का एक वार्ड था, उसकी सफाई होने लगी। अब तो भागने का यह प्रयास भी व्यर्थ गया, हमने जान लिया।

कांग्रेस कार्य समिति के सदस्य नहीं आए, जमशेदपुर के विद्रोही पुलिस दस्ते वहाँ लाकर रखे गए। उनके नेता थे रामानंद तिवारी। जेल में पहुँचने पर तिवारीजी का कितना स्वागत हुआ! तिवारीजी पुलिस के साधारण सिपाही थे, लेकिन प्रारंभ से ही गांधीजी के भक्त। चरखा कातते, खादी पहनते, गांधीजी के लेखों को ढूँढ़-ढूँढ़कर पढ़ते। जमशेदपुर में लोहे का सबसे बड़ा कारखाना था। सरकार उसको सुरक्षित रखना चाहती थी। किंतु तिवारीजी के नेतृत्व में सिपाहियों ने दमनात्मक कार्यवाहियों में भाग लेने से इनकार कर दिया। फलतः वे गिरफ्तार किए गए और यहाँ लाकर अलग-अलग रखे गए।

इन लोगों के साथ साधारण कैदियों का-सा बरताव किया जाने लगा। यही नहीं, बहुत से लोग गिरफ्तार करके इस जेल में ठूँस दिए गए थे। उनमें से अधिकांश के साथ भी साधारण कैदी-सा ही व्यवहार किया जा रहा था। हमने इसके प्रतिवाद में आवाज उठाई। पहले तो ऐसा लगा कि कांग्रेस के अधिकांश नेता इस संबंध में हम लोगों के साथ हैं; किंतु धीरे-धीरे उनमें दो दल हो गए। एक दल ने हम लोगों के साथ साधारण कैदियों का ही भोजन लेना शुरू कर दिया। १९३० की घटना फिर १९४२ में दुहर गई।

उधर १९४२ का अगस्त इनकलाब धीरे-धीरे दम तोड़ रहा था। बिहार के कोने-कोने में गोरे सैनिक भेज दिए गए थे। वे गाँवों में आग लगाते, जहाँ भी संदेह होता, गोलियाँ चला बैठते; किरचों, बूटों और ठोकरों का मनमाना प्रयोग करते। मेरा गाँव चारों ओर से पानी से घिरा हुआ था; उसकी क्षतिपूर्ति उन्होंने बेदौल के दो आदमियों की जान लेकर की। जो लोग जेलों में लाए गए, उनपर लंबी-लंबी सजाएँ थीं। ऐसे भी बूढ़े लोग थे, जिनकी कुल सजाएँ मिलकर साठ-सत्तर साल

तक जाती थीं। यानी इस सजा को पूरा करने के लिए उन्हें फिर जन्म धारण कर जेल जाना पड़ता। जेल में कितने लोग आए, जिनके शरीर में गोलियों और किरचों के बड़े-बड़े जख्मों के ताजा निशान थे। बिहार के एक मिनिस्टर श्री जगलाल चौधरी के बेटे की जान उनके घर में घुसकर ली गई; उनके भतीजे के शरीर में जख्मों के चिह्न-ही-चिह्न थे। हम लोग चेष्टा कर भी नहीं भाग सके; किंतु ऐसी चेष्टाएँ कई जेलों में की गईं। मधुबनी जेल से एक-एक कैदी निकल भागे, भागलपुर जेल में तो एक महाकांड ही हो गया। लोगों ने भागने की चेष्टा की, तो ऐसी अंधाधुंध गोलियों की वर्षा की गई कि अनेक साधारण कैदी भी मारे गए। हाजीपुर जेल से भी सभी कैदी निकल गए। अन्य कई जेलों से लोग भागे और ऐसा भी हुआ कि लोगों ने पुलिसवालों को भी पकड़कर कई दिनों तक कैदी बना रखा। लेकिन अब सारा मामला ठंडा पड़ता जा रहा था।

हाँ, ज्योति की रेखा यह थी कि हमारे कुछ साथी बाहर थे और जो भी संभव था, इस विप्लव की धूनी को जलाते रहने के लिए कर रहे थे। अच्युत, लोहिया, अरुणा, बसावन आदि सैकड़ों साथियों की वीरतापूर्ण कार्यवाहियों की खबर हममें आनंद ही नहीं, छटपटाहट भी पैदा करती। मैं उन दिनों 'जोश' की कविताओं का अध्ययन कर रहा था; 'शिकस्ते जिंदाँ का ख्वाब' मैं गुनगुनाया करता—

लो हिंद का जिंदाँ काँप उठा और गूँज रही हैं तकबीरें।
उकताए हैं शायद कुछ कैदी और तोड़ रहे हैं जंजीरें॥

ओ जंजीरें, तुम कब टूटोगे? ओ दीवारो, तुम कब ढहोगे? हम ढहेंगे, हम टूटेंगे—मुझे अहसास होता, वे कह रही हैं। मैं प्रायः झूम-झूमकर गा उठता।

□

महापलायन (क)

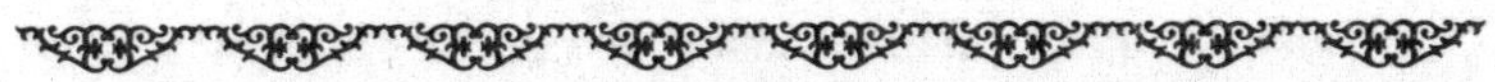

बुद्ध ने घर छोड़कर, उस आधी रात को, जो अद्‌भुत यात्रा की, बौद्ध साहित्य में उसे महाभिनिष्क्रमण का नाम दिया गया है। हमारे साथियों ने ९ नवंबर की रात में, जेल की अलंघ्य दीवारों को पार कर जो पलायन किया, उसे महापलायन का नाम क्यों नहीं दिया जाए!

दोनों में एक महान् आदर्श काम कर रहा था। दोनों में एक संदिग्ध भविष्य पर अपने को अर्पित किया जा रहा था। दोनों में संसार के सारे माया-मोह को पीछे छोड़ा जा रहा था। दोनों के मूल में यह निश्चय था—'करो या मरो'। वैसा ही घोर अंधकार—किंतु सिद्धार्थ कुमार घोड़े पर जा रहे थे, ये छह जो उस रात को चले, उनके पैरों में जूते तक नहीं थे।

तिवारीजी और उनके साथियों पर मुकदमा चला, सजा हुई; वे हजारीबाग से अलग-अलग जेलों में भेज दिए गए। जेल की दीवारों के बाहर का पहरा उठा दिया गया। अब जेल के जीवन में ऊपर-ऊपर स्वाभाविकता दीखती थी।

हम 'सी' क्लास का भोजन लेते। जयप्रकाशजी बीमार थे ही, इस भोजन ने उन्हें और भी दुर्बल कर दिया; मेरी मूर्च्छा की बीमारी बढ़ती गई। तो भी हम बड़े आनंद और उत्साह का जीवन व्यतीत करते। जेल में पार्टी का एक कंसोलिडेशन बनाया गया, मैं उसका मंत्री था। पार्टी के मेंबरों के शिक्षण की ओर सबसे अधिक ध्यान दिया गया। नियमित बैठकें होतीं, क्लास होते। जो लोग नए-नए आए थे, उन्हें पार्टी में शामिल करने की चेष्टा होती। पार्टी के सदस्यों की संख्या बढ़ती जाती। जयप्रकाशजी ने मार्क्सवाद पर एक क्लास शुरू किया। उसमें कांग्रेस के अच्छे-अच्छे नेता भी शामिल होते। हम लोगों के अनुकरण पर कुछ गांधीवादी नेताओं ने क्लास करना शुरू किया; किंतु यथार्थ बात तो यह है कि गांधीवाद के सैद्धांतिक पहलू का बाजाप्ता अध्ययन उनमें से किसीने नहीं किया था। चरखा चला

लेने को ही वे गांधीवाद का परम लक्ष्य मानते थे। अत: उनके क्लासों में कोई बौद्धिक तत्त्व मिल नहीं पाता था। वे क्लास आप-से-आप बंद होते गए।

राजेंद्र बाबू पटना जेल में ही रखे गए थे। दमे ने उन्हें परेशान कर रखा था। डाक्टरों ने उन्हें हजारीबाग नहीं भेजे जाने की सलाह दी थी। कांग्रेस कैंप के नेता श्री बाबू और अनुग्रह बाबू थे—हाँ, उनके चेलों में कुछ अदल-बदल चल रहा था। इनके चेले उनके पास, उनके चेले इनके पास—ताश के पत्ते नए ढंग से पीसे जा रहे थे!

खेल-कूद का सिलसिला चलने लगा। ताश, शतरंज, वॉलीबॉल, बैडमिंटन की प्रतियोगिताएँ चलने लगीं। मैंने 'तूफान' नाम से एक हस्तलिखित पत्रिका निकालना शुरू किया। 'कैदी' से भी अधिक शानदार यह 'तूफान' निकलने लगा। एक तरह से जेल में यह पार्टी की मुख्य पत्रिका थी। यों दूसरे लोग भी लिखते थे।

किंतु, इस स्वाभाविक जेल-जीवन के अंदर हममें एक कसमसाहट जारी थी। ज्यों ही बाहर का पहरा हटा, फिर जेल से निकल जाने की छटपटाहट शुरू हुई। जयप्रकाशजी किसी भी तरह, किसी भी कीमत पर बाहर जाना चाहते थे। दीवार के उस पार जाना तो कोई मुश्किल काम नहीं था, सवाल यह था कि घोर जंगल होकर किस तरह पचास-साठ मील की दूरी पार की जा सकेगी। सड़क पकड़कर जाने में खतरा था; हाँ, यदि मोटर मिल जाए तो यह खतरा भी लिया जा सकता है।

क्या मोटर मिल सकती है? एक अफसर जेल में प्राय: आया करते। कभी वह युवक-संघ के सदस्य थे। क्यों न उन्हींसे कहा जाए? लेकिन वह क्यों आफत मोल लेना चाहेंगे? जयप्रकाशजी का सहज उत्तर था—क्या हुआ, यदि उन्हें नौकरी खोनी पड़ी। स्वराज होने पर हम क्षतिपूर्ति कर देंगे। किंतु यदि उनमें इतना आत्मबल होता, तो उन्होंने नौकरी ही क्यों कर ली है?

इतने ही में कटक में पकड़े जाकर रामनंदन इस जेल में लाए गए। उन्होंने बाहर के गुप्त संगठन पर प्रकाश डाला और बताया, यदि जयप्रकाशजी बाहर चले जाएँ तो फिर एक बार बड़े पैमाने पर, किंतु संगठित रूप से क्रांति की जा सकती है। गांधीजी जेल में चुपचाप नहीं रहेंगे, वह कोई महान् कदम उठाएँगे ही और वही मौका होगा, जब हम फिर क्रांति शुरू कर देंगे। उसके लिए एक देशव्यापी संगठन का जाल भी बिछाया जा रहा है। चलो, भागो!

फौलाद गलती है, पत्थर पसीजता है। जंजीरें टूटती हैं, दीवारें गिरती हैं! कब तक ये जंजीरें? कब तक ये दीवारें? हम इन जंजीरों को तोड़ेंगे, इन दीवारों को लाँघेंगे!

दीवार फाँद जाएँ—इसके लिए तो हम अभ्यास भी कर चुके हैं। अब इस शांत वातावरण में उसका प्रयोग सर्वथा संभव है। किंतु इस प्रयास की परिणति एक और हो सकती है, जिसके प्रतीक रूप में बाबा सूचासिंह इस समय हम लोगों के बीच में हैं। हम सहम उठते हैं, काँप उठते हैं!

बाबा सूचासिंह—पाँच हाथ का लंबा-तगड़ा शरीर। सफेद दाढ़ी-मूँछ। नुकीली नाक। ओजपूर्ण मुखमंडल। जब हँसते, उनके घिसाए-घिसाए दाँत से दूध चू पड़ेगा, ऐसा लगता। बच्चों-सा भोलापन। विनम्रता की मूर्ति। हाथ में सुमरनी—सदा 'जपजी' का पाठ किया करते। कौन कह सकता था, यह साधु-स्वभाव सज्जन कभी गदर पार्टी में था, अंग्रेजी राज्य के खिलाफ क्रांति का झंडा बुलंद करने चला था; पकड़ा गया, कालेपानी की सजा पाई थी; हजारीबाग जेल में लाया गया था और फिर इसकी इस ऊँची दीवार को पार कर अपने प्रांत में पहुँच गया था और वहाँ बीस वर्षों तक छद्मवेश में साधु जीवन व्यतीत करता हुआ अपने भोलेपन से फिर यहाँ आ पहुँचा है और अब फिर इस पंजाबी सेल में तब तक उसे रखा जाने वाला है, जब तक उसकी मृत्यु न हो जाए! हाँ, उसकी टिकट पर यही लिखा हुआ है।

१९१५ के असफल विद्रोह के समय सूचासिंह फौज में थे। वह घुड़सवार पल्टन में थे। गदर पार्टी के लोगों से इनका संपर्क बढ़ा, इन्होंने अपने को क्रांति के लिए न्योछावर किया। तय हुआ था, अमुक तारीख को पंजाब से बंगाल तक एक ही साथ क्रांति का बिगुल बज उठेगा। उस दिन सूचासिंह अपने साथियों सहित छावनी से निकलकर अमुक स्थान पर क्रांतिकारियों से जा मिलेंगे। वह बिगुल तो नहीं बज सका, एक दिन पहले ही उसके सारे नेता पकड़ लिये गए; किंतु यह खबर सूचासिंह को नहीं मिल सकी। पूर्व निश्चय के अनुसार वह अपने साथियों सहित छावनी से भाग चले। निश्चित स्थान पर पहुँचे, तो कोई नहीं मिला। बात क्या हुई? साथियों ने कहा, हम छावनी में लौट चलें; कोई बहाना बना देंगे। किंतु सूचासिंह अपने कदम पीछे नहीं धर सकते थे। अपने घोड़े को छोड़ दिया, खुद फरार की जिंदगी बिताने लगे और प्रतीक्षा करने लगे, क्रांति की दूसरी लहर आएगी ही।

वह लहर नहीं आई, नहीं आई। फरार हालत में कभी-कभी अपने घर जाया करते; किंतु पिता ने मना कर दिया, मत आओ, तुम्हारे कारण सारा परिवार संकट में जा पड़ेगा। अब क्या हो? किंतु इस उत्तर की भी उन्हें अधिक दिनों तक प्रतीक्षा नहीं करनी पड़ी। इनाम की लालच में इनके सगे-संबंधियों ने ही गिरफ्तार करा दिया। आजीवन कालेपानी की सजा हुई। किंतु कालेपानी में तो जर्मन गोताखोर एमडन ने तूफान मचा रखा था। अतः अनेक पंजाबी क्रांतिकारियों के साथ सूचासिंह

को हजारीबाग जेल में लाकर रखा गया।

हजारीबाग जेल में जहाँ बंगाली बाबू कैदियों को सभी सुविधाएँ प्राप्त थीं, वहाँ इन पंजाबी राजबंदियों के साथ अमानुषिक व्यवहार किया जाने लगा। बाबू वार्ड के नाले में घी बहता, पंजाबी सेल में सूखी रोटी तक मुहाल थी। इन लोगों ने इस व्यवहार के खिलाफ आवाज उठाई। जेलवालों ने प्रतिहिंसा का रुख लिया। जेल की ऐसी कोई सजा नहीं थी, जो इन्हें नहीं मिली हो। अंततः ऊपर के अधिकारियों का ध्यान गया, इनके साथ थोड़ी रियायत शुरू हुई।

किंतु यह रियायत कब तक? इन लोगों ने तय किया, चलो हम भाग चलें। सेलों में हवा आने के लिए छत के निकट गोल छेद थे। उन्हीं छेदों से होकर दो छरहरे जवान एक रात को निकल आए और पहरे के वार्डर को मुश्क बाँधकर लिटा दिया। फिर उस वार्डर से चाबियों का गुच्छा लेकर एक-एक सेल को खोलने लगे। अँधेरी रात, भागने की हड़बड़ी—एक-एक गुच्छे में छब्बीस-छब्बीस चाबियाँ। किस ताले की कौन-सी चाबी है, इसका निर्णय करना कठिन। तो भी लगभग पंद्रह साथियों को वे निकाल सके। इतने ही में जेल का जमादार गश्त पर आ गया। उसने हल्ला किया। सेलों से निकले कैदी दीवार तड़पकर भागने लगे।

इनका कार्यक्रम था कि सभी पंजाबी कैदियों को छुड़ाकर बाबू वार्ड के कैदियों को भी छुड़ा लेंगे। फिर जेल का सदर दरवाजा तोड़कर बाहर निकलेंगे, मैगजीन पर कब्जा करेंगे और सशस्त्र होकर जंगल में लुकते-छिपते, लड़ते-मरते अपने प्रांत की ओर रवाना हो जाएँगे।

यह नहीं हो सका! दीवार से फाँदते समय कई के पाँव टूट गए; वे निकट के खेतों में जा छिपे। कुछ लोग दीवार के इस पार ही पकड़ लिये गए। जो लोग भाग सके, उनमें कई इधर-उधर बिखर गए। सूचासिंह का दल जंगल-जंगल भागता मुगलसराय तक गया, फिर लोग अलग-अलग होकर रेलगाड़ी से अपने गंतव्य स्थान की ओर चले।

सूचासिंह अपने दल की दुर्गत बताते थे। रास्ते में कई बार शेरों की गुर्राहट सुनाई पड़ी, कई बार हाथियों के झुंड मिले। कभी-कभी पानी मिलना भी मुहाल हो जाता। पेड़ों से लस्सा लेकर इन्होंने अपनी दाढ़ियाँ नोंच डालीं। एक जगह आग मिली, तो उसीसे अपने बाल और बची-खुची दाढ़ी-मूँछ जला लिये।

खैर, ये लोग तो किसी कदर बच निकले, जो पकड़े गए, उनकी बड़ी दुर्गत की गई। जो लोग बिखर गए थे, उनमें से दो-तीन आदमी एक पुल के नीचे जा छिपे थे। उन्हें वहीं गोलियों से भून दिया गया और पैर में रस्से लगाकर, सूअर की तरह

जमीन पर घसीटते हुए जेल गेट तक लाया गया था।

हजारीबाग से पंजाब लौटकर सूचासिंह ने साधु का बाना पकड़ा। नाम बदल लिया, एक कुटिया बना ली। जब १९३७ में कांग्रेसी मंत्रिमंडल कायम हुआ, कांग्रेसी प्रांतों के राजबंदी छोड़े जाने लगे। सूचासिंह ने सोचा, वह भी अपने को क्यों नहीं प्रकट कर दें? किंतु पंजाब में कांग्रेसी मंत्रिमंडल तो था नहीं! निकट के एक पुलिस अफसर से वे मिले और अपना परिचय और अभिप्राय बताया। उस दुष्ट ने इन्हें गिरफ्तार करके फरार को पकड़ने का इनाम पाया। सूचासिंह अपनी सजा भुगतने और भागने की सजा पाने को हजारीबाग भेज दिए गए। उनके टिकट पर लिखा है—खतरनाक कैदी; इसे मृत्युपर्यंत तनहाई सेल में रखा जाए!

कहीं हमारे इस महापलायन की भी यही गत हुई तो? लेकिन चाहे जो कुछ हो, जयप्रकाशजी निकल भागने का तय कर चुके थे! कोई भी आशंका या भय उन्हें नहीं रोक सकता था।

एक नई योजना बनाई गई। जेल लगभग आठ बजे बंद होता था। ज्यों ही अँधेरा हो, हममें से छह आदमी दीवार लाँघकर निकल जाएँ। साथ में एक स्थानीय व्यक्ति हो, जो इन्हें किसी विश्वस्त गाँव में कुछ दिनों तक छिपाकर रखे। जब मामला ठंडा पड़े या किसी शीघ्रगामी सवारी का प्रबंध हो जाए, तो ये लोग कलकत्ता चले जाएँ। कलकत्ता पहुँचकर ये एक अमुक पुस्तक किसीके नाम से जेल में भेजेंगे, तब हम समझ जाएँगे, वे लोग सुरक्षित पहुँच गए! जब लोग निकल भागें तो जेल में कुछ ऐसा समाँ बना दिया जाए कि वार्ड बंद होने तक किसीको कुछ भनक भी नहीं मालूम पड़े। इस काम की जिम्मेवारी मुझपर रखी गई।

एक स्थानीय विश्वस्त व्यक्ति भी मिल गए। बाहर से कुछ नकद पैसे भी मँगा लिये गए। दीवार फाँदने का गुप्त अभ्यास भी चलने लगा।

इतने में ही विजयादशमी आ गई। हम लोगों ने सोचा, यदि पर्व के नाम पर कुछ देर बाद वार्डबंदी की जा सके तो भागनेवालों को अधिक सुविधा होगी। मैं दौड़ा-दौड़ा कांग्रेसी नेताओं के पास गया और उनसे कहा कि आज हम उत्सव मनाएँगे, देर से बंद होंगे। आप लोग जेल-अधिकारियों को कह दीजिए, नहीं तो गड़बड़ होगी। उनके निकट बैठे हुए कुछ कांग्रेसियों ने भी मेरी बात का समर्थन किया—जेल में कौन ऐसा आदमी है, जो थोड़ी देर अधिक सेल से बाहर रहना पसंद न करे! नेताओं ने मुसकरा दिया, हमने उसे सहमति मान ली और उस रात ग्यारह बजे तक हम एक-दूसरे से मिलते-जुलते रहे।

लेकिन यह क्या? इस सुविधा से कोई अन्य ही सज्जन आज ही फायदा

उठाना चाह रहे हैं। अगस्त की आँधी में कुछ ऐसे लोग भी आ गए थे, जिनका चरित दूषित था। उन लोगों ने आज निकल भागना चाहा। कुछ नए वार्ड बन रहे थे, जिनके लिए सीढ़ियाँ लाई गई थीं। हम लोग देख रहे हैं, न जाने कैसे एक सीढ़ी जेल की आखिरी दीवार के नीचे पड़ी है। अब क्या होगा? एक तो हमें सजग रहना है कि आज कोई भाग नहीं सके, नहीं तो सारा गुड़-गोबर हो जाएगा। फिर सीढ़ी को भी वहाँ से हटा देना है; क्योंकि यदि जेलवालों ने सीढ़ी देख ली तो भी गड़बड़ होकर रहेगी। किंतु सीढ़ी हटाई कैसे जाए? कहीं हटानेवाले को ही अपराधी घोषित कर दिया गया! उफ, हमारी परेशानी! शुक्लजी की सूझ ने काम किया, बड़ी-बड़ी मुश्किलों से हम वहाँ से सीढ़ी हटा सके!

अब तय कर लिया गया कि दीवाली को हमारे छह साथी निकल भागेंगे। क्योंकि उस दिन हम वार्डबंदी में और भी देर करा दे सकेंगे और पूरी अँधेरी रात रहने से लुक-छिपकर भागना भी आसान रहेगा।

वार्डबंदी के समय कैदियों की गिनती ली जाती है। अत: उस समय भंडाफोड़ होकर रहेगा, यह हमारा विश्वास था। हम क्या जानते थे कि इस महापलायन के अगले दिन की दुपहरिया तक हम इस रहस्य को सफलता से गुप्त रख सकेंगे?

□

महापलायन (ख)

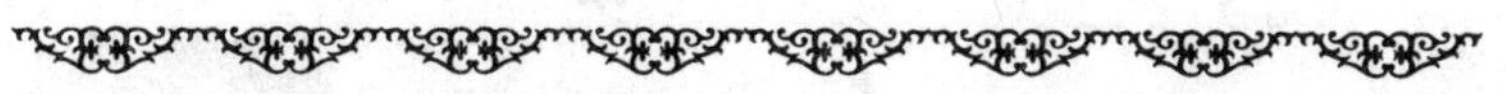

आज दीवाली है। भोर से ही मैं वार्ड-वार्ड घूम रहा हूँ और कह रहा हूँ, रात में हम ऐसा नाटक प्रस्तुत करेंगे कि आप लोग जिंदगी-भर नहीं भूल सकिएगा। लोग उत्सुकता से पूछ रहे हैं—बताओ भाई, कौन-सा नाटक खेलने जा रहे हो? पोशाक कहाँ से आएगी? परदे भी रहेंगे क्या? मैं कह रहा हूँ—सब रहेंगे, देख लीजिएगा!

जेल हुआ, तो क्या? पर्व का आनंद तो सबके दिलों में है ही। लोग भी खाने-पीने की तरह-तरह की तैयारियाँ कर रहे हैं। एक-दूसरे से मिलने को इधर-उधर जा रहे हैं।

जयप्रकाशजी ने दस दिनों से दाढ़ी बनाना बंद कर दिया है। कहते हैं, जरा देख रहा हूँ, इस शक्ल में कैसा दीख पड़ता हूँ! लोग मुँह बनाते हैं—ऐसे सुंदर चेहरे को क्यों जंगल बना रहे हैं? वह हँसते हैं—दाढ़ी मेरी बड़ी कड़ी है, कुछ दिनों तक हजामत नहीं बनाने से शायद मुलायम हो जाए! वह आज सवेरे से ही लोगों से हिल-मिल रहे हैं; कहीं ताश के हाथ जमे, कहीं शतरंज की चालें हो गईं। संध्या को एक कांग्रेस नेता के साथ उनकी बैडमिंटन की बाजी है—लोग उत्सुकता से इस मैच को देखने की प्रतीक्षा में हैं।

शुक्लजी बार-बार मेरे पास आते हैं और कहते हैं, वह कविता सुनाओ, वही—'टूट रही हैं जंजीरें'! जब मैं गाने लगता हूँ, वह मस्त हो जाते हैं और बड़ी उपेक्षा से जेल की दीवारों को देखने लगते हैं। कई बार, कई जेलों से उन्होंने भागने की चेष्टा की थी—आज उनकी चिरसंचित अभिलाषा पूरी होने जा रही है न!

रामनंदन के चेहरे पर भी उमंग है—यह नई धुन तो उन्होंने ही लगाई है! हँसते-हँसते चिकोटी काट लेने से बाज नहीं आते।

सूरज का क्षत्रियत्व जाग उठा है। गुलाली ने इतने दिनों तक इसी दिन के

लिए तो कसरत की है। शालिग्राम को पथ-प्रदर्शन करना है। नए खिलाड़ी हैं, अपने उत्तरदायित्व का अनुभव कर रहे हैं।

हमें चिंता हो रही है, कहीं जयप्रकाशजी के पैर का साइटिका का दर्द नहीं उभड़ आवे! किंतु शुक्लजी आश्वासन देते हैं—कोई बात नहीं, बाहर तो निकल जाने दो—मैं उन्हें कंधे पर ढोकर सात मील पहुँचा दूँगा। हाँ, वह गाँव, जहाँ इन्हें ठहरना है, यहाँ से सात मील पर ही है! और, सूरज तथा गुलाली के कंधे भी तो मजबूत हैं।

मगर किसी उपाय से कोई सवारी का प्रबंध हो पाता, तो क्या कहना!

दोपहर को हमने सुना, निकट के ही एक राजबंदी छूटने जा रहे हैं। उनसे मेरी बड़ी पटती थी। जयप्रकाशजी ने मुझसे कहा—जरा उनसे बातें कीजिए न, कहीं सवारी का प्रबंध कर सकें तो बहुत बड़ी झंझट दूर हो जाए। किंतु डर हो रहा है, कहीं वह भंडाफोड़ न कर दें। पर ऐसा डर निरर्थक है, कम-से-कम उनकी सज्जनता तो हम जानते हैं। मैं उनसे मिला, वह बिस्तर सँभाल रहे थे। उन्होंने पहले तो विस्मय प्रकट किया, किंतु इत्मीनान दिलाया, वह इस बात को गुप्त ही रखेंगे और आज तो संभव नहीं, एक-दो दिन के अंदर कोई प्रबंध कर सकेंगे! भागनेवालों में से कोई उनसे अमुक स्थान पर मिले, एक संकेत भी तय कर लिया गया।

तब तक खेलने का समय हो गया था, जयप्रकाशजी मैच खेलने लगे; मैं अपने नाटक में लगा!

अरे, महानाटक तो यह महापलायन था; सिर्फ एक ऐसा खेल रचाना था, जिसमें लोग कुछ देर तक बहले रहें।

एक थाल में आरती सजाई जाए, जिसमें बयालीस दीपक जलें। उस थाल को एक खूबसूरत लड़का लेकर आगे-आगे चले। उन दिनों एक फिल्मी गीत बहुत प्रचलित था—'दीवाली फिर आ गई सजनी'। इसी गीत को सामूहिक रूप में गाते हम वार्ड-वार्ड में घूमें और प्रत्येक राजबंदी से मिठाइयाँ वसूल करें! छह वार्डों में खचाखच लोग भरे हैं, घूमते-घामते हम तीन-चार घंटे काट ही लेंगे। तब तक तो हमारे साथी उस गाँव में पहुँच ही जाएँगे; फिर जो होना होगा, होगा। अभी हम उसके बारे में क्यों सोचें?

जयप्रकाशजी 'छोकरा-किता' में रहते थे। वहीं से भागना था। एक जगह दीवार पर निकट के पेड़ की छाया पड़ती थी। हमने उसी स्थान को पसंद किया था, जिसमें दीवार लाँघते समय निकट के प्रहरी नहीं जान सकें। ज्यों ही अँधेरा होने लगता था, दीवार के किनारे थोड़ी-थोड़ी दूर पर वार्डर खड़े कर दिए जाते थे।

निकट के वार्डर को किसी तरह दीवार के निकट से हटा लेना था। सुरती खिलाने के बहाने उसे हटा लिया जा सकता है, यह परीक्षा करके देख लिया गया था।

मैच खेलने के बाद जयप्रकाशजी ने हम लोगों से मन-ही-मन बिदा ली। हम लोग भी भर आए थे; किंतु फूलनजी से नहीं रहा गया। उनके मुँह से एक बात निकल गई, जिसमें जयप्रकाशजी की बीमारी और दुर्बलता की चर्चा थी। जयप्रकाशजी का चेहरा लाल हो उठा, वे भभक पड़े—क्या शरीर ही सबकुछ है, स्पिरिट कोई चीज नहीं! और इस आखिरी वक्त में आपने दुर्बलता की चर्चा क्यों कर दी—क्या मैं रुक सकूँगा? ऐसा कुछ कहकर वह गुस्से में जल्दी-जल्दी चल दिए।

थोड़ी देर में ही ललित भाई आए और उन्होंने यह शुभ समाचार सुनाया कि सबके सब सकुशल निकल चुके हैं। हाँ, सामान की गठरी इधर ही रह गई, जिसमें जूते, कपड़े, खाने की कुछ सामग्री आदि थे। रामनंदन का कोट भी छूट गया, जिसमें कुछ रुपए थे। क्या हुआ? सात ही मील तो जाना है, किसी तरह पहुँच ही जाएँगे।

दीवार फाँदने की क्रिया वही पुरानी थी। दीवार के निकट टेबुल रख दिया गया। उसपर शुक्लजी खड़े हो गए। शुक्लजी के कंधे पर गुलाली। गुलाली के कंधे पर चढ़कर सूरज ने दीवार पार कर ली। सूरज की कमर से बँधी धोती के रस्से के सहारे जयप्रकाशजी, शालिग्राम और रामनंदन गए; फिर गुलाली, अंत में शुक्लजी। शुक्लजी के बाद रस्से में सामान बाँध दिया गया। किंतु उस पार से खींचते समय गठरी का बंधन टूट गया। गठरी इधर ही गिर पड़ी। उस गठरी और टेबुल को हटवाकर ललित भाई हमें खबर देने आए थे।

मैं दौड़ा-दौड़ा फूलनजी को यह सुसंवाद सुनाने चला। देखा, वह नीम के एक पेड़ की छाया में खड़े रो रहे हैं। मैंने उन्हें समझाया, यह क्या कर रहे हैं आप? वे लोग तो चले गए। जाइए और कांग्रेस नेताओं के बीच बैठकर ताश खेलिए। अपना चेहरा धो लीजिए और ऐसी मुद्रा रखिए कि लोगों को मालूम नहीं हो कि कोई अप्रत्याशित घटना घटी है। मैं समझ रहा था कि फूलनजी की मनोव्यथा क्यों है? जयप्रकाशजी के बालसखा रहे हैं वह—एक ही परिवार के। फिर जाने के समय अचानक यह झड़प हो गई।

उसके बाद मेरा नाटक शुरू हुआ। हमारा वह अभूतपूर्व जुलूस निकला। आगे-आगे वह लड़का थाल हाथ में लिये। अगल-बगल हम लोग। 'दीवाली फिर आ गई सजनी, दीपक राग सजा ले, हो-हो दीपक राग सजा ले'—से सारा जेल गूँज उठा। इस सेल से उस सेल, इस वार्ड से उस वार्ड। हम लोग निकले थे, दस-पंद्रह

आदमी, अब तो वह पूरा जुलूस था। बूढ़े-से-बूढ़े लोग भी उसमें शामिल हो चुके थे और उनके पोपले मुँह से भी—'हो-हो, दीपक राग सजा ले' निकल रहा था। जेल के वार्डर, जमादार, नायब जेलर—सभी उस जुलूस के साथ घूम रहे थे। बूढ़े, बड़े जमादार की दाढ़ी हिल रही थी इस गीत के ताल पर। उन्होंने बड़ी प्रसन्नता से मुझसे कहा—ओहो, इतने दिनों से जेल की नौकरी करता आया हूँ, किंतु ऐसा दृश्य कभी नहीं देखा! कमाल किया है आपने, कमाल! मैंने बड़ी उमंग में कहा—न देखा था और न देख सकिएगा, जमादार साहब! इसका गूढ़ार्थ वह बेचारे क्या समझते।

हम जानबूझकर देर कर रहे थे। जगह-जगह रुकते, मिठाई के लिए जिद करते, हँसी-तफरीह करते। एक जगह तो बाजाप्ता लाठी-चार्ज हो गया। एक खब्ती स्वामीजी वहाँ थे; वह सो गए थे। हमने उन्हें जबरदस्ती सेल में घुसकर जगा दिया। वह अपनी लाठी लेकर हमपर टूट पड़े—भगदड़ मची, बड़ा मजा आया। वह महाराष्ट्र के थे। जब पीछे यह रहस्य खुला तो बड़े स्नेह से कहने लगे—अब समझा बदमाश लोगों, तुमने शिवाजी के पलायन का अनुकरण किया था। वह बहुवचन के अनुस्वार पर जोर देकर बोलते थे।

जुलूस की एक अपनी भी मनोवृत्ति होती है। कुछ लोगों ने राय दी, हम छोकरा-किता चलें और जयप्रकाशजी को यह समाँ दिखलावें और लीजिए, जुलूस उस ओर मुड़ा। अरे, अब क्या होगा? बड़ी मुश्किल से हम उसका रुख मोड़ सके, यह कहकर कि जयप्रकाशजी की तबीयत अचानक खराब हो गई है, अभी उन्हें नींद लगी है, हम उन्हें तंग न करें।

अंत में हमने जुलूस को एक सभा में परिणत किया। हमने जेल में एक विनोदी क्लब बना रखा था। हम अंग्रेजी में उसे सी.क्यू. क्लब कहते थे। उसका हिंदी रूप लिख दूँ, तो शायद अश्लील समझा जाए। क्लब की मेंबरी परिमित थी। उसकी गुप्त बैठकें होतीं। नए सदस्य को दीक्षा लेने के लिए एक अच्छी दावत देनी होती। उस क्लब की चर्चा जेल-भर में थी। बड़े-बड़े लोग उसके सदस्य थे। मैंने उस क्लब की खुली बैठक की घोषणा की।

लोगों में उत्साह आ गया। कुछ देर तक उसकी शानदार बैठक अट्टहासों के बीच चलती रही।

मैं बीच-बीच में जुलूस से गायब हो जाता था। अब हमारा प्रयत्न हुआ कि वार्डबंदी के समय भी यह रहस्य न खुल सके, तो और अच्छा हो। भागनेवालों के अतिरिक्त अभी तक पाँच-छह व्यक्ति ही इस रहस्य को जानते थे—पार्टी के

सदस्यों से भी यह गुप्त रखा गया था। लेकिन अब आवश्यकता थी कि कुछ लोगों की और सहायता ली जाए।

जयप्रकाशजी छोकरा-किता के जिस वार्ड में रहते थे, उसमें सिर्फ पाँच राजबंदी थे, जिनमें तीन भाग चुके थे—जयप्रकाशजी, शुक्लजी और सूरज। गुलाली अपने वार्ड से अकेला भागा था। मेरे वार्ड से, बाबू वार्ड में नं. १ से, दो भागे हैं—रामनंदन और शालिग्राम। क्या ऐसा नहीं किया जा सकता कि इन लोगों के अभाव में भी वे सब वार्ड बंद कर दिए जाएँ?

दिक्कत थी जयप्रकाशजी के वार्ड के लिए, क्योंकि उस वार्ड में सिर्फ पाँच आदमी थे, जिनमें तीन भाग चुके थे। किंतु यह दिक्कत आसानी में परिणत हो गई। उसके एक राजबंदी को शाम से ही पेट में दर्द हो रहा था। कालिक का दर्द था; कई बार डाक्टर आए-गए थे। बीमार राजबंदियों के वार्ड खुले रखे जाते थे। भागे हुए तीन व्यक्तियों के बिछावन को तकिए के सहारे ऐसा सजा दिया गया कि जैसे वे चादर तानकर सोए हों और ऊपर से मशहरियाँ गिरा दी गईं। एक व्यक्ति को एटंडेंट के रूप में दरवाजे पर बिठला दिया गया। ज्यों ही उसने जमादार को वार्डबंदी के लिए आते देखा, दबे पाँव आगे बढ़कर इशारा किया, शोर मत कीजिए, बीमार को तुरंत आँख लगी है। जमादार बेचारा वहीं से लौट गया।

गुलाली के वार्ड में बहुत लोग थे, उस आधी रात को कहाँ तक गिनती की जाए, ललित भाई ने आगे बढ़कर कह दिया, इतने कैदी हैं—उसने चुपचाप बंद कर दिया।

भद्रा आ पड़ी मेरे ही वार्ड में। हमने यहाँ भी मशहरी आदि ठीक कर दी थी; किंतु रामनंदन के सेल में घुसकर देखा और जमादार चिल्लाने लगा—इसके बाबू कहाँ हैं?

हम लोग सन्न! अब क्या हो—जदुभाई ने कह दिया, शोर मत कीजिए, हम अभी यहाँ खेल रहे हैं। अभी जल्दी क्या है?

झट ताश लेकर हम खेलने लगे।

कृष्णवल्लभ बाबू, सारंगधर बाबू, जदुभाई, मुकुटधारी, अवधेश्वर और मैं—छह जने हाथ में ताश लेकर पटकते जा रहे हैं, उस उत्तेजना में खेल क्या होगा! जमादार आता है, हमें खेलता देखकर लौट जाता है। किंतु यह आँखमिचौनी कब तक चलाई जाएगी? सारंगधर बाबू ६ नं. वार्ड में रहते थे, यहाँ चले आए थे। उन्होंने कहा—मैं रामनंदन के सेल में चला जाता हूँ। लेकिन कहीं आपके सेल में आपको गैर-हाजिर पाया जाए तो? अरे, किसकी हिम्मत जो मेरे सेल में जाकर

झाँके। सारंगधर बाबू शानदार आदमी। किंतु क्या उन्हें इस खतरे में डालना उचित होगा? मैं तो मन-ही-मन उनकी वीरता पर मुग्ध हो रहा था। पर उचित यही समझा गया कि अभी थोड़ा और विलंब किया जाए।

कृष्णवल्लभ बाबू का जेल में बड़ा रोब था। वह हजारीबाग के नेता थे। जेल के सभी आदमी उन्हें जानते थे। पिछली मिनिस्ट्री में पार्लियामेंटरी सेक्रेटरी रह चुके थे। इसलिए किसी जमादार की हिम्मत नहीं होती थी कि हम खेल रहे हैं तो उसमें बाधा डाले। सोच-विचारकर तय किया गया कि जब तक इस जमादार की ड्यूटी बदल नहीं जाती है, हम खेलते ही रहें। जब नया जमादार आएगा तो देखा जाएगा। हो सकता है, वह रामनंदन के सेल को यों ही बंद कर दे।

हम ताश के पत्ते-पर-पत्ते पटकते जा रहे हैं। किंतु हमारे दिमाग तो कहीं और हैं। उन लोगों का क्या हुआ होगा? क्या वे उस गाँव तक पहुँच चुके होंगे? रास्ते में कहीं कोई बाधा नहीं आई हो? कहीं वे पकड़े गए हों, तब तो अनर्थ होकर रहेगा। लेकिन अभी तक नहीं पकड़े गए हैं, यह निश्चित है; क्योंकि ऐसा होता तो जेल में कुहराम मच गया होता।

हम जिस सेल में बैठकर ताश खेल रहे थे, उससे सटे वार्ड नं २ के सेल में एक नौजवान रहता था। बेचारे को शायद नींद नहीं आ रही थी—भला इस त्योहार के दिन किसे नहीं घर-बार याद आए? जिसे हमारे यहाँ 'सुख-रात्रि' कहते हैं, वह रात कोई सेल में गुजारे—यह भी कोई बात हुई! नौजवान गुनगुना रहा था। फिर उसका कंठ फूटा। वह एक फिल्मी गीत गाने लगा—

पंछी उड़ जा अपने देश!
हौले-हौले उड़कर जाना। नन्हे-नन्हे पर न थकाना—

अरे, यह क्या गा रहा है? हम सब लोग एक-दूसरे का मुँह देखने लगे। जदुभाई ने कहा—यह शकुन का गीत है। कोई झंझट नहीं हुई, इससे यही सूचित होता है। हम लोगों ने भी मान लिया—यही मानने में तो जी को शांति मिल सकती थी न!

जेल गेट पर घंटा बजा, जमादार चला गया। नया जमादार आया। कुछ दूर पर हममें से एक आदमी ने जाकर उससे इधर-उधर कीं बातें कीं और कह दिया—सभी लोग सो गए हैं, बस चार-पाँच आदमी हम खेल रहे हैं, आप धीरे-धीरे बंद करके आइए।

तब तक हमने रामनंदन के सेल को और भी दुरुस्त कर दिया था। उसने उस

सेल को बंद कर दिया। जब शालिग्राम के सेल की बारी आई, हमारी घबराहट बढ़ी, क्योंकि वह सेल हम लोगों के निकट था। किंतु मुकुट की सूझ से वह सेल भी बंद हो गया।

बला टली। सारंगधर बाबू अपने वार्ड में चले गए। अपनी सफलता पर हमें गर्व हुआ। यह जोर देकर कहा जा सकता है कि यदि कृष्णवल्लभ बाबू, सारंगधर बाबू और जदुभाई ने मदद नहीं की होती तो उस रात में ही भंडा फूट जाता और तब यह भी संभव है कि भागे हुए लोग गिरफ्तार कर लिये जाते; क्योंकि वे लोग उस गाँव का रास्ता भूलकर जंगल-जंगल रात-भर भटकते फिर रहे थे।

जंजीरें लटकती रह गईं, दीवारें खड़ी ताकती रहीं और लो, बंदी बाहर हो गए! बाहर! बाहर!!

□

महापलायन (ग)

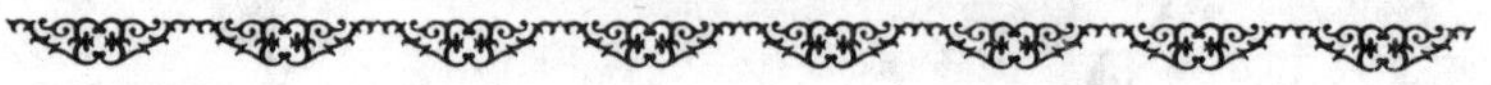

क्या उस रात उन्हें नींद आ सकी होगी, जो इस महापलायन की जानकारी रखते थे और जेल के भीतर इसे गुप्त रखने में हिस्सा बँटा चुके थे!

मैं तो सो नहीं सका। आज भोर-भोर जब जयप्रकाशजी से मिलने गया था, उनके वार्ड के सामने एक विचित्र दृश्य देखा था। न जाने किस तरह रात में एक सियार जेल में चला आया था। वार्डरों ने उसे खदेड़कर मार डाला था और उसकी लाश को घसीटकर जयप्रकाशजी के वार्ड के सामने रख दिया था। जयप्रकाशजी से बढ़कर और कौन ऐसा विशिष्ट व्यक्ति इस जेल में था, जिसे वे लोग अपनी वीरता और शिकारप्रियता का सबूत दिखलाते!

उस सियार को देखकर मैं काँप उठा था—उसका शरीर क्षत-विक्षत था, जगह-जगह खून के धब्बे थे; उसका मुँह खुला था, जीभ बाहर निकल आई थी, दाँत घिनौने लग रहे थे! उसके पिछले पैर में अब तक वह रस्सा लगा था, जिससे घसीटकर वह यहाँ तक लाया गया था। अरे, आज जयप्रकाशजी को भागना है—भोर-भोर यह कैसा दृश्य!

बाबा सूचासिंह के साथियों की लाशें इसी दुर्गत से जेल गेट पर लाई गई होंगी! क्या यह सियार फिर वैसी ही घटना की सूचना देने को आज जेल के अंदर घुस आया था?

मेरी तबीयत इधर खराब थी—वही मूर्च्छा की शिकायत! इसलिए मेरा सेल कई दिनों से बंद नहीं किया जाता था। भेद खुलने पर कहीं मुझपर ही सारा शक न किया जाए?

किंतु इस समय अपनी चिंता क्या की जा सकती थी! बार-बार मेरा ध्यान उस क्षत-विक्षत सियार की लाश की ओर जाता; फिर सूचासिंह के साथियों की दुर्गत आँखों के सामने नाच उठती और उसके बाद...प्रतिक्षण

लगता, कुछ वैसी ही लाशें जेल गेट पर आ चुकी हैं; अब पगली घंटी बजेगी, जेल-अधिकारी दौड़कर आएँगे, कोलाहल मचेगा, हाहाकार और चीत्कार से सारा जेल काँप उठेगा! जय प्रकाशजी पर कुछ हो जाए तो बिहार में ऐसा कौन आदमी है जो रो न उठेगा!

बार-बार रोमांच हो आता है; बार-बार सिहर उठता हूँ। नींद से बोझिल आँखें जरा झपकती हैं तो लगता है, जैसे पगली घंटी गरज उठी! चौंककर उठता हूँ तो पता चलता है जेल गेट पर समय-सूचक घंटे बज रहे हैं—एक, दो, तीन! यह कमबख्त शीघ्र पाँच क्यों नहीं बजाता?

और पाँच भी बजा। जेल गेट से दर्जनों बूटों की धमक इस ओर बढ़ने लगी—जमादार, वार्डर, जेलर सबके सब आ रहे हैं। जमादार वार्डों को खोलेंगे, जेलर को गिनती देंगे। जेलर लिखेंगे, इतने कैदी खुले! क्या इस समय भंडाफोड़ नहीं होगा? नहीं-नहीं, यह आशंका व्यर्थ है। भोर में कब गिनती होती है, जो आज होगी! यहाँ तो मान लिया गया है, ये सभ्य भद्र राजबंदी भागने वाले नहीं! भला ये भागेंगे!—बिना गिनती के ही खानापूरी कर दी जाती है।

सेलों से निकलकर हम बाहर आए। अवधेश्वर मुझे लेकर टहलने और धीरे-धीरे बातें करने लगे। बोले—कुछ सोचा है, अब क्या होगा? जो होना होगा, होगा—सोचना क्या है? मैंने कहा। गंभीरता से उन्होंने समझाया, कुछ देर में तो भंडा फूटेगा ही। कांग्रेसी लोगों पर भागने का शक तो होगा नहीं। पार्टीवालों पर ही बीतेगी! पार्टी में अब हम तीन ही प्रमुख व्यक्ति रह गए हैं—फूलनजी, तुम और मैं। फूलनजी का संबंध ऐसे-ऐसे बड़े लोगों से है कि उनपर अधिक ज्यादती की नहीं जा सकती। मेरी हालत यह है कि एक अच्छा-खासा तमाचा जड़ दिया जाए, तो बस इतने में ही मेरा हार्ट फेल कर जाएगा, किस्सा खत्म! मुझे चिंता तुम्हारी है, रात-भर परेशान रहा हूँ। तुम तो सूअर हो, किसी अस्त्र से कितने भी प्रहार किए जाएँ, तब तक नहीं मरोगे जब तक मोटे सूए से तुम्हारा कलेजा नहीं छेद दिया जाता। ज्यों ही भेद खुलेगा, तुम अपने को राँची के मिलिटरी सेल में पाओगे और वहाँ तुम्हारी कचूमर निकाली जाएगी! अवधेश्वर की इन बातों को सुनकर मैंने मुसकरा दिया···अरे कमबख्त, मेरी चिंता न कर; मेरे पास भी एक रामबाण नुस्खा है। वह है यह मूर्च्छा—कमजोर आजकल हूँ ही; ज्यों ही अधिक कष्ट हुआ, यह जीवनसंगिनी आ पहुँचेगी और फिर उस मिलिटरी सेल में मेरी लाश ही वे पा सकेंगे, मुझे नहीं!

इस बातचीत के बाद मैं सबसे पहले छोकरा-किता गया। जयप्रकाशजी के

वार्ड में जो दो सज्जन रह गए थे, उनमें से एक बड़े बुजुर्ग थे; नामी क्रांतिकारी रह चुके थे। मैंने उनसे सारी बातें कह दीं और जयप्रकाशजी की ओर से क्षमा माँग ली। उन्होंने प्रसन्नता ही प्रकट की और कहा—आगे मैं समझ लूँगा, आप ऐसा प्रयत्न कीजिए कि कुछ देर तक यह बात और छिप सके। ललित भाई वहाँ थे ही; अत: मुझे वहाँ की अधिक चिंता नहीं हुई। फिर बाबू वार्डों की ओर आया और अपने कुछ विशिष्ट साथियों से सारी बातें कह दीं और उन्हें बता दिया कि भेद खुलने पर उन्हें क्या करना चाहिए। भेद खुलने पर सख्तियाँ होंगी, उन सख्तियों से लोगों में पस्त-हिम्मती नहीं आने पावे; खासकर कांग्रेसी नेताओं पर बुरा प्रभाव नहीं पड़ने पावे, इसपर सदा ध्यान रखना है।

जयप्रकाशजी प्रतिदिन भोर में क्लास करते थे। इसके बाद क्लास में सम्मिलित होनेवालों को सूचना कर दी कि आज उनकी तबीयत खराब है, क्लास नहीं होगी और लोगों का ध्यान दूसरी ओर आकृष्ट करने के लिए अपने वार्ड में वॉलीबॉल के मैच की घोषणा कर दी। मैच संध्या को ही होते थे, किंतु जेल में तो मनोरंजन के लिए सभी व्याकुल रहते हैं। सभी लोग मैच देखने को दौड़ पड़े; किसीने सोचा भी नहीं कि इस असमय के मैच का क्या मानी?

हमारे वार्ड में मैच हो रहा है; जो लोग जानकार थे, उनके हाथ से गेंद की उछाल देखने लायक थी—कभी इधर चली जाती, कभी उधर। लोग खूब हँसते। आकाश में थोड़ा-थोड़ा बादल छाया था। कभी-कभी हवाई जहाज उड़ता दिखाई पड़ता। शंका होती, कहीं उन लोगों की खोज में ही तो ये नहीं उड़ रहे हैं। किंतु यह तो यहाँ की रोजाना बात थी; राँची के मिलिटरी-बेस से प्राय: ही हवाई जहाज आते-जाते रहते थे। किंतु मन का भय तो भूत का रूप धारण कर ही लेता है!

मैच खत्म हुआ, हम जलपान आदि से निश्‍चिंत हुए। उसी समय एक जमादार कृष्णवल्लभ बाबू को जेल गेट से बुलाने आया। फिर हमारी आशंका बढ़ी! किंतु बात दूसरी ही थी। इस जेल के लिए एक नए सुपरिंटेंडेंट आए थे। कृष्णवल्लभ बाबू की ही कृपा से उन्हें यह स्थान मिला था। अत: जेल के संचालन में उनसे सहायता की आशा रखते थे। कृष्णवल्लभ बाबू ने उनसे कह दिया—आप श्री बाबू, अनुग्रह बाबू से मिलिए, वे ही नेता हैं, उनसे ही आपको मदद मिलेगी। लेकिन सुपरिंटेंडेंट साहब को कृष्णवल्लभ बाबू के सामने ही एक सज्जन ने सलाह दी, पहले आप जयप्रकाशजी से मिलिए; क्योंकि जो लोग जेल में गड़बड़ कर सकते हैं, वे तो जयप्रकाशजी के ही प्रभाव में हैं। सुपरिंटेंडेंट को

यह सलाह पसंद आई! कृष्णवल्लभ बाबू चुप रह गए; सुपरिंटेंडेंट छोकरा-किता की ओर बढ़े, कृष्णवल्लभ बाबू ने लौटकर हमें चेतावनी दी—अब भंडा फूटने ही जा रहा है, सँभल जाओ।

वहाँ जाकर जयप्रकाशजी को नहीं पाकर सुपरिंटेंडेंट किसीको जयप्रकाशजी की खोज में इधर भेजेगा, यह अनुमान कर मैं हर वार्ड के एक-एक साथी को झट समझा आया कि ज्यों ही कोई आवे तो वह उसे बरगला दें कि जयप्रकाशजी को अमुक ओर जाते देखा है। कुछ समय तो इसमें भी लग ही जाएगा। थोड़ी देर में बड़ा जमादार आता दिखाई पड़ा। उसे देखते ही मैंने हँसकर पूछ दिया—कहिए जमादार साहब, क्या बात है, आपके पैर बड़ी तेजी से उठ रहे हैं? क्या नए सुपरिंटेंडेंट साहब बहुत अच्छे हैं! जमादार ने खीसें निपोर दीं और कहा—साहब जयप्रकाशजी को बुला रहे हैं, उधर लोगों ने कहा है, इसी वार्ड में आए हैं।

मैंने कहा—अभी तक तो मुझे दिखाई नहीं पड़े हैं, उधर पूछिए। समूचे वार्ड में वह जिस-तिस से पूछता रहा। ज्यों ही मेरे वार्ड से निकला, एक ने पूछ दिया—किसकी खोज हो रही है, जमादार साहब? और ज्यों ही उसने जयप्रकाशजी का नाम लिया, उस आदमी ने कहा—उन्हें तो अस्पताल की ओर जाते देखा है। जमादार अस्पताल से लौटा तो इसी प्रकार एक-एक वार्ड में हमारे लोग उसे बरगलाकर भेजते रहे।

देर होती देख, एक नायब जेलर आया, फिर बूढ़ा जेलर आ पहुँचा। जेल अनुभवी—उसे तुरत शक हुआ। जमादार से चुपके से कहा, शुक्लजी को खोजो। शुक्लजी भी नहीं मिले। वह दौड़ा-दौड़ा सुपरिंटेंडेंट के पास पहुँचा और, कहते हैं, रो पड़ा! सर्वनाश—वे लोग भाग गए! जल्दी आफिस चलिए।

अपने वार्ड से ही हमने देखा, उन लोगों का दल दौड़ता हुआ आफिस की ओर जा रहा है!

और फिर पगली घंटी गनगना उठी!

यों जेल के नियमानुसार पगली घंटी का रिहर्सल थोड़े-थोड़े अरसे पर होने ही चाहिए, किंतु हम राजबंदियों के आते ही रिहर्सल बंद हो जाया करता था। बहुत दिनों के बाद अचानक पगली घंटी की आवाज सुनकर जेल-भर में हलचल मच गई। सब लोग अपने-अपने वार्ड के फाटक पर आ गए और पूछताछ करने लगे। इतने में टावर की घंटी टूटकर गिर पड़ी। बहुत दिनों से उसका प्रयोग नहीं हुआ था, लकड़ी सड़ गई थी। इस अचानक विपुल प्रयोग से वह अरराकर नीचे आ रही! लोगों ने अट्टहास लगाया। तब तक कुछ नायब

जेलर पहुँच चुके थे। उनसे मालूम हुआ, जयप्रकाशजी भाग गए हैं!

जयप्रकाशजी भाग गए हैं—ये जेलवाले पागल हो गए हैं क्या? जयप्रकाशजी, और भाग जाएँ—असंभव! लोगों ने इसे मखौल समझा। चारों ओर से जयप्रकाशजी भाग गए हैं, जयप्रकाशजी भाग गए हैं की व्यंग्यपूर्ण ध्वनि निकलने लगी। श्री बाबू अधिकतर पढ़ने में ही व्यस्त रहते थे। सेल या उसके सामने के बरामदे के इधर-उधर भी मुश्किल से जाते थे। किंतु उत्सुकता उन्हें भी वार्ड के गेट तक खींच लाई थी। उन्होंने हमसे पुछवाया—जदुभाई ने कहा, हजूर, ये लोग कहते हैं, जयप्रकाशजी भाग गए हैं! इस साल अब तक न अंडी मिली, न बंडी—यहाँ रहकर जाड़े में मरते, अब हम लोग भी भागेंगे! हर साल जाड़ा पहुँचते ही अंडी की चादर और ऊनी बंडी मिल जाती थी, इस साल अब तक नहीं मिली थी। जदुभाई का इसी ओर व्यंग्य था। लोगों ने अट्टहास लगाया, श्री बाबू मुसकराकर लौट गए!

अब वार्ड-वार्ड में गिनती और खोज शुरू हुई। थोड़ी देर में शोर मचा, जयप्रकाशजी के साथ शुक्लजी और सूरज भी भाग गए हैं। फिर गुलाली का नाम आया और अंत में रामनंदन और शालिग्राम के नाम भी लिये गए। यह क्या हो गया, कैसे हो गया, लोगों को आश्चर्य होने लगा!

कुछ देर बाद पुलिस सुपरिंटेंडेंट आए। वह वार्ड नं. १ में आकर हमसे कहने लगे, आप लोगों ने यह दिल्लगी की है—अच्छी दिल्लगी रही; किंतु अब इसे खत्म कीजिए, जयप्रकाशजी को कहिए, बाहर आवें! जयप्रकाशजी हों, तब न आवें! फिर एक बार खोज हुई—पेड़-पेड़ पर, पाखाने-पाखाने, चूल्हे-चूल्हे तक में। सब लोग खोज-ढूँढ़ से थक-थकाकर चले गए! अब सारे जेल में निस्तब्धता छा गई।

सब वार्डों के फाटक बंद कर दिए गए, जिसमें एक वार्ड के लोग दूसरे वार्ड में नहीं जाने पाएँ। फाटकों के निकट खड़े होकर बातचीत करने की भी मनाही हो गई। हर वार्ड का राशन जेलवाले ही पहुँचा गए। हर वार्डर का मुँह लटका हुआ, हर जमादार रोनी सूरत, हर जेलर के सिर पर जैसे वज्र गिर गया हो। यह क्या हो गया? और अब क्या होगा?—न जाने इस षड्यंत्र में किस-किस राजबंदी को लिपटाया जाएगा, न जाने कौन-कौन वार्डर, जमादार और जेलर इसके कारण नौकरी खोएगा! बड़े जेलर और सुपरिंटेंडेंट तो बेचारे गए ही—उन्हें कौन बचा सकेगा! कोई साधारण कैदी नहीं भागा है, कोई एक कैदी नहीं भागा है। जयप्रकाशजी भाग जाएँ, छह राजबंदी भाग जाएँ—जेल की

कुव्यवस्था का ऐसा बुरा सबूत और कहाँ मिलेगा?

अपने वार्ड के हम पाँच जानकार प्रायः इसपर सोचते-विचारते। सबने मान लिया, पहला प्रहार मुझी पर होगा। क्योंकि मैं ही जेल में पार्टी का मंत्री था। उसके बाद अवधेश्वर और फूलनजी की बारी आएगी। किंतु हम क्या जानते थे कि यह सरकार देहाती सियार की कथा को चरितार्थ करेगी—'पकड़े के गोड़ न पकड़ लेलक सोड़'—पकड़ने थे सियार के पैर तो पकड़ ली बरगद की जड़ें!

□

प्रतिक्रिया

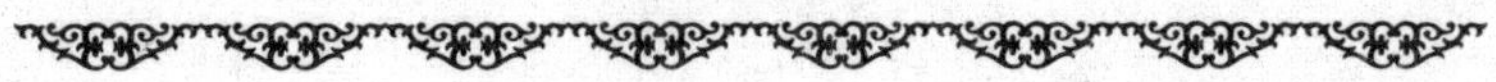

जंजीरें फुफकार कर रही हैं—दीवारें चिंघाड़ रही हैं! प्रतिक्रिया ने प्रतिहिंसा का रूप धारण कर लिया है!

हम लोग न बाहर पत्र भेज सकते हैं, न बाहर के पत्र हमें मिल सकते हैं। तीन महीने के लिए मुलाकात भी बंद। हम सभी को यह सामूहिक सजा दे दी गई है। आई.जी. साहब आए हैं—जेल के इंचार्ज एडवाइजर साहब आए हैं। बाहर इंक्वायरी हो रही है, भीतर इंक्वायरी हो रही है। कैसे भगे, कब भगे, किस रास्ते भगे—तरह-तरह की अफवाहें फैल रही हैं। सरकारी विज्ञप्ति में भागने की जो तारीख दी गई है, उसमें और वास्तविक तारीख में एक दिन का फर्क है। किस वार्डर से, किस जमादार से, किस जेलर से गफलत हुई, निर्णय करना कठिन हो रहा है। जेल में कुछ नए वार्ड बन रहे हैं, उनके लिए सामान लाने को जेल की दीवार को तोड़कर एक नया फाटक बनाया गया था, उसे हटाया जा रहा है; नई दीवार चुनी जा रही है। एक अफवाह यह भी है कि उसी फाटक से लोग निकले होंगे। जेल में नाटक खेला गया, अभिनेताओं के पहनाने के नाम पर वार्डरों से वरदियाँ ली गईं, उन्हीं वरदियों को पहनकर लोग सदर दरवाजे से ही निकल गए—यह अद्‌भुत कल्पना भी प्रसार पा रही है।

थोड़े दिनों बाद ही वह नए सुपरिंटेंडेंट हटा दिए गए। उनकी जगह पर जो सुपरिंटेंडेंट आए हैं, वह बर्मा में आई.जी. थे। बर्मा पर जापानी कब्जा हो जाने पर भागकर आए हैं। बड़े अक्खड़ हैं—बड़ी शान से कहते हैं, बर्मा में राजबंदियों को किस प्रकार उन्होंने कब्जे में रखा था। मिनिस्टरों को उन्होंने तनहाई सेलों में डाल दिया था—हमारे मिनिस्टरों को वह फख्र से सुनाते हैं।

निखालिस कांग्रेसी राजबंदियों में कुछ कुड़बुड़ाहट फैल रही है—कल तक जयप्रकाशजी की तारीफें करते नहीं अघाते थे, आज कहते हैं, 'बाहर अब क्या कर

लेंगे, भीतर हम लोगों की जान आफत में डाल दी। उफ, घर की चिट्ठियाँ भी नहीं मिलतीं, न किसीसे भेंट हो पाती है—घूमना-टहलना, खेल-कूद सब बंद—इन कमबख्तों ने मुफ्त में हमें संकट में डाल दिया है। संध्या हो जाते ही हमें सेलों में बंद कर दिया जाता है।

अभी उस दिन एक विचित्र बात हो गई। संध्या हो जाने पर, वार्डबंदी के बाद, बाबू रामनारायणसिंह, कृष्णवल्लभ बाबू और सुखलालसिंह को जेल गेट पर बुलाया गया और उन्हें वहीं से भागलपुर सेंट्रल जेल भेज दिया गया। उन्हें अपने कपड़े-लत्ते लाने को भी वार्ड में नहीं जाने दिया गया, वार्डरों के द्वारा वहीं मँगा दिया गया। बदमाशी करें ये सोशलिस्ट, सजा पावें हम कांग्रेसी।

इस घटना से भी हमने फायदा उठाया—बहुत शोर किया, एक दिन का अनशन किया, श्री बाबू ने गवर्नर को पत्र लिखा! अब किसी दूसरे पर हाथ उठाने की जल्द हिम्मत हो सकती थी?

लोगों में उत्साह भरने की हम कोशिशें करते हैं, इधर-उधर की तफरीहों में उन्हें भुलाना चाहते हैं। हमारे साथी बड़े मगन हैं—उन्हें विश्वास हो चला है, जयप्रकाशजी बाहर जाकर जरूर कुछ करेंगे, क्रांति का दूसरा दौर जरूर आएगा, जरूर आएगा!

किंतु हर झुंड में कुछ काली भेड़ें आ ही जाती हैं। हमारे एक साथी का रवैया दूसरे दिन ही खराब दीख पड़ने लगा। किसीको भी वार्ड से बाहर नहीं निकलने दिया जाता था; किंतु राशन के बहाने वह गोदाम में चले जाते और घंटों गायब रहते। एक दिन जेल के मेट ने हमें बताया, वह गोदाम के पिछले दरवाजे से गेट पर चले जाते हैं और वहाँ कुछ अपरिचित व्यक्तियों से गुपचुप बातें करते हैं। वह सज्जन इस-उससे पूछते फिरते हैं कि कैसे क्या हुआ? धृष्टता देखिए, एक दिन हँसते-हँसते मुझीसे पूछ बैठे! अब मेरा संदेह पक्का हो गया—मैंने उनकी गरदन पकड़ी और ऐसा स्वाँग किया कि उनका गला घोंट देना चाहता हूँ! लोग दौड़े, बीच-बचाव किया! किंतु थोड़े ही दिनों के बाद उन्होंने अपना तबादला उस जेल से करा लिया! और आप आश्चर्य करेंगे, वह आजकल एम.पी. हैं; नई दिल्ली में मौज मारा करते हैं!

ऐसे ही एक दूसरे सज्जन निकले—जेल में ही आकर हमसे हिले-मिले थे। उनका अक्षर सुंदर था, इसलिए मैंने 'तूफान' का काम उन्हें दिया था। पता चला, इधर एक नायब जेलर उनसे घुलमिल रहा है और यह लीजिए, एक दिन एक सेल की तलाशी हुई, जहाँ से 'तूफान' का एक अंक निकला। एक बार तो उन्होंने मुझे

ही फँसाना चाहा। वार्ड के फाटक से हम कहीं बाहर आ-जा नहीं सकते थे; किंतु जरूरत पड़ने पर दो वार्डों के बीच दीवार तड़प जाते थे। एक दिन मैं इसी प्रकार अपने वार्ड की बगल के दूसरे वार्ड में चला गया। एक साथी के सेल में बैठकर बातें करता था कि न जाने कहाँ से वह नायब जेलर उस वार्ड में आ पहुँचा, एक साथी की सूझ और हिम्मत ने मुझे बचा लिया, नहीं तो मैं उस वार्ड में पकड़ा जाकर बेइज्जत किया जाता—क्या-क्या होता, क्या बताया जाए! और फिर आश्चर्य मत कीजिए, वह सज्जन अब भारतीय युवकों के नेता के रूप में अंतरराष्ट्रीय शिष्टमंडलों में भी स्थान पा जाते हैं!

तो भी हमारा कारवाँ बढ़ता जा रहा है। इतने ही में २६ जनवरी आती है। हम तय करते हैं, इन सारे बंधनों के बावजूद हम स्वतंत्रता-दिवस शान से मनाएँगे। स्वतंत्रता-दिवस किसको प्रिय नहीं है! चंद कांग्रेसी नेताओं को छोड़कर हमारे इस निर्णय के पक्ष में सारे राजबंदी हैं! फिर लोगों में एक जोश जगा है—ये बंधन अब सबके लिए असह्य हो उठे हैं। सब लोग एक बार जोर-आजमाई करके देख लेना चाहते हैं। जेल-जीवन में भी ज्वार-भाटे आया करते हैं।

बिना राष्ट्रीय झंडे के स्वतंत्रता-दिवस कैसा? रंग तो अब आने नहीं देते, झंडे बनेंगे कैसे? किंतु हममें कलाकारों की भी तो कमी नहीं। खादी के कपड़े हम सबके पास हैं ही; रसोईघर से हल्दी मँगा लेना कौन बड़ी बात है, उसीसे केसरिया रंग बना लेंगे और जेल में हरे पत्तों की क्या कमी, उन्हींका रस चुलाकर हरा रंग निकाल लेंगे। धोतियाँ फटने लगीं, कुरते फटने लगे। रँगाई शुरू हुई। सिलाई शुरू हुई। चरखे का साँचा भी बना लिया गया; छपाई शुरू हुई। हर घर की मशहरी में डंडे थे ही। लीजिए, झंडे बन गए! झंडे के लिए प्रतिस्पर्धा-सी होने लगी—किसका झंडा बड़ा, किसके झंडे का रंग चटकदार! कौन अभागा है, जो इस पवित्र दिवस को अपने हाथ में झंडा रखना पसंद नहीं करेगा?

किंतु हमारी उस तैयारी की खबर जेलवालों को न लगे, यह असंभव था! काली भेड़ों की तादाद बढ़ गई थी न! प्रतिक्रिया का सबसे बड़ा अभिशाप तो यही है—वह बड़े-बड़े शेरों को भी भेड़ बना डालती है; फिर जो शेर की खाल ओढ़कर अपने नस्ल छुपाए हुए हों, उनका भंडाफोड़ करना उसके लिए कौन-सा मुश्किल काम है! जेलवाले चौकन्नी आँखों से हमारी कार्यवाही को देखते हैं।

रगड़ से आग पैदा होती है, अब ओदी लकड़ियाँ भी धधक रही हैं। हमें स्वतंत्रता-दिवस नहीं मनाने देंगे—क्या कहते हैं? उन्हें दिखा देंगे, हम किस धातु के बने हैं!

रग-रग फड़क रहा है नया रंग देखकर,
कातिल भी है, छुरी भी है, मेरा गला भी है!

हो सकता है, तलाशी हो, हमें झंडे को छिपा देना चाहिए। कोई अपने झंडे को तकिया के गिलाफ में छिपा रहा है, कोई बिस्तरे के खोल में छिपा रहा है। कोई किताब की जिल्द में ही उसे घुसा रहा है। कई झंडे, कई जगह रखो, जिसमें एक भी जरूर बच जाए। कितने लोगों ने बंडी में, कोट में, गंजी में इस तरह झंडे सी लिये कि लाख कोशिश करने पर भी दिखाई न पड़ें।

२५ की संध्या को हम सेलों और वार्डों में बंद किए गए। स्वभावतः हम देर से सोते, आज तो हम कल के संघर्ष के चिंतन में देर से सोए कि अचानक सेल के फाटक पर बूटों की खट-खट की आवाज हुई और यह देखिए, जेल की पूरी पल्टन सामने खड़ी है। एक-एक सेल खोला जाने लगा और तलाशी शुरू की गई। जब तलाशी ही है, तो फिर चुपचाप कैसी? हमने नारे लगाने शुरू किए। लोग अचकचा कर उठे और फिर तो नारों का वह सिलसिला शुरू हुआ कि इस निस्तब्ध रात्रि में सारा जेल गूँजित, प्रकंपित होने लगा।

जरूर कुछ झंडे भी उनके हाथ आए; उन्होंने समझा, बाजी मार ली। बौखलाहट में कुछ किताबें-कापियाँ भी उठाकर ले गए।

भोर हुई; अरे, यह क्या? हमारे सेल अभी तक बंद क्यों हैं? हम वार्डरों की प्रतीक्षा कर रहे हैं, फिर जमादार को पुकारते हैं। कोई सामने आ नहीं रहा है। क्या बात है!—जेलवालों ने तय किया था, आज किसीको सेल से बाहर ही नहीं होने देंगे; न रहेगा बाँस, न बजेगी बाँसुरी।

किंतु इस बाँसुरी को बजने से कौन रोक सकता था! हर सेल में कमोड रहता ही था, एक बालटी पानी भी रखा जाता था। भीतर ही हम शौचादि क्रिया से निवृत्त हो लिये। जलपान बाहर से देने लगे, तो हमने अस्वीकार कर दिया—आज का स्वाधीनता-दिवस हम उपवास से ही मनाएँगे। अपनी-अपनी घड़ी देखते, हम आठ बजने की प्रतीक्षा करने लगे, जो कि झंडा वंदन का समय सदा से निश्चित था। आठ बजते हैं कि फिर देखिए, सब अपने-अपने सेलों के दरवाजे पर खड़े हैं, मशहरी के डंडों में झंडे लगाकर उन्हें बाहर लहरा रहे हैं और मस्ती में गा रहे हैं—

झंडा ऊँचा रहे हमारा! प्रेमिक विश्व तिरंगा प्यारा।

अहा, वह स्वाधीनता-दिवस! क्या वैसी शान से, वैसी उमंग से हमने कभी स्वाधीनता-दिवस मनाया था और क्या आगे कभी मना सकेंगे? हम सेलों में बंद थे, एक-दूसरे को देख नहीं पाते थे; किंतु हमारा स्वर एक था, बुलंद था। हम जानते

थे, इस झंडा वंदन के लिए हमें और भी कष्ट दिए जाएँगे; हो सकता है, इसी समय जेलवाले सदलबल पहुँचे और झंडे छीनना, सेलों में घुसकर पिटाई करना शुरू कर दें—किंतु हमारा उत्साह कुछ ऐसा था, हमारे स्वर की हुंकार कुछ ऐसी थी कि किसकी हिम्मत जो हमारे सामने आए! बड़ी देर तक, एक-एक पंक्ति को कई-कई बार दुहराते, नारे लगाते, हमने प्रातःकाल का झंडा वंदन संपन्न किया।

हममें से कुछ लोग सोचते थे, अब हमें सेलों से बाहर कर दिया जाएगा, जब विधि पूरी कर ली गई, तो फिर हमें वे क्यों बंद रखेंगे? किंतु, यह तो खामख्याली थी। हमें पूरा दिन बंद रखा गया। चार बजे हमने फिर हस्बमामूल झंडा वंदन किया, नारे लगाए। तब भी हमें बाहर नहीं आने दिया गया। हाँ, एक-एक सेल को खोलकर कमोड की सफाई अवश्य करा दी गई। रात-भर हम बंद ही रहे, कहीं दूसरी भोर में जाकर सेलों के दरवाजे खोले गए।

भूखे शेर को जैसे पिंजड़े से बाहर किया गया हो। सेलों के खुलते ही सब लोग अपने-अपने वार्ड के गेट पर पहुँचे और झंडे उड़ाते हुए नारे लगाने लगे। कुछ ऐसा जोश था, सुरूर था कि कोई फाटक से हटने का नाम ही नहीं लेता था। जेलर दौड़े आए; सुपरिंटेंडेंट आए—उनको देखना था कि लोगों के तन-बदन में जैसे आग लग गई! यह सबकुछ इस नए सुपरिंटेंडेंट की शैतानी है, उसका नाम ले-लेकर 'गो बेक' चिल्लाने लगे। कोई-कोई 'बर्मा का भगोड़ा', 'देशद्रोही' आदि नामों से भी उसे पुकारने लगे। झट उसने वार्डरों को कतार में खड़ा करा दिया—कुछ लोग बंदूक लिये खड़े, कुछ लोग लाठी लिये! आज कुछ होकर रहेगा—कैंप जेल की १९३२ की संध्या मुझे याद आने लगी। कुछ देर तक तो सुपरिंटेंडेंट फुफकारता रहा, किंतु अंत में उसे होश आया। वह श्री बाबू के वार्ड में गया, वहाँ नेताओं से बातें कीं। सत्यनारायण भाई निकले और नेताओं की ओर से निवेदन करने लगे कि हम लोग अब फाटक छोड़कर वार्डों में जाएँ। किंतु जब तक हथियारबंद सिपाही खड़े हैं, हम नहीं हटेंगे, यह थी हमारी शान। वे हटाए गए, हम भी वार्डों में गए; किंतु यह स्वाधीनता-दिवस हमारे हृदयों में सदा के लिए सोने के अक्षरों में अंकित हो रहा।

कुछ ही दिनों में वह अकड़खाँ सुपरिंटेंडेंट बदल दिया गया। जेल में एक विचित्र बात होती है, जिसके कार्यकाल में कोई बड़ी घटना हुई कि वह अफसर बदल दिया गया। इसीलिए जेल के अफसर कैदियों से मिलकर रहना चाहते हैं। हर जेल में बदमाश कैदियों की एक सूची होती है, जो नया अफसर आएगा, उन कैदियों से जरूर मिलेगा—बड़े-बड़े डाकुओं को मैंने जेल में औज-मौज से रहते देखा; उसका कारण यही है।

नया सुपरिंटेंडेंट एक गोरा आई.सी.एस. था। अभी नौजवान ही था। पहले एस.डी.ओ. के पद पर था। उसने आते ही लोगों से मेलजोल प्रारंभ किया। श्री बाबू से बड़े तपाक से मिला और अपना सौभाग्य बताया कि जब श्री बाबू मुख्यमंत्री थे और वह एस.डी.ओ. था तो उनकी मोटर हाँकने का सौभाग्य उसे मिला था।

मुझसे भी उसका हेलमेल हो गया। उसीने बातचीत के सिलसिले में कहा कि युद्ध के बाद लेबर पार्टी का राज्य होकर रहेगा। क्योंकि हमें अपने देश का जो नवनिर्माण करना पड़ेगा, उसके लिए चर्चिल का नेतृत्व उपयुक्त नहीं होगा। हम उस समय ऐसी बात भी नहीं सोच सकते थे। हमें आश्चर्य हुआ!

मैं इस धूमधाम, लड़ाई-झगड़े से निवृत्त होकर अब साहित्य-रचना की ओर मुड़ा। तब तक बागवानी से मेरा स्नेह हो गया था। अपने सेल के सामने मैंने एक छोटा-सा बगीचा लगा लिया था, बीच में आम की एक छोटी-सी बिटपी। चारों ओर गुलाब और बेले के पौधे। आम के पेड़ को केंद्र बनाकर एक चबूतरा बना लिया था। उस चबूतरे को पत्थर के नाना प्रकार के टुकड़ों से ऐसा जड़ दिया था कि लगता, मोजाइक का चबूतरा है। उसी चबूतरे पर बैठकर मैंने 'अंबपाली' लिख ली, 'माटी की मूरतें' पूरी कर दी, 'रोजा लुक्जैंबुर्ग' नाम से एक अंग्रेजी जीवनी के आधार पर एक नई पुस्तक ही तैयार कर दी। 'नया आदमी' वहीं शुरू किया, जो आज तक अधूरा ही पड़ा है।

मैंने समझ लिया था कि अब यहाँ का जीवन शांत ही रहेगा। जयप्रकाशजी ने १९४० में ही कहा था, इस बार हमें सात साल जेल में रहना पड़ेगा। मैं १९४७ तक का अपना साहित्यिक कार्यक्रम बनाकर उसीकी पूर्ति में लीन हो गया।

किंतु, यह मेरा भ्रम था। जेल का जीवन शांत हो नहीं सकता। यह कुत्ते की पूँछ है। खींचकर पकड़े रहिए तो सीधे रहे, ज्यों ही हाथ ढीला पड़ा कि पूँछ फिर टेढ़ी-की-टेढ़ी।

एक दिन नए अंग्रेज सुपरिंटेंडेंट ने मुझे एकांत में ले जाकर कहा—अफसोस है, अब आप हमारे साथ नहीं रह सकेंगे। आपका डिवीजन तोड़ दिया है, 'सी' क्लास कर दिया गया है और आपको गया सेंट्रल जेल में तबादला कर दिया गया है। इसमें मेरा कोई कसूर नहीं—आई.जी. ने स्वयं हुक्म दिया है। और वह आई.जी. कौन थे—वही बर्मा से वापस आए हुए सज्जन, जो हमारे सुपरिंटेंडेंट थे। ओहो, तो उन्होंने मुझसे बदला चुकाया। खैर, यही सही। जब मालूम हुआ, मेरे साथ मुकुट को भी वहाँ भेजा जा रहा है, तो आनंद हुआ; चलो एक से दो तो हुए। किसी तरह कट ही जाएगा!

□

गया की झुलस

मैं गया जा रहा हूँ—मुकुट के साथ। जेल गेट से निकलकर ज्यों ही हमें बस पर बिठलाया गया, मेरे पूर्व-परिचित मुसलमान पुलिस-जमादार ने मुझसे पूछा—''बाबू, बात क्या है?—जेलवालों ने कहा था कि इन्हें हथकड़ी लगाकर ले आओ। भला, आप लोगों को हथकड़ी।—मैंने कह दिया; ले जाने की जिम्मेदारी मुझपर है—आप चिंता नहीं करें। क्या इनसे आप लोगों का कोई झगड़ा हो गया है, बाबू?'' बेचारा जमादार कुछ समझ नहीं पा रहा था।

बस बड़ही में कुछ देर तक ठहरती है। संध्या होने जा रही थी, मैंने सोचा, शौचादि से यहीं निवृत्त हो लूँ। जमादार से कहा, उसने अपने सिपाही से पानी मँगा दिया और बोला—उन झाड़ियों में चले जाइए, यहाँ के पाखाने गंदे होते हैं। मैं लोटा लेकर झाड़ियों की तरफ बढ़ा। जब जेल से चलने लगा था, एक मित्र ने कान में कहा था—अवसर देखिए, तो आप भी भाग जाइएगा; जयप्रकाशजी आपकी प्रतीक्षा में होंगे। क्या भागने के लिए इससे भी अच्छा अवसर आएगा? क्यों नहीं लोटा लिये दूर निकल जाऊँ और झाड़ियों में छिपा रहूँ—थोड़ी देर में ही रात हो जाएगी, अंधकार में कौन पकड़ सकेगा?

किंतु तुरत उस शरीफ मुसलमान जमादार की ओर ध्यान जाता है। बेचारे ने हमपर इतना विश्वास किया है; क्या उसका सिला हम इस रूप में देंगे? फिर मेरे बिस्तरे में मेरी नई रचनाओं की पांडुलिपियाँ हैं। क्या मैं दुहराकर फिर 'अंबपाली' और 'माटी की मूरतें' लिख सकूँगा? और मेरे भाग जाने पर क्या मुकुट की कम दुर्गत होगी। नहीं-नहीं, मुझे ऐसा नहीं करना चाहिए। शौच से निवृत्त हो मैं लौट जाता हूँ।

बड़ही में एक नौजवान उस बस में चढ़ आता है और मेरे और मुकुट के बीच में बैठ जाता है। वह कहता है—अगले हाल्ट पर आप दोनों भाग जाइए, मैं

जमादार-सिपाही को देख लूँगा। अगले हाल्ट पर गाड़ी रुकती है, हम तीनों बस से बाहर आ जाते हैं; जमादार-सिपाही भीतर ही बैठे हैं। अब गया जिला शुरू हो रहा है। उन दिनों गया सैनिक वायुयानों का अड्डा था—पूर्वी भारत का सबसे बड़ा अड्डा। जहाँ-तहाँ ऊँचे-ऊँचे दीपस्तंभ—वहाँ से बिजली की बड़ी तेज रोशनियाँ चारों ओर घूम रहीं, फैल रहीं। भला यहाँ से क्या भागा जा सकता है? और बस में निश्‍चित बैठे जमादार का वह मासूम चेहरा जो दिखाई दे रहा है। हम फिर बस पर आ चढ़े।

और वह गया का सेंट्रल जेल, जिसकी पृष्ठभूमि में प्रेतशिला नामक छोटी पहाड़ी है। प्रेतशिला की बगल में इस जेल को क्यों बनाया गया है? गया जेल में ज्यादातर दामुली कैदी रखे जाते हैं। क्या इसलिए कि इन्हें सदा याद दिलाया जाए कि मृत्यु के बाद तुम्हें ज्यादा दूर नहीं जाना होगा! प्रेत बनकर इस प्रेतशिला पर धूनी रमाना—फिर कहीं तुम्हारे खानदान में कोई योग्य संतान हुई तो यहाँ पिंडदान देकर तुम्हारा उद्धार कर देगी।

रात जैसे-तैसे बीती। भोर में पता चला, यहाँ तो वही हमारा पगला सुपरिंटेंडेंट है, जो कैंप जेल में था। जब दूसरे दिन उससे भेंट हुई, बड़े प्रेम से मिला; जैसे सारी पुरानी बातें भूल गया हो। फिर कहने लगा, तुम तो बीमार दीखते हो, चलो, तुम्हें देखें। और आले से इधर-उधर देखकर बोला—ओहो, तुम्हारा तो सारा शरीर रोगों का पुंज है। फिर उसने मेडिकल ग्राउंड पर मेरे सोने के लिए खाट, गद्दे, तकिए आदि का इंतजाम करा दिया और भोजन के लिए दूध, दही, फल, अंडे की ऐसी सूची बना दी कि मुझे कहना पड़ा—इतना सारा क्या होगा? उसने मुसकराकर कहा—तुम्हारे कितने साथी हैं और कितने बच्चे हैं, क्या उन्हें छोड़कर तुम अकेले खाना पसंद करोगे? मैं तो चकित! कहाँ कोई बीमारी है मुझमें—यह सब उसने मुझे आराम से रखने के लिए प्रपंच रचा है। क्या इसलिए कि कहीं मैं उसे फिर तंग नहीं करूँ? या उसके पागलपन ने दूसरा रुख लिया है।

समूचा गया जेल राजबंदियों से भरा है। जिन्हें भी लंबी सजाएँ मिली हैं, प्रांत-भर से उन्हें यहीं भेज दिया गया है। गया जिले के सभी प्रमुख कार्यकर्ता तो यहीं पड़े हुए हैं। बसावन बड़ी ललक से मिले। आई.जी. ने सोचा होगा, गया जेल में भेजकर इसे नरक भुगाऊँगा—वह क्या जानता था, मेरे लिए अभिशाप भी वरदान बनकर बरसते आए हैं।

प्रांत-भर के लंबी सजावाले राजबंदियों से जो बातें हुईं तो अपने लोगों की वीरता और सरकार की क्रूरता का सही अंदाजा मिल सका। सचमुच बिहार के

कोने-कोने में गांधीजी का 'करो या मरो' का जादू छा गया था। लंबी सजावालों में ऐसे बहुत कम लोग थे, जो पहले से देश का काम करते आए हों। अपनी घर-गृहस्थी में लगे हुए लोग, इस जादू ने उनके सिर ऐसे घुमा दिए कि संसार की सारी माया-ममता भूलकर वे अंग्रेजी राज को सदा के लिए नष्ट करने पर तुल गए। क्या-क्या असंभव न संभव कर दिया उन्होंने! उनमें बूढ़ों और बच्चों की भी बड़ी तादाद थी। उन्होंने गोलियों की गरज में भी थानों पर झंडे लहराए, उनपर कब्जा किया। साधारण हथौड़े और छेनी से लोहे के पुलों को तोड़ दिया। गृहस्थी की कुदाल से कंकरीट की सड़कें खोद डालीं। बाँस के डंडों को घुसाकर रेल की पटरियाँ उखाड़ दीं। स्टेशनों को, पोस्ट आफिसों को, सरकारी गोदामों को लूट लिया। लूट के माल प्राय: जला दिए—नोटों के बंडल आग की धू-धू में पलक लगते राख बन गए!

सरकार ने क्रूरता में भी हद की। शरीफ लोगों को गधे पर चढ़ाकर, गले में जूतों की माला पहनाकर सड़कों पर घुमाया। राष्ट्रभक्तों की टाँग में रस्से बाँधकर, रस्से को ट्रक से बाँध दिया और उसे स्टार्ट करा दिया। बेचारे सड़कों पर लहूलुहान घसीटे जाते रहे। रास्ते में जिसे इधर-उधर देखा, उसीपर गोलियों की बौछार कर दी। गाँव-के-गाँव जला दिए। टॉमियों ने देहात में अंधेर मचा दिया, किसी बहू-बेटी की इज्जत सुरक्षित नहीं थी। हम जिस एस.डी.ओ. की हत्या की चर्चा कर चुके हैं, वह कहा करता था—हमने टॉमी बुला दिया है, अब लोगों को गोरे नाती-पोते देखने को मिलेंगे। क्या ऐसे आदमी की हत्या भी पाप है? एक नौजवान अपनी बीवी के साथ सोया था, घर में घुसकर उसे गिरफ्तार किया गया, उसे पीटकर बेदम बना दिया गया और घर की इज्जत धूल में मिला दी गई! जो सजा पाकर आए थे, उनके शरीर पर जख्मों के अनेक चिह्न थे। कोई सजीला नौजवान लँगड़ा बन गया था, कोई सुंदर लड़का काना बन चुका था, कोई वृद्ध वशिष्ठ अंग-अंग की पीड़ा से दिन-रात कराहता रहता। उफ, उन्हें देख-देखकर, उनके मुँह से अत्याचार की कहानियाँ सुन-सुनकर खून खौल उठता।

कुछ ही दिन गुजरे थे कि एक दिन आई.जी. साहब आ धमके। हम लोगों से मिले। मुझे देखकर, शायद व्यंग्य में पूछा—यहाँ कोई कष्ट तो नहीं? फिर बोले—कोई कष्ट हो तो सीधे लिखिएगा, मैं देखूँगा, आपका कष्ट शीघ्र दूर हो। उन्होंने ये बातें चाहे व्यंग्य में ही कही हों, जेल-अफसरों पर मेरा रोब बढ़ गया। अब तो मेरा सुपरिंटेंडेंट मेरे लिए सबकुछ कर सकता था—जेलर, जमादार सब अदब से पेश आने लगे!

यों शारीरिक और मानसिक सुविधाएँ प्राप्त हो गईं, किंतु इस गया की गरमी

को क्या किया जाए? दुपहरिया हुई नहीं कि लू चलने लगती, जो आठ-दस बजे रात तक झुलसाती रहती। गरमी में जेल के कुएँ सूख गए तो बाहर से पानी का प्रबंध किया गया। दिन में तीन बार स्नान करता, तो भी झुलस नहीं जाती। दिन में सेल भट्ठी बन जाते, तो सामने के सघन वट-वृक्ष के नीचे बैठ जाता। किंतु रात में तो सेल में जाना ही था। उसे अच्छी तरह धुलवाता, परदे को गीला करा देता, तो भी पसीने से सारा शरीर भीग जाता, साँस रुकने-सी लगती!

और एक दिन वही हुआ, जिसकी आशंका थी।

प्रतिदिन की तरह आठ बजे रात को सेल में बंद किया गया। खाट को पीछे कर, दरवाजे के सामने खुली गच पर बैठकर लिखने-पढ़ने लगा। गच को धुलवा देने से वह ठंडी हो जाती थी। मैं पढ़ता-लिखता रहा, बगल के सेलों के मित्र एक-एक कर सो गए। अचानक बड़ी गरमी महसूस की। लगा, गच बहुत गरम हो उठी है। खाट आगे खींच ली और उसीपर लेट गया। सेल की गरमी बढ़ती गई, साँस लेने में कठिनाई अनुभव करने लगा। सोचा, शायद लालटेन की गैस के कारण ऐसा हुआ है। लालटेन की रोशनी बहुत धीमी कर दी—यहाँ बिच्छू बहुत निकलते थे, इसलिए लालटेन एकदम गुल करना उचित नहीं समझा। फिर खाट पर पड़ गया कि एक विचित्र अनुभव हुआ; जैसे समूचा सेल आवा बन गया है, मैं कच्चे घड़े की तरह उसमें झुलसा जा रहा हूँ। साँस भी बंद हुई जा रही है। क्या करूँ? क्या चिल्लाऊँ? किंतु अरे, क्या मैं चिल्ला भी सकता हूँ?—जीभ तालू से सट गई है, गला रुँध गया है। मैं छटपटाने लगा। आदमी में जीने की कितनी बड़ी अभिलाषा होती है! उसी समय कान में कुछ चरमर की आवाज आई। मैं सारा बल लगाकर चिल्ला पड़ा—चिल्लाहट तो मुँह से निकली नहीं, कंठ से घड़घड़ाहट की आवाज हुई। वार्डर दौड़ा हुआ आया, मेरे सेल के निकट खड़ा हुआ और मेरी यह हालत देख जमादार को पुकारने लगा।

जमादार आए, मेरा सेल खुला, मैं आधा बेहोश—उठा-पठाकर मुझे अस्पताल ले गए। अस्पताल में रात-भर मेरे शरीर पर बर्फ मलते रहे—तब कहीं नींद पड़ी। नींद टूटी तो पाता हूँ, सारा शरीर काला हो गया है; जैसे किसीने अंगारे से झुलस दिया हो।

इस सेल में कुछ हमारे समाजवादी साथी वार्डर बन गए थे। जेल की आबादी बढ़ने पर वार्डरों की जरूरत हुई, उनपर वारंट थे या संगीन जुर्म था। उन्होंने दरखास्त दी, उस धरम-धकेल में कहाँ तक छानबीन होती, वे भरती कर लिये गए। अब वे नौकरी भी करते और हमारे लिए बाहर-भीतर के दूत भी थे। जेल का भी

हमारा संगठन अच्छा था। बुलेटिन के लिए हम जेल से लेख भी भेज देते। कभी-कभी जेल प्रेस से कागज भी बाहर भेज दिया जाता। एक बार यहाँ तक सोचा गया, क्यों नहीं हम जेल प्रेस में ही अपना बुलेटिन छपवा लिया करें। जेल प्रेस में कैदी ही काम करते, उन्हें मिला लेना था। किंतु इस खतरनाक काम से बचे रहने में ही हमने अच्छा समझा। पुलिस-नेता रामानंद तिवारी यहीं रखे गए थे। उनके कारण जेल के साधारण वार्डरों पर भी हमारा अच्छा प्रभाव था।

यहीं जेल में खबर मिली, जयप्रकाशजी नेपाल चले आए हैं और मित्रों की राय है कि मुझे और बसावन को चाहे जिस तरह हो सके, जेल से भाग आना चाहिए। भाग जाने का एक प्रोग्राम भी बाहर के साथियों ने बनाकर भेजा।

गया जेल की जो दीवार प्रेतशिला की ओर थी, उससे सटे हुए ही हमारे सेल थे। जेल से ही हम एक छोटा-सा बेल (बिल्व) का वृक्ष देखते, जो दीवार के उस पार था। एक रात हमारे साथी मोटर लेकर उस बेल के पेड़ के निकट आवेंगे; ठीक उस दिन, जिस दिन हमारे किसी वार्डर साथी की ड्यूटी सेल के लिए पड़ेगी। दीवार के उस पार से पत्थर का एक छोटा टुकड़ा फेंका जाएगा। हमारा वार्डर साथी उसके जवाब में इधर से एक टुकड़ा फेंककर हम दोनों के सेलों को खोल देगा और हमारे ही साथ वह भी फरार हो जाएगा।

किंतु इतनी चूलें मिलाना क्या आसान था? जिस दिन उस तरफ मोटर आई, मैं बीमार होकर अस्पताल में पड़ा था। बसावन का सेल खोला भी गया; किंतु उन्होंने मुझे छोड़कर जाना उचित नहीं समझा। उन्होंने कह दिया, अमुक दिन फिर कोशिश करना—मैं भैया को अस्पताल से बुलाकर रखूँगा। पर जब मैं अस्पताल से आया, तब तक जेल की हालत बदल गई थी।

न जाने क्या बात हुई, पहरे सख्त पड़ने लगे। पता चला, बाहर भी जेल की दीवारों पर पहरे डाल दिए गए हैं। क्या हमारे भागने की मंशा की उन्हें खबर हो गई? उस समय एक अफवाह यह भी उठी थी कि जयप्रकाशजी का आजाद दस्ता हर जेल पर चढ़ाई कर अपने साथियों को छुड़ाएगा। किंतु बसावन का खयाल था, भीतर के ही अमुक कांग्रेस नेता ने यह प्रपंच किया है, इस डर से कि कहीं ये लोग भाग गए तो यहाँ जो औज-मौज मिल रहा है, उसमें खलल पड़ जाएगा।

रामानंद तिवारी छूटकर जाने वाले थे। हमारी उनसे बातें हुईं। तय हुआ, तिवारीजी दिन में ही मोटर लेकर आवें और फंदे के सहारे हम दीवार तड़पकर निकल भागेंगे—हाँ, भागना ही है तो दिन-दहाड़े सही। गया जेल में एक कुष्ठ वार्ड था। कुष्ठ रोग के कैदी वहाँ रखे जाते थे। वह एक छोर पर था। उस तरफ कोई नहीं

जाता था। एक दिन दुपहरिया में हम उसे देख आए। वह जेल के पिछले भाग में पड़ता था। तिवारीजी मोटर लेकर आवें, मोटर सड़क पर खड़ी रखें। फिर फंदे लेकर दीवार के निकट पहुँचें। हम लोग इधर तैयार रहेंगे। तिवारीजी अब कब आवेंगे, इसकी सूचना किसी वार्डर के मारफत कोड शब्द में मिल जाएगी। ज्यों ही तिवारीजी उस ओर से फंदे फेंकेंगे, हम उसीके सहारे दीवार पार कर लेंगे, फिर नौ दो ग्यारह...।

ओहो! जेल में कल्पना कितनी दौड़ती है। किंतु जेल की कल्पना और बाहर की परिस्थिति में कितना अंतर होता है। हम दिन-रात तिवारीजी की प्रतीक्षा में रहे, उधर मेरा तीन महीने का गया-प्रवास समाप्त होने को आया। बसावन से बिदा ली, दीवारों को ललचाई नजरों से देखा, फिर हमारी बस सर-सर-फुर-फुर भागती चली!—उड़ती चली!

□

शांति

गया जेल से लौट आने पर देखा, हजारीबाग में शांति का वातावरण छा रहा है। महापलायन-जनित तनाव भी बहुत कुछ कम हो गया है। गोरे सुपरिंटेंडेंट ने कुछ ऐसी व्यवस्था स्थापित कर दी है कि अंग्रेज जाति की शासनपटुता की जैसे डोंडी पिट रही है। उसने लोगों को मिलने-जुलने, खेलने-कूदने की सारी सुविधा दे दी है। उसे जब मालूम हुआ, मैं साहित्यिक हूँ, वह मुझसे खूब बातें करता। एक दिन उसने पूछ दिया—आप लोग हम लोगों पर नाराज क्यों रहते हैं? मुझे गुस्सा आ गया—मैं अंग्रेजों के अत्याचारों की गिनती पेश करने लगा। उसने कहा, जो बातें हुईं, उनके पक्ष-विपक्ष में बहुत कुछ कहा जा सकता है; लेकिन मैं एक बात कह देता हूँ, ज्यों ही लड़ाई खत्म हुई, इंग्लैंड में लेबर पार्टी का राज होगा, आप भी स्वतंत्र हो ही जाएँगे, यह विश्वास रखिए। आवश्यकता से अधिक एक मिनट भी हम आपके देश में नहीं रहेंगे—यह जोर देकर वह बोला।

उसका यह कथन कितना सत्य निकला। किंतु क्या उस समय हमने उसपर उतना विश्वास किया था। हम समझते थे, एक और लड़ाई हमें लड़नी पड़ेगी।

मैंने अपना साहित्यिक कार्यक्रम शुरू कर दिया। 'अंबपाली' को फिर से देखकर प्रेस कापी तैयार कर ली। 'रोजा' की प्रेस कापी भी तैयार हुई। 'क्वाइट फ्लोज द डोन' का संक्षिप्त रूपांतर 'दोन के किनारे' नाम से गया जेल में ही शुरू कर दिया था। उसे पूरा कर फिर एक महाग्रंथ की ओर टूटा—ट्राटस्की की 'रूस की क्रांति' का संक्षिप्त रूपांतर करने लगा। बड़ी मेहनत करनी पड़ती; किंतु बड़ा आनंद मिलता। ट्राटस्की एक क्रांति-नेता ही नहीं, महान् लेखक भी था। उसकी कलम से निकलकर रूसी क्रांति की कथा कितनी सजीव बन गई थी! अपने रूपांतर का उर्दू अनुवाद भी साथी रेयासत साहब से तैयार कराता जाता।

फिर कविताओं की ओर टूटा। कवींद्र रवींद्रनाथ ठाकुर के गीत तो हिंदी में

आ चुके थे, उनकी कविताओं की ओर उतना ध्यान नहीं दिया गया था। उनकी पचास प्रमुख कविताओं का रूपांतर 'रवींद्र-भारती' के नाम से कर दिया। रवींद्र के बाद 'इकबाल' की ओर ध्यान जाना आवश्यक था। उनकी चुनी हुई कविताओं का सटिप्पण संकलन कर दिया। फिर 'जोश' की कविताओं की बारी आई। अंत में, अंग्रेजी के रोमांटिक कवियों की चुनी हुई कविताओं का भी रूपांतर कर दिया, उसका नाम रखा 'टुपलिस'।

लगभग आठ बजे संध्या को हमें सेलों में बंद कर दिया जाता। उस समय से एक बजे रात तक मैं लिखता-पढ़ता रहता। जब सारे वार्ड में सन्नाटा छा जाता, लिखने में और भी आनंद आता। मेरे सेल में रोशनी देखकर वार्डर आ जाते और प्रायः कहते—बाबू, सभी लोग सो गए, आप क्या कर रहे हैं? सो जाइए, कल लिखिएगा। मैं उन बेचारों को क्या समझाता! यह लिखना मेरे लिए सिर्फ मनोरंजन की बात नहीं थी। जब छूटकर जाऊँगा तो अपने साथ कुछ पुस्तकों की तैयार पांडुलिपियाँ रहनी चाहिए कि उन्हें भँजाकर मैं अपने परिवार का भरण-पोषण कर सकूँ; इसके लिए दूसरों का मुहताज नहीं बनूँ, यह थी मेरी योजना।

हाँ, परिवार की चिंता इधर बढ़ गई थी। जब गया जेल में था, रानी को मिलने के लिए बुलाया था। वह बच्चों के साथ आई थी। कैसे हो गए थे कंकाल उनके शरीर! कैसे दर्दीले लगते थे उनके चेहरे! सभी मलेरिया से परेशान थे। रानी सूखकर काँटा बन गई थी। जितिन की खाँसी बढ़ती ही जाती थी। प्रभा को उस समय भी बुखार था। मेरी गैरहाजिरी में ही जो एक नए साहब ने रानी की गोद को सुशोभित किया था, सिर्फ वही किलक रहे थे। यह भी पता चला, मेरे छोटे चचेरे भाई ने रानी को अलग कर दिया है, खेती-गृहस्थी चौपट हो चुकी है। यहाँ बार-बार उन लोगों की याद आती है। एक दरखास्त भी दे दी है कि मुझे कुछ दिनों के लिए परिवार की दवा-दारू कराने को पेरोल पर रिहा किया जाए। किंतु क्या मुझे पेरोल पर छोड़ा जा सकेगा?

अतः मन को अनेक कामों में उलझाकर शांत रखता हूँ। उसी प्रकार हँसता हूँ, गाता हूँ, पढ़ता हूँ, पढ़ाता हूँ। हम लोग फिर बाजाप्ता सैद्धांतिक क्लास करते हैं। उसमें कांग्रेसी लोग भी आने लगे हैं। कांग्रेसी नेताओं को भी हम क्लास लेने के लिए आह्वान करते हैं। कांग्रेसी मंत्रिमंडल के वर्तमान विद्युत् और सिंचाई मंत्री बाबू रामचरित्रसिंह सुरसंड हाई स्कूल में मेरे मास्टर रह चुके थे। उन्होंने विज्ञान का क्लास लिया—बड़े ही अच्छे ढंग से विज्ञान की सारी मुख्य बातें बताईं। भूतपूर्व मंत्री श्री जगलाल चौधरी तो हम लोगों के क्लास के नियमित अध्येता थे। अहिंदी

भाषियों को हिंदी पढ़ाने का सिलसिला भी फिर मैंने शुरू किया।

हम लोगों का काम इसी तरह चल रहा था कि एक दिन अचानक रामनंदन आ गए। वह लाहौर में गिरफ्तार किए गए थे। उनके पहले शुक्लजी भी गिरफ्तार हो चुके थे। रामनंदन को लाहौर फोर्ट में बहुत तकलीफ दी गई थी। देखने पर पहचाने नहीं जाते थे। कुछ दिनों तक उन्हें हमसे अलग रखा गया; फिर उन्हें हम लोगों के बीच ले आया गया। उनसे बाहर के रूपोश आंदोलन की सारी गतिविधि का पता चला, जो धीरे-धीरे छिन्न-भिन्न हो रहा था।

हम हजारीबाग में ही थे कि गांधीजी का अनशन प्रारंभ हुआ। एक दिन ऐसी खबर आई कि गांधीजी का बचना अब असंभव है। सुना गया, मि. मैक्सवेल ने उनके जलाने के लिए चंदन की लकड़ी की भी जुगाड़ कर रखी है। जेल-भर में जो बेचैनो थी, उसका क्या कहना! हम प्रतिदिन प्रार्थना करते। कई लोगों ने भोजन का त्याग कर दिया था—जो लोग खाते भी थे, क्या उनके कंठ से जल्द अन्न के कौर नीचे जाते थे! क्या होगा? यदि कोई अप्रत्याशित घटना घटी, तो हमें क्या करना चाहिए? हम इसकी उधेड़बुन कर रहे थे। यदि गांधीजी मरे, तो हममें से एक-एक को अनशन करके प्राण देना चाहिए; सरकार भी देख ले, वह कितने लोगों की लाशों पर अपना सिंहासन कायम रख सकती है। मेरा यही मत था; कुछ हुआ रहता तो हम यही करते, यह निश्चय था।

देश के सौभाग्य से गांधीजी का अनशन पूरा हुआ; वह इस अग्निस्नान से बाल-बाल बच निकले।

उसी समय गांधीजी के वे पत्र प्रकाशित हुए, जो अगस्त क्रांति के बाद उन्होंने वायसराय और होम-मेंबर को लिखे थे। उन पत्रों में गांधीजी ने जयप्रकाशजी की भी चर्चा की थी—उसका क्या कसूर है कि शिकारी जानवर की तरह उसकी जान पर पड़े हो? वह देश को आजाद करना चाहता है, तुरत ही आजाद कराना चाहता है—क्या देशभक्ति भी कोई गर्हित अपराध है? गांधीजी ने जयप्रकाशजी का कितना अच्छा पक्ष लिया था! यह भी उस समय प्रचलित बात थी कि होम-मेंबर ने हुक्म दे रखा है, जयप्रकाशजी को जहाँ पाओ, गोली के घाट उतार दो।

किंतु, गांधीजी के उन पत्रों में कुछ बातें ऐसी भी थीं, जिनसे हमें बहुत दुःख हुआ था। मैं तो बहुत दुखित और उत्तेजित हो गया था। फूलनजी ने मुझे शांत करने की बहुत कोशिश की थी।

उस गोरे सुपरिंटेंडेंट के बाद कैंप जेल और गया जेल का वह हमारा पगला सुपरिंटेंडेंट हजारीबाग जेल में आ गया। उसके आने से मुझे और भी सहूलियत हो

गई। गुमटी पर आते ही वह मेरे वार्ड की ओर मुँह करके 'बैनी' 'बैनी' चिल्लाने लगता और मुझे अपने साथ घुमाता-फिराता। अपने साथियों के लिए मैं उससे कुछ सहूलियतें भी दिलवा देता।

ज्यों-ज्यों दिन बीतते गए, कांग्रेस के कुछ नेताओं में हड़कंप मचने लगी। उन लोगों ने समझा था, यह खेल तुरंत समाप्त होगा। अगस्त क्रांति के झकोरे से बचने के लिए उनमें से कितने ही लोगों ने अधिकारियों से कह-सुनकर अपने को गिरफ्तार करा लिया था। वे समझते थे, बाहर रहने पर न जाने क्या हो; चलो चुपचाप जेल में चले चलें, फिर कुछ ही दिनों में छूट जाएँगे। ज्यों-ज्यों दिन बीतते गए, महीने कटते गए, वर्षों का भी सिलसिला शुरू हुआ, तो उनकी बेचैनी बढ़ी। किसीका पेट बिगड़ा तो किसीका का दिल धड़कने लगा; किसीके कलेजे में दर्द तो किसीकी कमर में दर्द! अब बीमारी ही उन्हें छुड़ा सकती थी। इधर उन्होंने दवा लेना शुरू किया, बाहर अखबारों में उनकी जिंदगी के लिए चिंता प्रकट की जाने लगी। और, यह लीजिए, उनमें से एक-एक करके लोग छूटते जा रहे हैं!

एक और सिलसिला शुरू हुआ। हर छह महीने पर सी.आई.डी. का डी.आई.जी. दो सिविल अफसरों के साथ आता और लोगों को गेट पर बुलाकर मिलता। वे लोग छँटाई करके कुछ लोगों को छोड़ने लगे। वे यह भी पूछते कि अगस्त आंदोलन के बारे में आपकी क्या राय है और बाहर जाकर आप क्या करेंगे? जिन्होंने आंदोलन की निंदा की और अपने को घरेलू कामों में ही लगे रहने का वचन दिया, उनकी रिहाई तुरत ही कर दी जाती। बहुत से बड़े-बड़े लोग इस बछिया की पूँछ पकड़कर बैतरणी पार करने लगे।

मुझे भी बुलाया गया। मेरे पूर्वपरिचित मि. जौन्सन ने मुझे देखते ही नाक-भौं सिकोड़ लिया। उसके सामने एक ऊँची फाइल पड़ी थी, जिसपर मेरा नाम था। उसने बस इधर-उधर की दो-एक बात पूछ ली और मुझे वापस कर दिया। वह इस फाइल रूपी मेरी जन्मपत्री को देखकर ही घबरा गया था। और सच बात है, मुझे भी लगा, जब तक यह ऊँची फाइल है, मैं जेल की दीवार पार नहीं कर सकता।

कांग्रेसी नेता प्रायः कहा करते, आप लोगों ने सारा सत्यानास कर दिया। आप लोगों ने ऐसा तूफान खड़ा किया कि अब स्वराज्य की बात तो दूर पड़ गई, फिर हमारा मंत्रिमंडल भी वे नहीं होने देंगे! आप लोग देश को घसीटकर बहुत पीछे ले गए—उनका हमपर यह इल्जाम होता। हम मुसकरा पड़ते और जोर देकर कहते—देख लीजिएगा, लड़ाई खत्म हुई नहीं कि अंग्रेज सचमुच भारत छोड़कर चले जाएँगे या हम उन्हें खदेड़ देंगे! हमारी इस बात पर उनकी खीज बढ़ जाती!

अंट-संट बकने से भी नहीं चूकते!

एक बड़े नेता ने एक दिन श्री जगलाल चौधरी को बुलाकर बहुत डाँटा। चौधरीजी ने अगस्त क्रांति में सक्रिय भाग लिया था। उनके बेटे को, उनके घर में घुसकर, गोली मार दी गई थी। उस बच्चे की तसवीर वह सदा अपने पास रखते और प्रतिदिन उसपर फूल चढ़ाते। उनकी इस भावना का भी खयाल नहीं किया गया और कहा गया, आपने मंत्री होकर भी ऐसा किया कि आपके चलते हम सबके सब बदनाम हो गए! चौधरीजी विशुद्ध गांधीवादी थे, उन्होंने अपने कामों की सफाई पेश की; किंतु सुनता कौन है! बेचारे रुआँसे होकर उस नेता के पास से लौटे थे।

बाहर का रूपोश आंदोलन भी शांत हो रहा था, एक-एक करके लोग पकड़े जा रहे थे! एक दिन यह भी सुनने को मिला, जयप्रकाशजी भी पकड़ लिये गए! उन्हें लाहौर किले में तरह-तरह के कष्ट दिए जा रहे हैं, यह भी खबर फैली। सूरज आदि की भी गिरफ्तारी के समाचार मिले। क्रांति के चढ़ाव-उतार के नियम होते हैं। अब सारी चीजें उतार की ओर जा रही थीं।

अचानक एक दिन रानी भेंट करने को पहुँच गई। जेल गेट पर जब उससे मिलने गया, देखा, देवेंद्र भी है। रानी बीमार ही थी। उसे देखकर बहुत दु:ख हुआ। किंतु अपने दु:ख को दबाकर उसे ढाढ़स देने के लिए कह दिया—घबराती क्यों हो? अब तो लोग छूटने भी लगे हैं। बस यही कह देना है कि अगस्त आंदोलन गलत था और मैं सदा तुम्हारे आँचल के साए में रहूँगा—इसीपर रिहाई मिल जाएगी! बगल में सी.आई.डी. का अफसर बैठा था। वह मेरे व्यंग्य को समझ गया। किंतु रानी की आँखों से पानी झरने लगा! फिर तमककर बोली—ऐसी बात मत कीजिए, मैं ही अकेली विपदा में नहीं हूँ; कितनी औरतों के पति आपके ही ऐसे जेलों में हैं। जो सबकी हालत होगी, मेरी भी होगी। जिंदगी-भर का पुण्य आप इस तरह बरबाद करेंगे? पाप की बात सोचनी भी नहीं चाहिए। मेरी तो सिट्टी-पिट्टी गुम, सी.आई.डी. अफसर भी चकित! मैंने हँसकर उसे बताना चाहा कि मैंने तो दिल्लगी में यह बात कही थी; किंतु वह रोती रही।

फिर कुछ शांत होकर बोली—यदि आप मेरे लिए चिंतित हैं, तो एक बात कीजिए। देवेंद्र की शादी कर दीजिए, कम-से-कम एक पतोहू तो सेवा-शुश्रूषा को पास में रहेगी। और एक लड़की का पता भी दिया। एक सज्जन 'जनता' के कार्यालय में काम करते थे; उन्हींकी बहन है वह—जिसे देवेंद्र भी चाहता है! जब देवेंद्र चाहता है तो फिर क्या सोचना था! हाँ, मैं एक जगह के लिए अवधेश्वर से वचनबद्ध था; अवधेश्वर ने मुझे उस वचन से मुक्त कर दिया और बीमारी के कारण

जब वह छूटे, तो उन्होंने ही यह शादी संपन्न कराई।

अहा! वह भी कोई संध्या थी। उधर पटना में देवेंद्र की शादी हो रही होगी, इधर जेल में हम लोग एक जगह बैठकर उसका उत्सव मना रहे थे। गानेवाले मित्रों ने तरह-तरह के गाने गाए—बधाई देनेवाले मित्रों ने बधाइयाँ दीं, कुछ मित्रों ने मिठाइयाँ भी बाँटीं। दो-तीन घंटे तक आनंद-ही-आनंद रहा।

किंतु, जब हम सेलों में बंद किए गए—मैं बार-बार दरवाजे से उन काली, अलंघ्य, गुमसुम दीवारों को देखता, जो यहाँ से इस अंधकार में, सर्पाकार दैत्य-सी दीख पड़तीं। और क्या मेरे कानों में जंजीरों की चीख नहीं सुनाई पड़ रही थी? जंजीरें खनकती हैं, बोलती हैं, स्वयं तुलकर लोगों को तौलती हैं! क्या उस समय मेरी तौल नहीं हो रही थी?

□

रिहाई

सलाम ओ पत्थर की दीवारो, सलाम ओ फौलाद की जंजीरो, लो मैं तुम्हें छोड़कर चला। कब तक के लिए? अभी तो कहा गया है, सिर्फ साठ दिनों के लिए; किंतु क्या मैं फिर लौटकर तुम्हारी छाया के नीचे खड़ा हो सकूँगा? तुम्हारी पकड़ में आ सकूँगा?

क्या मैं सोचता था कि मैं इतनी जल्द छूट सकूँगा? अभी उस दिन प्रांत के नए गवर्नर आए थे। हर राजबंदी से मिले, हर आदमी से बातें कीं। कभी पुलिस विभाग में थे; साफ-साफ बातें कीं। मैंने कहा, मुझपर आरोप क्या है? मैं तो अगस्त के पहले आया था! मुसकराए, बोले—आप नहीं जानते? तो सुनिए, आपने जयप्रकाश को भगा दिया! मैंने बनावटी गुस्से में कहा—यह कहकर आप मुझे या तो बुजदिल बतला रहे हैं या बेवकूफ! उनको भगाना था तो मैं क्यों नहीं भाग जाता? और क्या मुझमें इतनी भी अकल नहीं है कि समझ सकूँ कि उनको भगाकर मैं अपने को संकट में फँसा रहा हूँ। वह फिर मुसकराए, बोले—कहिए, रिहाई के अलावा आपके लिए क्या किया जा सकता है? मैं क्या माँगता, चल दिए।

तब से मैं निश्िंचत हो चला था। लिखने-पढ़ने की गति तीव्र कर दी। कुछ मुरगियाँ पोस लीं; उनके बच्चों को खिलाने में मुझे कितना आनंद आता! बच्चों से मेरा स्वाभाविक स्नेह—इस स्नेह को मैंने मुरगी के बच्चों पर आरोपित कर दिया था। फूलों का भी सदा शौक रहा है—अपने वार्ड के गुलाब और बेलों के पौधों को तरह-तरह की खाद देकर मैंने कितना हरा-भरा कर दिया था!

जुलाई का महीना। छोटा नागपुर में वर्षा शुरू हो गई थी। बेले की ऋतु समाप्त हो रही थी, किंतु गुलाब ओज पर थे। मैं भोर-भोर सेल से बाहर निकला तो देखा, कितने सारे फूल एक साथ ही खिल उठे हैं! इधर किसीकी रिहाई नहीं हुई थी—रिहा होनेवाले तो एक-एक कर निकल चुके थे। रिहा होनेवालों को हम

मालाएँ पहनाकर बिदा करते थे। मैंने कहा—कमबख्त कोई अब रिहा भी नहीं होता, इन फूलों का क्या करूँ? इच्छा होती है, आज स्वयं इन फूलों की माला बनाकर पहन लूँ और चल दूँ।

बगल में एक नौजवान खड़ा था; उसीको सुनाकर मैं यह कहे जा रहा था कि उसने टोक दिया—देखिए, आप ऐसी बात नहीं सोचिए। आप भी चले जाएँगे, तो मैं उस डाल में फाँस लगाकर झूल जाऊँगा। उसने सामने नीम के पेड़ की ओर इशारा किया। मैं मुसकरा पड़ा। उसे ढाढ़स देने को हलकी-फुलकी बातें करने लगा कि गुमटी से किसीने पुकारा—लीजिए बेनीपुरीजी, आप रिहा हो रहे हैं!

और मंद-मंद गति से किंचित् मुसकराहट के साथ जमादार साहब हाथ में पुरजा लिये पधारे—हाँ, बेनीपुरीजी, आप छूट रहे हैं! चलिए गेट पर, साहब आपका इंतजार कर रहे हैं।

सभी साथी एकत्र हो गए—अरे, यह असंभव किस तरह संभव हो गया! सभी चकित, मैं भी चकित!

अभी कुछ दिन पहले मैंने अपनी सौभाग्यवती पतोहू को एक पत्र लिखा था, जिसमें उसे समझाया था, तुम्हें कष्ट भी हो तो बरदाश्त करना। मैं जब छूटकर आऊँगा, तो कोशिश करूँगा, तुम्हें आराम से रखूँ। उस पत्र के उत्तर में उसने एक पत्र भेजा था—उसने बताया था, उसे कोई कष्ट नहीं; किंतु सरकारजी (मेरी रानी) की हालत दिन-रात खराब होती जा रही है; सारे बदन में दर्द उठता है, फिर मूर्च्छा आ जाती है। कभी-कभी इतनी देर तक मूर्च्छा रहती है कि हम लोगों को आशा नहीं रहती कि फिर साँस लौटेगी। जब-जब मूर्च्छा टूटती है, होश में आते ही, आपकी खोज करने लगती हैं; तब तो हमारे कलेजे टूक-टूक होने लगते हैं। इस बात को उस लड़की ने बड़े विस्तार से लिखा था। उस चिट्ठी के ऊपर रानी ने अपने टेढ़े-मेढ़े कैथी अक्षरों में इतना ही लिखा था—'अब हम जइछी। हमर बात हमरे मन में, अहाँ के बात अहीं के मन में। माफ कैल जाई। परनाम।'

मैंने इस चिट्ठी को अंग्रेजी रूपांतर के साथ गवर्नर को भेज दिया था और सिर्फ यही माँग की थी कि मुझे पुलिस के पहरे में एक बार उस मुमूर्षु को देखने के लिए मेरे गाँव भेजा जाए। तब तक जर्मनी की हार हो चुकी थी, जापान की ही लड़ाई जारी थी, वहाँ भी शत्रु सेना पीछे हट रही थी। मैंने इस ओर भी उसका ध्यान आकृष्ट किया था और यह भी आश्वासन दिया था, मैं कई बार इस जेल से उस जेल में ट्रांसफर किया गया हूँ, कभी नहीं भागा—इस बार भागने की कोशिश करूँगा, ऐसा आप क्यों समझें? आपकी इस कृपा का दुरुपयोग नहीं करूँगा, आप विश्वास रखें।

किंतु गवर्नर को यह पत्र भेजे तो तीन दिन भी नहीं हुए—इतनी जल्दी रिहाई का आर्डर कैसे आ गया? निस्संदेह अभी साठ दिनों के लिए ही पेरोल पर छोड़ा जा रहा हूँ; किंतु इतना शीघ्र यह कैसे संभव हो सका।

इस बार जेल की अवधि में ही मेरे पिता-तुल्य मामाजी और मेरी पूजनीया सौतेली माँ की मृत्यु हो चुकी थी; किंतु बार-बार लिखने पर भी मुझे पेरोल पर नहीं छोड़ा जा सका था। बेटे की शादी के अवसर पर भी पेरोल की दरखास्त नामंजूर की जा चुकी थी। अतः वह पत्र गवर्नर को भेजकर मैं उसके नतीजे की ओर से निश्चिंत ही था। यह तो पीछे मालूम हुआ कि मेरा वह पत्र पाते ही गवर्नर ने सीधे मेरे जिले के सी.आई.डी. अफसर से इंक्वायरी कराई—फोन से ही उसे आर्डर दिया, फोन पर ही रिपोर्ट ली और सत्यता की सूचना मिलते ही मेरी रिहाई का आर्डर फोन से ही हजारीबाग को दिया। पुलिस-गवर्नर ने सारा काम पुलिस के ही ढंग पर किया।

अरे, तो मैं छूट रहा हूँ। मैं अपने कागज-पत्र सँभाल रहा हूँ। मेरे मित्र बेले और गुलाब की मालाएँ तैयार कर रहे हैं।

और लो, ओ दीवारो, ओ जंजीरो, अब तुम्हारी छाया से अलग, तुम्हारी पहुँच के परे, मैं बाहर खड़ा हूँ!

अभी-अभी सभी साथियों से एक-एक कर मिल आया हूँ। सभी प्रसन्न हैं, खुश हैं कि मैं बाहर जा रहा हूँ; खासकर उस समय जब मेरी पत्नी बीमार है, मेरी उपस्थिति और सेवा की उसे जरूरत है। किंतु यह क्या—सबकी आँखें सजल हैं, सबकी पपनियाँ गीली हैं। एक छोटे से अरसे को बाद दीजिए तो हम पाँच वर्षों तक साथ रहे, हँसे, खेले—बड़े-बड़े खेल खेले! फिर बिछुड़न के समय हृदय में एक हलकी-सी हूक क्यों नहीं पैदा हो!

सबसे अधिक कसक हुई थी श्री जगलाल चौधरीजी से मिलकर। बोले—जाइए, घर पर बीमार हैं, आपको जाना ही चाहिए। किंतु एक बात—जब आप ठहाके लगाते थे, ये पत्थर की दीवारें हिलती-सी मालूम होती थीं; आज से ये पत्थर सचमुच पत्थर बन जाएँगे।

अरे, सीधे-सादे आदमी के मुँह से यह कविता कहाँ से फूट निकली? आदमी भी कैसा विचित्र प्राणी है—ऊपर की खाल या व्यवहार से ही आदमी को तौलना कितना गलत साबित होता है!

इसी जेल में एक और विचित्र बात देख चुका हूँ। इधर कुछ दिनों से संध्या समय में मैं तुलसीकृत रामायण का सव्याख्या पाठ मित्रों को सुनाया करता था। बात यों हुई कि फूलनजी अंग्रेजी में एक पुस्तक लिखने की तैयारी कर रहे थे—'एपिक्स

आफ द वर्ल्ड' (संसार के महाकाव्य)। मैंने उनसे कहा—उसमें तुलसीकृत रामायण को भी स्थान मिलना चाहिए। उन्होंने हिंदी कम पढ़ी है। बोले—तो आप सुनाइए। चाँद बाबू भी वहीं थे। फारसी-अरबी के विद्वान्—उन्होंने भी रामायण सुनने की इच्छा प्रकट की। जब चर्चा फैली, सत्यनारायण भाई ने कहा—तुम पाठ करो, नैवेद्य का प्रबंध मैं करूँगा। अब क्या है, लीजिए, मैं पूरा कथावाचक बन गया। कुछ दिनों के बाद तो जेलर, नायब जेलर, जमादार आदि भी कथा सुनने को आने लगे।

जब राम वन-गमन की चर्चा आई, सत्यनारायण भाई की आँखों से आँसू की धारा बहने लगी। सत्यनारायण भाई साहित्यिक प्रवृत्ति के हैं, यह तो जानता था; किंतु उनका हृदय इस तरह पसीजने लगेगा, यह आशा क्या कभी की थी? सचमुच आदमी विचित्र प्राणी है।

अपने जेल-जीवन में सदा पाँच पुस्तकें मैं साथ रखता—तुलसीकृत 'रामायण', कालिदास की 'शकुंतला', रवींद्रनाथ की 'संचयिता', शेक्सपियर की ग्रंथावली और इकबाल की 'बांगेदिरा'। इन पाँचों पुस्तकों ने जेल-जीवन की कठोरता और हृदयहीनता को कितना कोमल, कितना सरस बना दिया था। जब मेरा शरीर जंजीरों में जकड़ा, दीवारों से घिरा होता, मेरा मस्तिष्क कभी जनकपुर की पुष्पवाटिका में विहार करता, कभी मालिनी के तट पर चक्कर काटता, कभी स्वर्ग में उर्वशी का नृत्य देखता होता, कभी वेनिस की मायापुरी में विचरता तो कभी हिमालय की चोटी पर चढ़कर पुकार उठता—

ऐ हिमालय ऐ फसीले किस्वरे हिंदोस्तां,
तेरी पेशानी को झुककर चूमता है आसमां।

यही नहीं, अपने को सदा साहित्य-रचना में भी डुबाए रखता। जब छूट रहा था, ढाई-तीन हजार पृष्ठों की पांडुलिपियाँ मेरे पास थीं। मैंने सोच लिया था, बाहर जाते ही इन्हें बेचकर आठ-दस हजार रुपए जरूर बना लूँगा। मैं क्या जानता था कि इनमें से सिर्फ सौ पृष्ठों की 'माटी की मूरतें' ही इससे पँचगुनी, सतगुनी रकम दे देगी।

तो, मैं इन पत्थर की दीवारों के साए से दूर खड़ा हूँ। किस ललक से इन दीवारों को देख रहा हूँ। लोग कहा करते थे, आदमी हर चीज को सपने में देखता है, जेल का सपना कभी नहीं देखता। मैं सच कहता हूँ, जेल-जीवन के दस साल हो गए, प्रायः ही मैं सपने देखा करता हूँ—फिर मैं हजारीबाग जेल में हूँ, अमुक सेल में हूँ, अमुक पेड़ के नीचे हूँ; कभी मुरगी के बच्चों को दाने चुगा रहा हूँ,

किसी बेले या गुलाब के फूलों और कलियों से लदे पौधे को एकटक देख रहा हूँ।

यद्यपि मैं जान रहा हूँ, मैं सिर्फ साठ दिनों के लिए पेरोल पर जा रहा हूँ; किंतु मन में हो रहा है, अब शायद फिर नहीं देख सकूँगा इन दीवारों को और उन जंजीरों को, जो यहाँ से भी झलक रही हैं!

इच्छा होती है, इन दीवारों से कुछ बातें करूँ, उन जंजीरों से कुछ बातें करूँ; इन काली, कठोर, अलंघ्य दीवारों से पूछूँ, तुम्हारी अपनी ऊँचाई तो कायम ही है, कुछ मेरी ऊँचाई या छुटाई की माप ली है? और ओ फौलादी जंजीरो, तुम मुझे तौल सके, कहो, पलड़ा किसका भारी रहा, तुम्हारा या मेरा? हाँ-हाँ, आज कुछ गर्व अनुभव कर रहा हूँ। कबीर की वाणी याद आ रही है—

> यह चुनरी सुर-नर-मुनि ओढ़े ओढ़ के मैली कीनी चदरिया।
> दास कबीर जतन से राखी जस के तस धर दीनी चदरिया॥

'बस छूट जाएगी—क्या सोच रहे हैं?' बूढ़े जमादार ने कहा और लीजिए—बस, रेल, जहाज, फिर रेल, बस और मैं बेदौल से पैदल ही बेनीपुर की ओर लंबी डग भरता जा रहा हूँ।

बेनीपुर—वह छोटा-सा गाँव! यही सत्तर-अस्सी घरों का गाँव। छोटे-छोटे किसानों, गरीब मजदूरों का गाँव! जिसने कभी पक्का मकान नहीं देखा। फूस के, खपरैल के छोटे-छोटे मकान यहीं से झाँकते दिखाई पड़ते हैं। क्या आकर्षण है इस गाँव में! जिस विशाल पीपल के वृक्ष को देखकर दूर से ही इस गाँव की गरिमा का बोध बचपन में करता था, उसे भी बाढ़ ने समाप्त कर दिया। उजड़ा-उजड़ा-सा लगता है यहाँ से। तो भी किस ललक से बढ़ रहा हूँ—क्यों बढ़ रहा हूँ?

'ओहो आप!' और यह देखिए, सारा गाँव दौड़ पड़ा है—'जो जैसे तैसे उठि धावा'। राम बनने की जुर्रत कहाँ, किंतु राम के अयोध्या लौटने के दृश्य की एक छोटी-सी झाँकी पा रहा हूँ। अपनी अयोध्या के लिए हर आदमी राम है न!

यह रानी, यह दुलहन; यह प्रभा, यह देवेंद्र; यह जितिन, यह महेंद्र। यह मौसी, राजकुमार, जवाहर, पन्ना। यह सरयू भैया, हिरदे, जगदीश! चुल्हाई काका, गोपालजी भाई, बहादुर भाई। ओ फौलाद की जंजीरो, तुम कहाँ गल गईं? ओ, पत्थर की दीवारो, तुम कहाँ धँस गईं? अब मैं फिर अपनों के बीच हूँ। अपने घर में हूँ। तुम्हें सलाम—सदा के लिए सलाम! क्या सचमुच सदा के लिए?

□□□